ハヤカワ文庫 NV
〈NV1174〉

インディ・ジョーンズ

クリスタル・スカルの王国

ジェイムズ・ローリンズ
漆原敦子訳

早川書房
6291

INDIANA JONES
AND THE KINGDOM OF THE CRYSTAL SKULL

by

James Rollins
Based on the story by
George Lucas and Jeff Nathanson
and the screenplay by David Koepp

Translated by
Atsuko Urushibara
First published 2008 in Japan by
HAYAKAWA PUBLISHING, INC.
This book is published in Japan by
arrangement with
BALLANTINE BOOKS
an imprint of RANDOM HOUSE PUBLISHING GROUP
a division of RANDOM HOUSE, INC.
through OWLS AGENCY INC., TOKYO.

目次

インディ・ジョーンズ　クリスタル・スカルの王国

登場人物

インディアナ（インディ）・ジョーンズ………考古学教授。冒険家
マット・ウィリアムズ…………………………バイクに乗った青年
ハロルド・オックスリー………………………考古学教授
マリオン・レイヴンウッド……………………インディの昔の恋人
ジョージ（マック）・マクヘイル……………インディの相棒
チャールズ・スタンフォース…………………マーシャル・カレッジの学部長
イリーナ・スパルコ……………………………ソ連特殊部隊の指揮官
アントニン・ダフチェンコ……………………スパルコの部下

一五四六年

リターン……

フランセスコ・デ・オレジャーナは、断崖に向かってよろめきながら歩いていった。断崖の端までくると、彼は膝を落とした。はるか眼下に、広大な荒れ地が広がっている。太陽が傾き、彼は自分の心を映すような乾き切って岩だらけの光景を見わたした。この高さからなら、荒れ地に刻みつけられた不思議な絵が見える。途方もない大きさのサルや昆虫やヘビ、そして花や奇妙な幾何学模様、巨大な図形が岩の多い平原を何キロメートルにもわたって広がっていた。

そこは神に呪われた、悪霊に祟《たた》られた土地だった。決して来るべきではなかったのだ。

フランセスコは自分の頭から、征服者《コンキスタドール》の兜《かぶと》をむしり取ってうしろへ投げた。太陽が最後の光を手放すころ、彼は熱い砂地に剣を深く突き立てた。沈みゆく太陽を背に、スペイン風の柄頭《つかがしら》と握りが十字架を形作った。

フランセスコは祈った。解き放たれんことを、許されんことを、救われんことを。

最愛の神よ《エル・ディオス・ケリード》、われを許したまえ《メ・ペルドナ》。

だが、彼の犯した殺人の罪が許されることはない。

血が黄金色の鎧《よろい》を濡らし、剣から滴《したた》り、胸当てを汚していた。その血は彼自身の手で殺された部下たちのものだった。

フランセスコは、双子の兄弟イアーゴーとイシドロの喉を金色の短刀で掻《か》き切った。豚のはらわたを抜くように剣を使い、ガスパールの腹を切り裂いた。ロヘリオの首を、その広い肩から皮一枚だけ残して切り離した。逃げようとしたオレオスの背中を刺し、ディエゴも同じ目に遭わせて膝から下を切り落とした。最後の兵士の絶叫が、この断崖の上までフランセスコを追いかけてきた。

だが、すべては静まりかえった。

虐殺は終わった。

リターン……

フランセスコは自分の顔に爪を立てて深い傷をつけた。頭のなかには命令が詰まっている。それを手探りでほじくり出し、自分とその犯した罪を呪った。それでも解放されることはない。激しい衝動が、錆びた鉤《かぎ》のようにはらわたを貫いた。それは背骨の奥まで達し、彼をつかんで逃がすまいとしていた。

あの呪われた土地を逃げ出して数週間になる。それが王妃たちの涙を誘うという不安を持ちながらも、王たちに反抗して財宝を持ち逃げしたのはまちがいない事実だった。金や銀でできたいくつものチェストや、ルビーやエメラルドの詰まったチェストを手にしていた。水の深い入江に停泊した船は、あと二、三日しか待たない。

もうすぐだ。

リターン……

フランセスコは剣を抱くようにしてくずおれ、解放されることを願った。その日の夜明け、とうとうからだに刻みつけられた命令に屈した。あの呪わしい谷から一歩離れるごとに、頭のなかの命令の声がしだいに大きくなっていった。それから逃れることはできない。彼はついに、このまま船に向かって一歩一歩進みつづけることは不可能だと悟った。琥珀のなかに閉じこめられ、先へ進むことはできない。残されたのはひとすじの道だけだった。

こういう良心の呵責《かしやく》を、部下たちは感じていなかった。子どものように雑談を楽しみ、帰郷を喜び、手にした財宝をどう使おうかと壮大な計画や大きな夢を膨らませていた。フランセスコが引き返すように言ったとき、彼らは耳を貸そうとしなかった。フランセスコに歯向かい、彼を急《せ》き立て、彼を罵《ののし》った。たとえフランセスコを置き去りにすることになろうと、彼らは財宝を手に船へ向かうつもりだった。

そして、フランセスコは彼らの好きにさせるはずだった。

だが部下たちは欲に駆られ、フランセスコひとりのものであるあの品を奪おうとした。それだけは許すわけにはいかない！　彼は盲目的な怒りに任せ、麦でも刈るように部下たちを斬り倒した。彼を止めるべきものは何もない、たとえ彼自身の部下であろうと。

リターン……

ついに彼はひとりになった。

これで帰ることができる。

太陽が彼方の地平線に沈んで夜が訪れると、フランセスコは立ち上がって兜《かぶと》を頭に戻し、大地から剣を引き抜いた。ようやく準備が整い、命令に従おうとして断崖に背を向けた。彼は暗い坂道を下った——だが、何か動くものが目を惹いた。

視線を落とすと、暗がりや背の高い丸石のうしろからいくつもの影が姿を現わした。それらは穴から這《は》い出し、曲がりくねった木々の枝を伝ってきた。そして、彼に向かって四方八方からよじ登ってきた。フランセスコの耳に、裸の膝がぶつかる音と石のようなかかとを踏み鳴らす音が聞こえた。

それは肉をそがれた軍団……骨だけでできていた。

彼は顔色を失って後退りし、いまこそ自分が本当に呪われていることを思い知った。

生きている死人が迫ってきた。

彼を地獄へ引きずり込もうとしている。

本当はそこへ行くべきなのだ。

だが、彼は夜空に向かって叫んだ——恐怖の叫びではなく、自分が永遠に呪われることを知った苦悶の叫びだった。なぜなら、彼は失敗したからだ。頭に焼きついている命令に従うことができなかったからだ。無情にも、死は容赦なく一歩ずつ近づいてきた。彼の叫びが夜をつんざいた。だが、フランセスコ・デ・オレジャーナにはひとつのことばしか聞こえなかった。

リターン……

第一部　運命の街《ドゥーム・タウン》

1

一九五七年、ユカタン半島

どの石にも物語がある。

彼は円形の床を腹這《はらば》いでじりじりと進んでいた。床の表面にはマヤの暦《こよみ》が刻まれている。それは象形文字の並ぶ同心円を岩に彫り込んだ巨大な回転盤だ。行く手にある円の中心に、石の羽をつけた大蛇の頭を象《かたど》った大きな像がそびえ立ち、不注意な人々を呑《の》み込もうとでもしているように牙のある口を大きく開いている。開いた口の大きさは、人ひとりもぐり込めるほどだった。

だが、なかには何があるのか？

それを知らなくては。

あそこに入ることさえできれば……

急ごうとしたが、天井が背中を圧迫している。肘《ひじ》をついてからだを持ち上げることすらできない。この部屋では、嘆願者たちはヘビのように床を這《は》わなくてはならなかった。もしかすると、マヤの神であるケツァルコアトル、あの羽を生やした大蛇に倣《なら》っているのかもしれない。だが、この現代の参拝者には羽がない。あるのはすり切れたカーキズボンと色あせたボマージャケット、くたびれた茶色のフェドーラ帽だけだった。

彼は泥まみれになって石灰岩の床を這っていった。ここ一週間、ユカタン半島では雨が降りつづいている。太陽は遠い思い出にすぎなくなっていた。おまけに今夜は熱帯暴風《トロピカルストーム》が直撃するはずで、ユカタン半島の海岸沿いのジャングルに覆われたマヤ遺跡から離れなければならなくなるおそれがあった。

「インディアナ!」うしろの階段から声がした。

「いまは忙しいんだ、マック!」彼は大声で返した。

「じきに日が暮れるぞ、相棒!」友人が急《せ》き立てた。そのイギリス訛《なま》りが不安で濁《にご》っている。「風がすさまじくなってきた。いまも、ココナツの実が飛んできておれの頭をかすめたところだ」

「ただの熱帯暴風だ!」

「インディ、こいつはハリケーンだぞ!」

「わかった、だったら、大型の熱帯暴風だ! おれはまだ、ここでやることがある。あの像のまん中に何が隠されているか見るまでは、ここから出る気はないからな。きっと、重要なものにちがいない」

インディは二日まえ、神殿への秘密の入口を発見していた。それはユカタン半島の中央海岸にあるマヤの都市の真下にあった。内部の神室へとつづく通路に到達するには、何時間も慎重に掘り進まなくてはならない。その大部分はいまもジャングルに覆われ、何世紀にもわたって好奇の目や盗賊たちの手から隠されてきたのだ。

インディは床を進みながら暦盤を読んだ。外側の円には、マヤの聖典に当たる『ポプル・ヴフ』から引用された創世の神話が書かれていた。それによると、世界が誕生した日はこう記されている。

13.0.0.0.0 4-Ahwa 8-Kumk'u

これをグレゴリオ暦に当てはめると、紀元前三一一四年八月十三日となる。つづいて内側の円には、主にグアテマラに住みついたキチェ系マヤ民族の伝説がつづられていた。ここユカタン半島の北の端で、記述されたものが見られることはこれまでになかった。あの羽のあるヘビ神、ケツァルコアトルの誕生と成長の物語が。

インディは膝の痛みも気にせず、まん中の円とその中心にある奇妙な彫刻に向かって進んだ。最後の円に記されていたのは、長期暦の最終日、世界そのものが終わりを告げる日だった。二〇一二年十二月二十一日。

まだ五十五年も先の話だ。

その日、世界は本当に終わりを迎えるのだろうか？　心配する時間はたっぷりある。

彼は前進をつづけた。それほど先のことなら、石でできた毒牙のあいだにランタンを掲げた。

インディはヘビ神の頭にたどり着き、石でできた毒牙のあいだにランタンを掲げた。ロの奥は小部屋になっている——だが、そこには床がなかった。石の大蛇のまっ暗な喉のような縦穴が口を開けている。穴は深く、暗くて底は見えないが、かすかな水音が響いてきた。

インディはヘビの口に身を乗り出してランタンを下げた。銀色のきらめきが目に入ったが、それでもまだ暗いのではっきりとはわからない。

「インディ！」マックが階段から呼んだ。「何やってるんだ？」

「ヘビに呑《の》まれそうになっているみたいだぞ！」

「何に見える？」

インディは考えただけで身震いした。彼にとってそれ以上の悪夢はなかった。彼はからだをひねって向きを変え、牛追い鞭《むち》を肩から外した。鞭の端をランタンの持ち手に結びつけ、明かりを穴に下ろした。ランタンが下がるにつれて暗闇が後退した。縦穴の壁はつるつるした天然の石灰岩らしい。

ようやく、銀色のきらめきの源が明らかになった。穴の底を流れる水だった。この穴は、水の浸みやすい石灰岩でできた、ユカタン半島を縦横無尽に流れる地下川のひとつにつながっている。何百キロメートルにもわたるこういう川とトンネルのせいで、この土地の地下は蜂の巣のようになっているのだ。マヤの人々はこういう穴を、黄泉《よみ》の国への入口だと考えていた。

インディはもう少しランタンを下ろした。何週間もつづく雨とこの台風で勢力を増した風雨のせいで、川の流れは速く、激しく波打っている。だがランタンの明かりを近づけると、川底に刻まれた最後の象形文字が透明度の高い流れの下に現われた。

もう少しで読み取れそうだ。

インディは像の奥へからだを滑らせ、縦穴にぶら下がるようにして腕を伸ばした。象形文字がはっきりと見えるようになった。インディには見覚えがあった。外にある神殿のまぐさ石に、同じ文様が刻まれているのを見たことがある。頭を下に向け、まるで落ちていくように見える人間の姿、それは人の誕生を象徴するものだ。

あるいは、見てのとおりの意味かもしれない。落ちないように気をつけろ、という警告かも。

遅かった。インディが身を乗り出した石の縁が崩れ、彼は縦穴に転がり落ちた。心臓が喉に詰まったようで、驚きや恐怖の叫び声も出ない。壁を引っかき、脚を広げ、何とか転落を止めようとした。だが、壁はあまりにも滑らかだった。

「インディ！」背後でマックの叫び声が聞こえた。

先にランタンが落ちて水中に突っ込み、次にインディが水面に叩きつけられた。氷のような冷たさが骨まで染み入り、胸の空気を搾り出そうとしている。懸命に息をこらえようとすると、激流が彼をつかんで下流へと放り出した。彼は暗闇のなかを転がり回った。必死で脚をからだの前に保とうとしながら流されていった。

ヘビをおもちゃにした罰だ。


暴風雨に荒らされたジャングルを、小隊が這うように進んでいた。風がヤシの葉を叩き、木々の枝を鞭打《むちう》っている。雨は雹《ひょう》のように激しく叩きつけ、むき出しの肌をところかまわず突き刺した——そして次の瞬間、滝のような豪雨が一瞬のうちに人を呑《の》み込みそうな勢いで降ってくる。拷問のような強行軍だが、木々のあいだから漏れてくるキャンプの明かりが彼らを手招きしていた。

ゴーグルとヘルメットと迷彩服を身につけ、突撃隊は嵐で溶けかかった粘土の兵隊のように進んでいた。

彼らを止めるべきものは何もない。

隊長は指令を受けていた。

鍵《キー》を捕らえろ。

ほかの者は皆殺しにするのだ。

暗闇のなかをすさまじい勢いで流され、インディは息をこらえた。

視界のなかで光が躍りはじめた。はじめは、酸素が足りないせいかと思った。肺が空気を求めて悲鳴をあげている。いいかげんに悪あがきはやめたらどうだ。やがて、その光が現実だと気づいた。視線の先に、嵐で増水したまっ黒な川よりは確実に明るいものがある。穴に落ちてからはじめて、インディは一縷《いちる》の望みを抱いた。

海岸だ。

ジャングルに覆われた遺跡は、ユカタン半島の海岸線のへんぴな場所から四百五十メートルほどしか離れていない切り立った崖の上に建っている。海岸沿いのどこかの海に、地下川が流れ出している可能性は充分にある。

彼はたったひとつの希望を頼りに懸命に息をこらえつづけた。

不意にあたりがいくらか明るくなった。トンネルが狭い洞窟ほどの大きさに広がった。インディが鼻を水から出せる程度に天井が高くなった。彼は大きく息を吸い込み、悲鳴をあげている肺に空気を送り込んだ。前方に、ちらりと出口が見えた。川の終着点だ。荒れ模様の空が視界に広がった。空はジャングルのつる植物に縁取られている。川は岩壁から流れ出て大きな滝となっていた。雷鳴のとどろきと荒れ狂う波の音に混じって、滝の轟音が聞こえた。

彼はまだ滝の上にいた。

流れに逆らうことはできなかった。インディは激流に押し出され、シャンパンのコルクのように切り立った断崖から飛び出した。一瞬、眼下の角張った岩や渦を巻いて白く泡立つ水が目に入った。

インディは宙を飛びながらからだをひねり、牛追い鞭《むち》を振った。ランタンはとっくに粉粉になっていたが、鞭の持ち手だけは必死でつかんでいた。パニックは、練習と同じくらい技術を高めてくれる。インディは鞭を振り、長年の風雨に浸食されて岩壁に突き出した頑丈な木の根に巻きつけようとした。

ピシャリという確かな音がして鞭が木の根に巻きついた。インディは革でできた持ち手を両手でしっかり握りしめ、振り子のように岩壁に戻っていった。そして、岩にぶつかる衝撃を減らそうとして脚を上げた。だが、激しく叩きつけられて左半身が傷だらけになった。

彼はぶら下がったままあえいだ。

風雨が容赦なく打ちつけた。雷鳴がとどろき、痛む骨にまで伝わった。動きつづけるしか方法はなかった。インディは鞭をたぐりながら懸命に登っていった。風雨が背中を叩きつけ、この高い場所から彼を引きはがそうとして手を伸ばしてくる。まっ黒な空が頭上で渦を巻いていた。だが、深い窪みのある岩壁は足場に困らなかった。それでも、頂上にたどり着いて崖の上に這い上がるのに十五分ほどかかった。

彼はうつぶせに倒れて大地を抱きしめていた。

真下にある地下川のコースを頭に描いてみた。まず、ヘビの口から呑《の》み込まれた。次に、曲がりくねった腹のなかをぐるぐると回った。終いに、尻から飛び出した。地下川はまさにヘビの形をしていた。

インディはマックのことばを思い出して身震いをした。〝ヘビに呑《の》まれそうになっているみたいだぞ〟。そうか、ひょっとするとそうだったのかもしれない。彼はちらりとうしろを振り返り、ヘビの尻からの劇的な脱出を思い浮かべた。マックは事あるたびにこの件を持ち出すにちがいない。インディは、あのイギリス人の友人ならインディがヘビの尻から勢いよく飛び出した一件を、〝発射〟ということばより豊かな表現で語るのではないかと思った。

ともあれ、脱出はしたのだ。

インディはうめき声をあげて四つん這いになった。

今日はもうヘビはたくさんだった——ぬるぬるしたものであれ、石でできたものであれ。全身の筋肉組織を燃やして立ち上がり、インディは断崖に背を向けて歩きだした。背中が痛く、脚はふらついている。頭も二度ほどひどくぶつけていた。きっと、二、三日はこんな調子がつづくだろう。

嵐がさらに激しさを増したころ、彼はゆっくりと遺跡を横切っていた。階段ピラミッドと石造りの家が複雑な配置で散らばっている。彼のキャンプは神殿の建物の向こう側にあり、鬱蒼《うっそう》としたジャングルの端に隠れていた。泣き叫ぶような風を背中に受け、インディはちらちら揺らめく明かりに向かって歩いた。雷鳴がとどろき、大粒の雨が地面に当たって臼砲弾《きゅうほうだん》のように弾けた。彼は遺跡の端を回り、まっすぐキャンプを目指した。マックは心配でいても立ってもいられないだろう。

少なくとも、友人はインディの顔を見て喜ぶはずだ。

疲労困憊《ひろうこんぱい》の上に雷鳴で何も聞こえず、インディはキャンプに入るまで異変に気づかなかった。ぬかるみに顔を突っ込んで半分埋もれるように倒れていた死体を、危うく踏みつけてしまうところだった。彼は息を呑んで後退りした。

耳をつんざくようなライフルの銃声が、雷鳴をかき消すように響きわたった。

狭いキャンプの中心からだ。

つづいて、オートマティックの銃声。

墓泥棒か、地元のゲリラグループにちがいない。

インディは悪態をつき、ジャングルの端に避難した。彼は丸腰で、あるのは鞭《むち》だけだった。回り込んでひとりでいる者を待ち伏せすれば、ピストルやライフルの一挺くらい奪えるかもしれない——

振り返ると、雨の降りしきる森からいくつもの黒い人影が音もなく現われた。泥にまみれ、ゴーグルをつけた兵士の一団が目に入った。インディの胸の高さに武器を構えている。ひとつの影が空き地に突き出された。血を流し、服は破れ、男は膝をついた。

マックだった。

そのうしろから大男が現われた。ヘルメットとゴーグルを身につけ、その上から泥をかぶっていた。バッジなどはつけていないが、指揮官であることはまちがいない。

マックは膝をついたまま、驚きのあまりあんぐりと口を開けた。「インディ！　どうやって……？　おまえがヘビに呑まれるのを、この目で見たんだぞ！」

「おれのせいで消化不良を起こしたらしい」

インディはマックのところへ行き、彼を立たせた。

兵士たちが二人を囲むように近づき、マックはため息をついた。「ヘビのほうがましだったと思うが」

2

一九五七年、ネヴァダ州

砂漠は不注意な者を殺す。

人は若いうちにこの教訓を学ぶ、さもなければ決して学ぶことはない。

ジミー・ウィクロフト軍曹はブーツのかかとでサソリを踏みつぶした。サソリは小気味よい音を立ててぺちゃんこになった。彼はほかの二人の憲兵といっしょに、ほこりにまみれた歩哨《ほしょう》小屋のすぐそばに立っていた。片手を上げて遅い午後の日射しから目を守っている。小屋が作る小さな四角い影の外では、太陽がネヴァダ砂漠を焼いてヨモギとサボテンの点在する灼熱の赤い岩の平原に変えていた。動いているものといえば、風に巻き上げられた砂塵と、ときおり姿を見せるプレーリードッグかサイドワインダーくらいのものだ。というわけで、劇的な砂漠のカーチェイスが兵隊たちの注目を浴びたのも不思議ではなかった。

一・六キロメートル先では、二車線のハイウェイでドラッグレースをしている二台の車から吐き出された二すじの粉塵が地表を駆け抜けていった。それは奇妙な競争だった。アンティークの一九三二年型フォード・ロードスターに対し、大型の陸軍兵員輸送車だ。ウィクロフトの左で、双眼鏡を顔に押し当てたヒギンズ伍長が、ケンタッキー・ダービーの実況放送でもしているかのように大声で状況報告をしていた。

「フォードが動きを見せました……トラックを避けて回り込もうとしています。両者並びました」

歩哨小屋のドアの近くに、石で押さえた二枚の十ドル札がある。

紳士の賭けだった。

ウィクロフトは薄笑いを漏らした。彼はフォードに賭けている。だが、それはホームチームが負けるほうに賭けているということだ。トラックのサイドパネルには陸軍の紋章が描かれていた。それはフォードの幕僚車《ばくりょうしゃ》も、あとにつづく二台のジープも同じだった。陸軍の一団は隊列を組み、どうやらこの人里離れた前哨地点へと向かっているらしい。そしていまから二、三分まえ、ロードスターが急にスピードを上げ、運転手と乗員の歓声とともに隊列を抜き去った——ティーンエイジャーのお遊びのようだった。彼らの歓声はとても晴れやかで、砂漠を越えて離れた前哨地点まで響きわたったほどだ。陸軍兵員輸送車は追撃を開始した。この何もない砂漠のまん中で、きっとトラック運転手もほかの者と同じように退屈していたのだろう。

「おっと、ちょっと待て、私の馬が仕《し》掛《か》けた！」ヒギンズはつづけた。伍長はアンティーク・カーに対抗して新型の軍用トラックに賭けていた。「〈アトミック・カフェ〉に差しかかりました」

ウィクロフトは目を細めた。大小二すじの粉塵が、ミサイルの形をしたネオンサインのある古い食堂の前を走り抜けた。

「ロードスターが尻を振った……トラックがリードしました！　このレースは楽勝だ！」

「輸送車隊に無線連絡したほうがいいんじゃないですか？」もうひとりの歩哨が訊いた。ミッチェル二等兵はこの基地の新顔だが、分厚い黒縁の眼鏡をかけた子どもっぽい兵隊で、命令違反に関しては臆病だった。彼は蛇腹形鉄条網を載せた金網のフェンスに目をやった。ゲートには南京錠がかかっている。「次の命令があるまで、開けてはいけないんじゃないですか？」

ウィクロフトは相手の不安を追い払うように手を振った。彼が砂漠に配属されて五年になる。彼は楽しめるときに楽しむコツを身につけていた。「おれの賭け金を二十に増やしてくれ。ロードスターが勝つに決まってる」

「いいですとも！」ヒギンズが元気づいた。「受けて立ちます！」

ハイウェイを疾走する二台の車はますますスピードを上げた。バンパーがぶつかりそうなほど車間を詰め、双方を見分けるのが肉眼では不可能になった。

ヒギンズは相変わらず顔に双眼鏡を押し当てていたが、その声に元気がなくなった。「ロードスターがふたたびリード……」

ウィクロフトの笑みが広がった。フォード・ロードスターのほうが二十五年も前に製造されたものだが、ウィクロフトはティーンエイジャーのころ、インディアナ州マンシーにある父の修理工場でこういう逸品を扱っていた。ロードスターは、V型六気筒エンジンとカウンターウェイト・クランクシャフトを装備している。七秒以内にゼロから時速百キロメートル近くまで加速できるのだ。ゴールを見届けるまでもない、ウィクロフトはそう判断していた。

ヒギンズが悪態をつき、敗北を認めた。

砂漠の向こうから、ティーンエイジャーのような勝利の歓声がかすかに聞こえてきた。

「どうしてわかったんです、軍曹？」打ちのめされたヒギンズが、双眼鏡を下ろしながら訊いた。

「年の功だよ、伍長」

ウィクロフトは腰をかがめ、石を持ち上げて賞金を取った。彼は札をポケットに入れ、砂漠用の戦闘服のほこりを払ってから、手を目の上にかざしてもう一度砂漠を見わたした。

遠くで、粉塵と排気ガスを浴びた軍用トラックがスピードを落とした。トラックは標識のない出口までゆっくりと進み、進路を変えてハイウェイを降りた。この人里離れた前哨地点まで、狭い道路がジグザグ上りながらつづいている。残りの車もトラックに追いついた。

「おまえら、お客さんだぞ」ウィクロフトはわかりきったことを言った。「しゃきっとしろ」

準備の時間はあまりなかった。

トラックはフォードの幕僚車と二台のジープを従え、低い音を響かせて歩哨小屋に近づいてきた。ディーゼルの煙がむせび、軋《きし》みながらギアが変わった。ウィクロフトは小屋の陰から道路に出た。そして、近づいてくるトラックに手を挙げた。軍人らしいストイックな表情は崩さなかった。

重い車は不満を訴えるようなブレーキ音とともに止まった。車はアイドリングをつづけ、ウィクロフトは助手席側に回った。ヒギンズとミッチェルは運転席側にある小屋の近くにとどまっていた。ミッチェルは眼鏡をあるべき位置にずり上げた。

助手席の窓は下りていた。窓の下枠に肘が載っている。

ウィクロフトは命令するような顔でトラックの占有者に声をかけた。「すまんな、悪いニュースだ。この区域は兵器テストのために立ち入り禁止だ。おれたちが二十四時間閉鎖している。例外はない」

トラックのうしろで、フォードの幕僚車のドアが砂ぼこりを散らして勢いよく開いた。なかから背の高い人物が出てきた。身長は優に百八十センチを越え、がっしりとした筋肉……体重は少なく見積もっても百二十キロはあるだろう。その表情は砂漠の岩と同じくらい硬く、冷ややかでよそよそしかった。

男は毅然とした態度で大股に歩いてきた。

ウィクロフトは後退りをした――体格のせいではない。男の肩につけられた鷲の銀章《シルバー・イーグル》に
はっとしたのだ。それは陸軍将校であることを示すものだった。ウィクロフトは肘を張っ
て歯切れのよい敬礼をした。「大佐殿」

将校は無言でウィクロフトに近づいてきた。その表情がますます硬くなっている。

ウィクロフトは部下たちをじろりと睨《にら》んだ。二人もさっと気をつけの姿勢をとった。ミ
ッチェルはあまりにすばやく動いたので、眼鏡が鼻の上にずり落ちた。

ウィクロフトは怯んだり怖じ気づいたりしたところを見せたくなかった。彼は彼で命令
を受けているのだ。「大佐殿、これはあなたにも適用されます。今朝、未明に中央軍から
再配備が行なわれました。撤回することはできません」

大佐の薄い唇がゆがんだ。半ば面白がっているようでもあり、冷笑しているようでもあ
る。彼はまだひと言も発していなかった。

「大佐殿……」ウィクロフトは自分の沈んだ声が気に入らなかった。

大佐はもう一歩足を踏み出した。ここまで近づくと、彼の淡いブルーの目に獰猛《どうもう》な光が
見えた。男は相変わらず無言のままだった。何かがおかしい、異常な状況であることはま
ちがいなかった。

ウィクロフトの手がホルスターの銃に伸びた。

パネルトラックのうしろで大きな音がした。後部のドロップゲートが勢いよく開いた。

兵士たちがわれ先にと飛び出し、サイレンサーをつけた銃を高く構えてとてつもない敏捷さで迫ってきた。

間に合わなかった。

ウィクロフトはピストルを抜いた。

奇妙な大佐がウィクロフトの銃を横に払った。まるで解体用の鉄球が当たったかのような衝撃だった。腕全体がしびれ、ピストルは砂漠まで飛んでいった。

ウィクロフトは平衡を失い、胸に妙なラビットパンチを受けたような感触があった——だが、拳はひとつも当たっていない。

彼を取り巻く銃が不気味なほど静かに光を放ち、痛みが外に向かって広がった。

少し離れたところでヒギンズが倒れるのが見えた。胸から血が流れていた。

ウィクロフトは砂と岩の上に倒れた。もっとよく見ようとして首を伸ばした。ミッチェルの姿はなかった。彼が逃げ延びたことを願い、もっとよく見ようとして首を伸ばした。すると、トラックの下に何かあるのが見えた。大きなタイヤのうしろで、砂漠用の戦闘服を着たひと組の脚がぴくりともせずに横たわっていた。タイヤの反対側では、黒縁の眼鏡が太陽の光を反射している。片方のレンズは粉々になっていた。彼の部下は二人とも死んでいた。

なぜ……？

ひと組のがっしりとしたブーツが地面を踏み鳴らして近づき、視界をさえぎった。大佐はかがみ込み、引き起こそうとでもいうように彼の腕を引っ張った。だが、ウィクロフトの憲兵の腕章を外していただけだった。彼は腕章と軍曹のヘルメットを部下のひとりに放った。

別の兵士がバールを手にしてゲートに向かった。

一度だけ力任せにこじると錠が外れた。

ゲートが大きく開いた。

近くで、トラックのエンジンが息を吹き返して吠えた。トラックは車体を揺らして動きはじめ、幕僚車と二台のジープがあとにつづいた。

ウィクロフトは血の交じった咳をした。「やめろ……」

彼は見向きもされなかった。隊列は彼の横を通り、ゲートを抜けて進んでいった。薄れていく視界のなかに、フェンスの標識が見えた。そこには、彼とその部下が護ろうとしたものの名前が書かれていた。

51番格納庫

彼は失敗したのだ。

鼻の横をサソリが軽快に走り抜け、彼は思い出した。

不注意な者を殺すのは砂漠だけではなかった。

トラックの助手席に坐った巨漢の大佐は帽子を脱ぎ、剃り上げた頭に肉付きのいい手のひらを這わせてから高台を指さした。丘を登りきると、彼は伸び上がった。広大で平坦な砂漠の渓谷が目の前に広がり、あまりの暑さに揺らめいて見える。太陽が地表を涸らし、鉄錆色の下手くそな落書きに変えてしまったのだ。

こんなところに誰が住むだろう？　大佐の故郷ははるかに気温が低く、雪と厳しい冬、氷と脆弱《ぜいじゃく》な森の土地だった。アメリカ人がここに機密を隠したのも無理はない、ここにはヘビと毒グモくらいしか住んでいないのだ。

視線を落とすと、渓谷を貫く長い滑走路が見えた。アスファルトの黒いすじが、とてつもなく巨大な格納庫までつづいている。航空会社一社分のジャンボジェットがゆったりと格納できる大きさだが、本当はもっと価値のあるものが隠されている。

耐えがたい暑さをものともせず、彼は薄い唇に笑みを漏らした。

ついにたどり着いた。

長くはかからないだろう。

格納庫のそばにある丘の上に、ブラストドアで塞がれた小さい掩蔽壕《えんぺいごう》がある。単線の鉄道線路が砂漠の奥に延び、岩の多い砂丘のあいだに消えていた。

大佐は眼下の滑走路に注意を戻し、目的地の方向にうなずいた。トラックは隊列を率いて滑走路へつづく道をたどり、格納庫を目指した。黒い滑走路を横切ると、隊列は四階建ての高さほどもある巨大な鋼鉄の扉の前でブレーキをかけた。鋼鉄に刻み込まれて色を塗られた文字は数字の51だった。

車はエンジンをかけたまま大佐の命令を待っていた。

大佐の耳に、うしろの荷台に乗っている部下たちのひそひそ話が聞こえてきた。これほど深く敵の心臓部に入りこんだことで、不安になっているのだ。彼はバックミラーに映るフォードの幕僚車に目をやった。あの車には、格納庫に隠された財宝を取り出す鍵《キー》が乗っている。

それを手に入れるために血を流し、部下を失った。

大佐は助手席のドアを押し開けて外に出た。あとの兵士も指揮官につづき、掩護に失敗した場合に備えて周辺防衛の態勢を整えた。大佐は道具箱を持った二人の部下に合図し、格納庫の扉の配電ボックスを示した。一刻も早くあの扉を開けなければならない。

そのあいだ、彼には別の仕事があった。

彼は大股で幕僚車に近づき、車のうしろに立っている衛兵にうなずいた。ひとりがライフルを構え、もうひとりがトランクを開けた。別の二人が、鎮静剤でぼんやりしている男をトランクから引きずり出して立たせた。男は長身だが腹のあたりがいくらか膨らみ、まばらな灰色の口髭《くちひげ》を生やしている。彼の赤い顔は汗まみれだった。その顔の片側にすり傷があり、片方の目の周りが腫《は》れて黒いあざになっている。顔にライフルを向けられているというのに、彼はしゃんと背筋を伸ばしていた。それどころか、くちゃくちゃの茶色いジャケットのしわを伸ばそうとして引っ張ったりはたいたりしていた。

大佐は男には目もくれず、横を通り過ぎた。

この男はどうでもいい。

兵士のひとりが、男の傷ついた顔の横に一枚の写真を掲げた。「こいつは教授じゃないのか?」彼は近くの兵士にロシア語で囁いた。

大佐は兵士を睨《にら》みつけて黙らせた。いまは失敗が許されるときではない。砂漠では声がこだまして遠くまで聞こえる。アメリカ軍の機密施設でロシア語が聞こえては具合が悪い。

大佐が手を振ると、ぼろぼろの麻袋のような二人目の捕虜がトランクから引きずり出された。髪は白髪まじりで、ざらざらした頬や顎《あご》を覆う髭《ひげ》も灰色だった。彼は乱暴に引っ張られ、疵《きず》だらけのブーツで立ち上がった。三挺のライフルが彼を狙っている。あえて危険を冒す者はいない。二人目の捕虜は、その脅威に気づかないふりをしてあたりを見回した。最初の男と同様、彼の顔にも傷ができている。だが、こちらのほうが重傷だった。ことあるごとに抵抗していたからだ。

「だったら、あっちがそうだ」写真を手にした兵士がロシア語で言った。

すべての鍵だ、大佐は心のなかで言った。その男は任務の成否にかかわっている。失敗は許されないという厳命のもとで、大佐は彼をジャングルから引っ張り出してここまで連れてきたのだ。

別の衛兵がまたトランクに手を入れ、古い茶色のフェドーラ帽を取り出した。彼はそれを捕虜の頭の上に押しつけた。

最初の捕虜が口髭《くちひげ》をこすった。そして空と砂漠に目を走らせてから、仲間の捕虜に視線を戻した。彼はイギリス訛りで早口に言った。

「なあ、インディアナ・ジョーンズ、どうやらきみは故郷に帰ってきたようだぜ」

3

銃を突きつけられて滑走路を横切りながら、インディは照りつける陽の光に目をしばたたいた。熱が肌を焼き、アスファルトの向こうが揺らめいている。それが何かはわからないが、彼らがインディを眠らせるのに使った薬のせいで、ひと足進むごとに頭がズキズキした。口に蠟《ろう》のような感触と、アーモンドとリンゴの味がかすかに混じった苦みがある。あいにく、覚えのある味だった……

チオペンタルナトリウム。

この鎮静剤は自白剤としても使われる。

まずいことになった。

インディは首の注射痕を掻いた。何日経ったのだろう？　そうだ、思い出した。ジャングルでの襲撃、ジープでの長い泥道のドライヴ、人里離れた滑走路に停まっていた飛行機。それから薬で眠らされたのだ。彼は目の端で、自分を取り巻く集団を品定めした。

男たちは重装備だった……重装備すぎる。この男たちがただの泥棒だということはありえないし、ならず者の傭兵でさえない。彼らは軍隊なのだ。

インディの関心に気づいた捕虜仲間が彼に近づき、二人を捕らえている男の方を見て一方の眉を上げた。ジョージ・マクヘイルは英国情報部の元工作員で、インディと知り合ってかれこれ二十年近くになる。この武装した男たちについて、彼がインディと同じ評価をしていることは明らかだった。インディは罪の意識を覚えた。マックはマヤ遺跡にインディを訪ね、一斉攻撃をかけられて捕まってしまったのだ。ロシア人の突撃隊は、原住民の労働者たちを情け容赦なく皆殺しにした。だが、何の目的で？　何が狙いなのだ？　彼にはまだわからなかった。

マックが首をこすった。ということは、彼もやはり薬を打たれたのだ。

「何で捕まったんだ、マック？」インディがつぶやいた。

友人は肩をすくめた。「昔はこんなじゃなかったんだが」銃口を突きつけられているのでマックは声をひそめ、兵士のひとりに向かって首を傾けた。「あいつら、ロシア人だ。あの様子からすると、ソヴィエト特殊部隊といったところだろう」

「スペツナズか？」

マックはうなずいた。「こいつは簡単にはいかないぞ」

「昔みたいにはな」

インディは足を引きずるまいとして苦労していた。股関節に砂でも入れられたのではないかという痛みだ。車のトランクでの長旅のあいだにも状態はよくならなかった。激痛に歯を食いしばり、彼は無理やり背筋を伸ばした。彼に必要なのは、熱い風呂とひとつかみのアスピリン。それさえあればフル回転できるはずだが。

苦痛に満ちた一歩一歩が確信を揺るがしかけていた。

「おれたち、もっとひどい目に遭ったこともあるんだぜ、インディ」いつものイギリス人らしい冷静さでマックが言った。

「そうか？　いつ？」

「よしてくれよ、インディ。フレンスブルグを忘れたのか？　あのときは、この倍の敵がいた。そいつを切り抜けたんだ。出口はつねにあるものだ」

「あのころは若かったんだ、マック」

「おれはいまでも若いぜ」

インディは旧友を見つめた。マックは、洗って濡れたまましまい込まれていたように見える。それに、彼を現在の哀れな状態にしたのは拳だけではない。月日の流れとは残酷なものだ。むろん、自分のほうがいくらかましだとは夢にも思わない。マックの目のなかには、かつての活力のきらめきがいまも光を放っている。確かに、あの老兵のなかでは火が燃えつづけているのだ。

インディはそうではない。

つらい二年だった。

左で、動くものが目を惹いた。ひとりの衛兵の肩から、見慣れた小道具がぶら下がっていた。革製の牛追い鞭《むち》だ。疵がつき、ほつれ、いまはかなりくたびれている。インディは鞭を失って裸になったような気がした。武器がひとつもないのでは、しばらくはロシア人に協力するしかない。腰の痛みに歯を食いしばり、彼は格納庫へと歩きつづけた。

インディは歩きながら小声でマックに話しかけた。「それに、思い出してみろよ、フレンスブルグのときは銃があった」

「細かいことだ」マックはそっけなく手を振った。「うまくここを切り抜けられるほうに五百ドル賭けてもいい」

賭けが成立するまえに、大男が二人の前に立ちはだかった。肩に大佐のシルバー・イーグルのついた緑色の迷彩服を着ている。インディは彼がマヤ遺跡での襲撃にいた男だと気づいた。

ロシア人突撃隊の隊長だ。

「百ドルにしたほうがよさそうだ」マックが言った。

少し離れたところに、滑走路をこちらへ向かってくる別の幕僚車がいた。車が近づいても、誰ひとり驚いたり心配したりする様子はない。誰かはわからないが、遅れてパーティーにやって来たというわけだ。

大佐はインディの前に足を進めた。そして、腕を上げて前方の巨大な格納庫を示した。ロシア訛りが男の声音に重苦しさと凄《すご》みを与えている。「この建物が何だかわかるか、どう《ダー》だ？」

「知るか《ゴー・トゥー・ヘル》」インディは答えたが、ことばの裏にはあまり熱がこもっていなかった。

彼はまだ格納庫を見つめていた。不思議なことに、実はこの建物に見覚えがある。インディは記憶をたどった。

インディはそれに気をとられ、ロシア人のもう一方の腕が顔をめがけて飛んでくるのを見逃した。拳が顎《あご》にくい込み、頭がのけぞった。血の味がしたと同時に脚の力が抜けた。彼は膝から崩れ落ちた。

片手をついてからだを支え、インディは切れた唇を拭いながらロシア人を睨《にら》みつけた。今度はインディのことばに火がついた。「悪かったな……〝地獄へ行け《ゴー・トゥー・ヘル》〟と言うつもりだったんだ、同志《コムラード》」

大男はシャツの襟首《えりくび》をつかんでインディを吊り上げ、もう一方の手を拳に丸めて構えた。ピストルの銃声のような鋭い声が響いた。「ちょっと失礼《プラスティーチェ》！」

近づいてきた幕僚車が横に停まった。後部ドアが勢いよく開き、すらりとした人物がよどみない動きで脚を回して降り立った。それが女だとわかると、インディは驚いた。彼女もほかの者と同じように、アメリカ陸軍の制服を着ている。ただ、腰のあたりがきつそうで、ブーツは膝の高さまであった。漆黒の髪は肩までのボブスタイルで、前髪は額のところでまっすぐに切り揃えられている。彼女はライオンのように近づいてきた。優雅で、しなやかな筋肉を持ち、獲物を逃がさない。

腰のベルトにつけた鞘《さや》に入った剣が、彼女を危険に見せていた。

ロシア人の大男はインディを引き起こし、彼女の方に顔を向けさせた。大佐は威張った態度を見せず、この新参者に敬礼をした。実を言うと、インディは彼の淡い瞳の奥に恐怖が見え隠れするのに気づいた。

まずい。

彼女は全員に聞かせたがっているかのように、英語で大佐に話しかけた。「うまくいったわね、ダフチェンコ大佐。よくやったわ」

では、彼は大佐だったのだ——ロシアの大佐だ。

「ジョーンズ教授をどこで見つけたの？」女は訊いた。

「メキシコです、地面を掘っていました。このがらくたを探して」

ダフチェンコが肩をすくめると、うしろの肩掛けカバンが目に入った。インディには自分のカバンだとわかった。ダフチェンコはカバンを逆さまにした。インディは慌てて足を踏み出したが、別の衛兵が力ずくで引き戻した。カバンのなかから、マヤの豊穣《ほうじょう》を祈る偶像と珍しい象形文字の彫られた石片、そして古代の、コロンブス以前の陶器の破片が滑走路に飛び散った。それらはすべて、値のつけられない歴史的工芸品だ——歴史的工芸品だった、と言うべきか。

インディは顔をしかめた。七週間にわたる綿密な調査の成果だった。

彼は呆然として首を振り、女を正面から見つめた。砂漠の太陽の下だというのに、彼女の肌は雪のように白く、一滴の汗もかいていなかった。「当ててみようか」インディは言った。「あんたたちはこのあたりの者じゃないな」

「だったら、どこから来たと思うの、ジョーンズ博士？」

インディは彼女の頭からつま先までじろじろと眺め回した。「″W″の発音をするときに下唇を噛むところをみると、東ウクライナだな」

女の目がきらめいた。「よくできたわ、ジョーンズ博士」彼女は片手を差し出した。

「コロネル・ドクターのイリーナ・スパルコよ」

インディは握手を拒んだ。

彼女は気を悪くしたようには見えなかった。手首を返し、大柄なロシアの野獣を指した。

「もう会ったわね。アントニン・ダフチェンコ大佐よ」

「愉快な男だ。そのうち、みんなでボルシチでも食べよう。だから、どういうことになっているのか話してくれないか？」

彼女は首をかしげた。「焦らないで、ジョーンズ博士。わたしはレーニン勲章を三回受けているの。社会主義労働者の英雄としてのメダルもね。なぜだと思う？ わたしの任務は知ることだからよ。誰より早く知ることなの。そして、わたしがいま知らなければならないことは――」彼女はインディの方へ手を伸ばし、ほっそりした指で彼の額を軽く叩いた。「――ここに入っているのよ」

「お嬢さん、おれは何も――」

彼女は顔を近づけ、インディと視線を合わせた。彼女の目は北極海の青《アークティック・ブルー》、大半が白で覆われ、銀色の氷が点々と浮かんでいる。彼女はインディをじっと見つめ返した。真剣な、不安をかき立てるような視線だ。催眠術をかけるような彼女の視線にも、インディは臆さなかった。彼女はそれに失望し、同時に興味をそそられたようだ。彼女はしばらくインディの瞳を見つめてから、顔を離した。彼女が背筋を伸ばしたとき、その唇にうっすらと笑みが浮かんでいた。

「あなたの心は読めないわ、ジョーンズ博士。とても興味深いわ。だったら、古い手を使うしかなさそうね。結局、話さないわけにはいかなくなるのよ。わたしたちが探しているものを見つけるのに、手を貸してちょうだい」

突然、電気の火花の大きな音が聞こえ、全員が一斉に注目した。格納庫の扉の配電ボックスから煙が立ち昇り、大きな歯車の回る音がした。集まっていた男たちのあいだから歓声があがった。その横では、格納庫の扉がレールの上を滑るように動きはじめ、中央に書かれた数字の5と1のあいだが二つに割れた。

「これですぐにわかるわ」スパルコが待ちきれないように囁いた。

一行は大きく開いていく入口に引き寄せられた。扉は後退をつづけ、さらに大きな口を開けた。インディはもはや背中に銃を突きつけられる必要はなかった。好奇心が彼を格納庫へ導いた。扉のなかから、広大な空間が手招きしていた。自由の女神でさえ、たいまつを掲げたまま入っていけそうだ。

高い天井の大きな垂木のあいだに埋め込まれたライトが、点滅しながら息を吹き返した――最初は扉の近くから、やがて格納庫のなかを広がっていき、終いには信じがたいほど遠くまで延びていった。垂木まで積み上げられた無数の箱を、ライトが照らし出した。

インディは首を伸ばし、なかを覗《のぞ》き込もうとした。

入口のレールをまたぐと、インディはあることを思い出してぞくっとした。臭い――古い材木とディーゼル・オイルの臭い――さえも彼を昔に引き戻した。格納庫のなかを反対側の出口までつづいているおびただしい数の棚の列を、インディは呆然として眺めた。格納庫の外側を見たことはなかったが、その内側に入ったことはある。十年ほどまえ、窓に目隠しをしたバスでこの地へ運ばれ、厳重な警備のもとで密かにここへ連れてこられたのだ。

いま、ふたたびここへ戻ってきた。

インディはあたりに目を走らせた。様々な大きさの梱包箱が積み上げられ、そのひとつひとつに〝最高機密〟のスタンプと政府機関の暗号化されたコードが押されている。いつもなら、ここがインディの冒険の終着点――出発点ではない――になるはずだが。

今回は、どういう厄介ごとに巻き込まれてしまったのだろうか？

4

スパルコはアメリカ人の横についていった。陸軍兵員輸送車と二台のジープが、重いエンジン音を響かせ、ディーゼルの排気ガスを吐きながら次々と格納庫へ入ってきた。

そのあいだに、スパルコは獲物を観察した。彼は想像していたより老けて見える。最近撮った写真よりも老けていた。だが、棚や梱包箱に視線を這わせているとき、そればかりか彼女の突撃隊をちらりと盗み見るときさえ、彼には集中力があった。つねに考え、つねに計算している。その年齢にもかかわらず、この男は鋼鉄のような強靭さと鋭さを保っている。だが、彼女はたじろがなかった。もっと手強い相手にも打ち勝ってきた。あの鋼鉄を焼き鈍《なま》し、自分の任務に都合のいいように曲げる方法もそのうちわかるはずだ。これまで失敗したことはない。今回も絶対に失敗しないつもりだった。

スパルコは格納庫の中央を指し、先に立って歩きだした。「この倉庫は、ジョーンズ博士、あなたやあなたの政府がすべての機密を隠しているところね、そうでしょ？」

インディは首を振った。「ここへ来たことはない」

嘘だ。

たがいに承知していた。

彼女はあえて論争しようとはしなかった。自分の知っていることを指を折って数え上げた。「わたしたちが探しているのは、長方形の保管用コンテナなの。大きさは二メートル掛ける一メートル掛ける二メートル。中身は特別に興味深いものよ――ミイラ化した死体なの」

スパルコの横でアメリカ人の足がもつれ、彼は急に黙りこくった。心当たりのありそうな目の光も、顔に広がる不安の色も、彼女は見逃さなかった。ほんの二、三分で、もう彼の心を読む方法を会得していた。

彼女は片手を挙げてインディを引き止め、彼に顔を向けた。「わたしが言ったこと。もちろん、あなたは知っているわよね?」

「きみがどの箱のことを言っているのか、何でおれにわかると思うんだ?」

彼女はわざと冷ややかな口調で言った。「なぜって、ジョーンズ博士、あなたは十年まえにそれを調査したメンバーのひとりだからよ」

「いいかい、きみ、仮におれがきみの言う――」

獲物を襲うヘビのようなすばやさで、スパルコが剣を抜いた。銀色の光が走り、剣の先がインディの頸動脈の上で止まった。彼女はしっかりと剣を押さえた。脈拍を数え、インディの鼓動が急に速くなったのに気づいた。だが、相手は硬い表情のまま、動じる様子も見せていない。ただ、額に浮かんだ汗が彼を裏切った。表情に隠されたものを肉体が暴いていた。

スパルコは満足し、心のなかで冷たい笑みを浮かべた。この男の心など、すぐにトルストイの『戦争と平和』くらいにすらすら読めるようになってみせる。必要なのは、細かいことを見逃さない注意力……そして、忍耐力だけだ。

彼女はじわじわと力をこめながら、ことばを区切って言った。「わたしたちに、協力してもらうわ。あれを探して！」

剣先の周囲に一滴の血が湧き出てきた。その血が喉の窪みまで伝い落ちた。

彼の表情はまだ冷静さを保っていた。彼女の表情に負けないほど冷ややかだった。

「おれを殺しても問題は解決しないぞ」

彼女は剣を下ろさなかった。「あなたの言うとおりかもしれないわね」

この捕虜の弱い部分はどこか、どこを傷つければ最も効果があるのか、彼女にはすでにわかっていた。ジョーンズ博士に脅しは通用しない——少なくとも、彼自身への脅しは。

彼女は大声で命令を下した。

兵士のひとりがうしろを向き、ジョーンズ博士の友人の豊かな腹に拳を叩きつけた。ジョージ・マクヘイルはからだを二つに折って咳き込み、膝から崩れ落ちた。別の二人が両側から彼の腋に手を入れ、エンジンをかけたままのトラックのところへ引きずっていった。

兵士たちはマクヘイルを床に押さえつけ、その頭を後輪のうしろに押し込んだ。

スパルコが運転手にうなずいた。運転手はギアをバックに入れた。そしていまにもアクセルを踏もうとしたその直前、アメリカ人が両手を挙げた。

「わかった、わかった！」

彼女は剣を下ろした。「あの箱は、ジョーンズ博士？　どこにあるの？」

インディは巨大な空間を見つめた。「お嬢さん、手掛かりがない。このどこかにあるはずだが」

スパルコは運転手に向き直り、片手を挙げた。

「待て！」ジョーンズ博士が彼女に向かって怒鳴った。「考えるチャンスを与えたらどうだ！　箱を見つける方法があるはずだ」

インディはゆっくりと回りながら周囲を見回した。スパルコは彼の目のなかに、かすかな狼狽の色を――同時に、深い集中力を――見て取った。

ダフチェンコは威嚇するようにインディの方へ足を踏み出したが、スパルコが手で制した。彼女はこのアメリカ人を相手に、力と技の繊細なゲームをしているのだ。ダフチェンコなどに邪魔されたくなかった。少なくとも、いまのところは。

スパルコは男の観察をつづけた。彼の息づかいや、肩の位置や、顎《あご》の下を指でこするしぐさを見守った。心の内をさらけ出す、顔の特徴を見つけ出した――目がわずかに大きくなっていることも含めて。

不意に、ジョーンズ博士が指を鳴らした。「コンパスが要る」そう言うと、手のひらを突き出した。

進み出る者はいなかった。数人の兵士が困惑して顔を見合わせた。

「コンパスだ！」インディが迫った。「知らないのか、北、南、東？」

「それと、西！」トラックの下から引っ張り出された友人が、身震いしながら言い添えた。

「おまえら、どういう兵隊なんだ？」ジョーンズ博士が問い詰めた。「誰もコンパスを持っていないのか？」

アメリカ人は兵士たちの虚ろな表情を見回した。その視線がダフチェンコの銃に止まった。

「弾をよこせ」彼はそう言って手を突き出した。

ダフチェンコは口をゆがめて笑ったが、スパルコは彼が真剣なことを見て取った。目が大きくなり、瞳孔が開いているのを見ればわかる。これは策略などではない。

ジョーンズ博士はつづけた。「いいか、よく聞け。おれに手を貸してほしいのか、ほしくないのか、どっちなんだ？」彼は手で倉庫の奥行きを示した。「あの箱の中身は強力な磁気を帯びているんだ」

彼女はダフチェンコにうなずいた。「彼の言うとおりにしなさい」

しばらくすると、インディはロシア兵が差し出した道具箱のそばにひざまずいていた。そしてプライヤーをつかみ、弾薬の先をねじり取った。うまくいくのを願った。というのも、ほかに名案はなかったからだ。

マックはインディの上にかがみ込み、不安そうにその首をさすった。「自分が何をしているのかわかっているのか、インディアナ？」

「何をしているかって？　おまえのかわいいちっちゃな頭が、胴体から離れないようにしてやってるんだ」

インディは薬莢を振って火薬を手のひらに空けた。さらにいくつかの弾薬を使って同じ手順を繰り返した。

「まあ、そうやってるだけでも、やつらの武器をゆっくり取り上げていることにはなる」

マックはうんざりしたような笑みを浮かべて言った。「一度に一発ずつだがな」

それが終わるとインディは立ち上がった。女の視線が自分に注がれ、あらゆる動作を見守っているのを感じる。倉庫内の交差点までくると、からだ中の皮膚がむずむずしていた。

スパルコがインディに歩み寄った。

「箱の中身にまだ磁力が残っていれば」彼は説明した。「火薬に含まれる金属が方向を示してくれるはずだ」

彼は手を持ち上げ、開いた手のひらに息を吹きかけた。細かい火薬がすじになって漂い、雲のように広がった。それはしばらく空中にとどまり、やがて磁石のそばを通る鉄くずのように、見えない力に引かれてひとつになりはじめた。誰もが見守るなかで、火薬がコンクリートの床に落ちついた。それは完璧なすじを作り、一本の通路を指していた。

インディは工夫に対する感謝のことばを期待して振り返ったが、スパルコは彼を待たずに通路を駆け出していた。人の評価なんてそんなものだ。インディはぶつぶつ言いながらあとを追った。彼女がついに速度を緩め、通路の両側をきょろきょろ探しはじめた。いくつもの木箱が、垂木まで積み重なっている。

「でも、どの箱なの？」彼女は苛々して大声で叫んだ。「こっちの方だけでも数え切れないほどあるわ」

インディはショットガンを手にした兵士を指さした。「散弾《ペレット》だ。その弾を一発くれ」

スパルコは疑うように目を細め、インディを見つめた。だが、すぐに振り向き、大声でてきぱきと命令を下した。兵士はわけがわからず眉をひそめたが、結局、命令に従った。彼はショットガンから弾薬を一発抜き、おそるおそるインディに渡した。

インディは横に足を踏み出し、ボール紙でできた弾薬筒《ケース》を一気に噛み破った。黒色火薬の味に顔をしかめ、弾薬の中身を床にばらまいた。ショットガンの弾薬に入っていたサイズ八号のアイアン・バードショット散弾が、小さなボールのように弾んでコンクリートの床に転がった——やがて、ひと粒の散弾が左へ転がると、残りもあとにつづいた。小さな動きが大きな流れとなり、磁力の糸に引かれて速度を増しながら通路を進んでいった。

いや、彼はそう願っていた。

インディとスパルコはバードショットを追った。

金属の散弾が倉庫を駆け抜けた。二人は全速力で走ったが、追いかけるのがやっとだった。ジープがうしろからついてきて、倉庫内に排気ガスが充満した。インディの人生で最高に奇妙な追跡だった。

ついに、前方に積み上げられた箱の足元に散弾がたどり着いた。

インディはすでに息を切らし、ひどく足を引きずっていた。「きっとこれが――」

散弾の旅は終わってはいなかった。散弾は箱の脇を登っていき、二つの箱のすき間に吸い込まれはじめた。

「急げ！」インディが怒鳴った。「手を貸してくれ！」

ダフチェンコが応援に来た。二人がかりで外側の箱を棚から引き出し、床に放り投げた。箱の蓋が開き、〝他見無用〟と書かれた書類が散らばった。インディはそれには目もくれず、壊れたばかりの箱でできた空間を覗《のぞ》き込んだ。さらに多くの木箱――どれも同じものだ――が行く手をさえぎっている。散弾は視界から消えていた。

「もっと出すんだ！」インディは箱を指して怒鳴った。

兵士たちは箱を引っ張り出して通路に積み上げた。棚の空間が広がり、スパルコが懐中電灯で内部を照らした。奥の方で、箱の表面が震えていた――金属製の散弾に覆われていたのだ。

それこそが探していた箱だった。

インディは目の端でロシア女をうかがった。彼女はうしろへ下がり、その目が懐中電灯の光を浴びて輝いた。彼女は二人の兵士を手招きし、箱を出すように言った。わずかな不平と軽い悪態のあとで、箱が目の前に引き出された。ひとりの兵士の腕時計の針が不規則に回転してから箱を指して止まるのを、インディは見逃さなかった。箱の寸法はスパルコの説明通りで、いくらか幅の狭い小ぶりの棺桶ほどだ。彼女の持つ情報は正確だった。

スパルコは、兵士の手からバールをひったくった。彼女がほかの者に箱を開けさせるはずはないとインディも思っていた。彼女の目が期待で血走っている。

「私の愛しい人《マヨー・ソーラッェ》……」まるで祈りを唱えるかのように、彼女はロシア語で独り言を言った。

スパルコは箱の隅にバールを突っ込み、棺の木蓋に割れ目を入れた。一瞬、半分焼けたステンシルの文字がインディの目に入った。いくつかのアルファベットと数字が読み取れた。

SWELL, N.M. 7-9-47

この箱にまちがいない。

板を取り去ると、干し草の詰め物のなかからステンレスのタンクが現われた。タンクの上半分は、丸みを帯びた蓋で密封されている。スパルコがうなずき、兵士のひとりが蓋の上の溝にバールを当てた。彼が溝をこじると、空気の漏れる音とともに蓋が壊れた。

青みがかった濃いガスが漏れ、渦を巻いて立ち昇った。

頭上の垂木のあいだに下がっているライトが、コンパスの針のように揺れて一斉に開いた梱包箱を指した。

蓋が滑ってタンクが完全に開いた。そのなかにシルバー・メタリックのカバーに包まれた姿が横たわっていた。その奇妙なカバーは、光を反射するようにも吸収するようにも見える。ちょうど、水に浮かんだ油のようだ。インディは首のうしろがちくちくするのを感じた。

何かが微妙に放出されているのを感じた。それが何であれ、兵士たちは気づかない様子で両側にひざまずき、しわの寄ったカバーを慎重にちぎり取っている。それはいく重にも重なり、まるでタマネギの皮をむくようだ。兵士の腕時計の針がまた回っていた。片方の兵士の時計が手首から外れ、強い磁力を帯びたカバーに貼り付いた。散らばったショットガンの散弾も、宙を飛んで表面にくっついた。

スパルコは我慢できなくなって身を乗り出した。

彼女はミイラ化した死体から、自分で最後の一枚をはがし取った。ほかの者が棺の周囲に群がっているので、インディからは箱の中身が見えなかった。だが、スパルコがからだを起こし、メタリックな内側のカバーを持ち上げるのが目に入った。それは棺のなかのものの姿をはっきりとどめた、ヒトの頭の形をした銀色のデスマスクだった。ただ、この頭は頭蓋骨が異常に長く、大きすぎる眼球を頬骨が取り囲み、まるで昆虫のように見えた。

ほかの者はもっとよく見ようとして集まった。

彼らがここへ来たのは、ひとえにこれを見つけるためだった。

だが、インディはちがう。

インディはそろそろと横へ移動し、二人の兵士のうしろへ忍び寄った。彼は別の目的を心に秘めていたのだ。インディはじりじりと標的に近づいた。

スパルコは何かを感じ取ったにちがいない。いきなり振り向き、鋭い視線でインディをとらえた。一瞬、二人の視線が絡み合った――次の瞬間、彼女の唇が動いて警告の叫びを発した。

遅かったな、お嬢さん。

インディは探していたものを見つけた。兵士の肩に掛けられたままの牛追い鞭《むち》の持ち手をつかんだ。温かい革が、オーダーメイドの手袋のように手に馴染んだ。兵士はインディの方を向いたが、インディはショルダーブロックで彼を倒して鞭を奪い返した。

マックを見張っていたロシア兵が、インディの方へピストルを突き出した。

また今度にしろ。

インディの腕がすばやく動き、牛追い鞭がすさまじい音を立てて空《くう》を切った。そして兵士の手首に激しく打ちつけ、そのまましっかりと巻き付いた。男は驚いて顔色を変えた。

これが年の功というものだ。長年経験を積んでいる。

床に倒れた兵士は、ライフルを拾おうとしてもがいた。

インディが手首を返すと、マックの見張りのピストルが火を噴いた。弾はライフルの男の胸に当たり、男は床に倒れた。インディはすかさず鞭を強く引き、マックの見張りをたぐり寄せた。兵士はバランスを崩し、回転しながらインディの腕に飛び込んできた。

インディは空いている方の手でピストルをもぎ取り、マックに放った。マックはお手玉したが何とか受け取った。インディはスパルコたちに向かって見張りを突き飛ばした。

インディは後退りしながら死んだ男のライフルを拾い上げた。残りの兵士たちがようやく武器を構えたときには、すでにインディはマックといっしょになっていた。二人は背中を合わせてロシア兵に立ち向かった。

昔のように。

インディは一メートルほど先のスパルコに狙いを定めた。

「銃を捨てろ！」彼は怒鳴った。「捨てないと、コロネル・ドクターが死ぬことになるぞ」

兵士たちが従いはじめた。ダフチェンコだけが拒んだ。大佐の手のなかのがっしりとした大型ピストルが、いまもインディを狙っている。

「早くしろ！」インディは命じたが、ふと、何かがおかしいことに気づいた。

しかもスパルコが腕を組み、楽しんでいるような冷ややかな笑みを浮かべたからなおさらだ。背後でマックが動くのを感じた。インディの腹の底に、沈み込むような感覚があった。

そんな、バカな……

インディは信じられない思いで振り返った。

マックの銃口が、インディの頭に突きつけられていた。

5

インディの目の前で、マックはスパルコとダフチェンコの方へゆっくりと歩いていった。少なくとも、ばつの悪い顔をするだけのたしなみはあるらしい。友人は顔を伏せ、インディの鋭い視線から目をそらしていた。インディの心のなかで、怒りと悲しみが戦っていた。

「マック？　なぜだ？」

二十年来の友人は肩をすくめただけだった。「何が知りたいんだ、インディ？　もしおれが共産主義者だと思ってるなら、そうじゃない。ただ、良き資本主義者なだけだ。彼らはカネをよこした。しかも、たんまりとな」

心のなかの戦いは怒りの勝利に終わった。「冗談だろ？　おれたちはずっとソ連をスパイしてきたんじゃないか？」

マックはふたたび肩をすくめ、恥ずかしそうに中途半端な笑みを浮かべて首をかしげた。「悪いカードがつづいたのさ、相棒。ひどかった。伝説的なひどさだった」彼は梱包箱の山に目を走らせた。彼の目のなかに欲望が光って見える。ここにある機密の価値を考えているのは明らかだ。「いつも手ぶらで帰るわけにはいかないんだ」

ダフチェンコが進み出て、巨大な拳銃の遊底《スライド》を引いた。その意図は明確だった。次に起こることを楽しむつもりなのだ。

スパルコが剣の柄頭に手を置いた。「言い遺すことはないの、ジョーンズ博士?」

インディは少し考え、売国奴と向かい合ったときにふさわしい愛国的な台詞を思いついた。単純明快がいちばんだ。

「おれはアイクが好きだ」

ダフチェンコには受けなかった。彼は武器を上げた。「銃を捨てろ。鞭《むち》もだ。早く」

インディは降参のしるしに両手を挙げた。「わかった、おれの負けだ」

そして、オートマティックの武器を持って群がっているロシア兵の中心めがけて、下手で高く銃を投げ上げた。銃は床にぶつかって大きな音を立て、一発の弾丸を発射した。弾丸はコンクリートの床を弾き飛ばした——だが、そのまえにひとりの兵士の足を貫通していた。

悲鳴が響きわたった。傷ついた兵士は激しくのけぞった。だが、インディの期待した通り、苦痛が反射的な反応を引き起こした。激痛のために指に力が入り、そのうちの一本は引き金にかかっていた。兵士が倒れると同時に、手にしたオートマティック拳銃から弾丸がしぶきのように出て四方八方へ飛び、近くでアイドリングしていたジープをかすめたあげく梱包箱に浴びせかけられた。兵士たちは隠れようとしてしゃがみ込んだ。

ダフチェンコとスパルコまでも。

インディはくるっと向きを変え、近くに放り出されて山積みになった梱包箱の方へ駆け出した。そして階段のように上がっていき、頭上の棚に飛び移ってそこをよじ登った。やっとのことで棚の上に這い上がった——すぐに倒れて息を整えた。肺が焼けるようだった。彼は顔をしかめ、逃げる手段を探した。周囲には梱包箱の海が広がっているが、高さがまちまちな上にあちこちで暗い割れ目が口を開けている。

まずい。

危険を覚悟で下を覗《のぞ》くと、ダフチェンコとマックが立ち上がるところだった。ほかの兵士たちもそれに倣《なら》った。いくつもの武器がインディの避難所を狙っている。首を引っ込めようとすると鋭い叫び声が聞こえ、インディは声のする方へ目をやった。

スパルコだった。

エンジンをかけたジープの荷台に、二人の兵士があの奇妙な棺を積み込んでいる。スパルコは、二人に向かって大声をあげながら通路を走っていった。彼女は運転席に飛び乗り、アクセルを踏んで走り出した。垂木のあいだのライトがあとを追って揺れ、磁気を帯びた荷物に引かれて彼女の方向を示した。

二台目のジープが彼女につづいた。

そうはさせないぞ、お嬢さん。

インディは中腰になって梱包箱の列の上を走った。インディを追ってくる弾丸が、足下の箱を切り刻んだ。

通路の端までくると、頭上に下がったライトがコンパスの針のように揺れた。スパルコのジープは目と鼻の先にいる。

やるならいましかない。

インディは棚の端から身を躍らせ、鞭《むち》を振り出して揺れるライトに引っ掛けた。背後で、最後の箱が一斉射撃を浴びて吹き飛んだ。インディは片手でしっかりつかまり、唖然としているロシア兵たちの頭上に舞い上がった。放物線は逃げていくスパルコのジープを狙っていた。

いや、彼はそのつもりだった。

振り子の端まできたとき、インディのブーツのかかとがジープの荷台に置かれた棺をかすめた――だが、車はそのまま突っ走り、振り子は戻っていった。

ロシア兵たちの方へ。

頭の上で、鞭がいやな揺れ方をしてほどけた。

こうなったら手際よくとはいかない。

インディは床に向かって落ちていった――そして、スパルコを追っていたジープのフロントシートに叩きつけられた。ぎょっとした顔をした二人のロシア兵のあいだに落ちたのだ。

「くそっ、もっと近いと思ったんだが」そう言うと、彼は助手席の男の顔に肘鉄を見舞い、次いで運転手の耳にいきなりパンチを食らわした。二人のロシア兵は両側のドアから落ちていった。

インディは運転席に滑り込み、アクセルを踏み込んでハンドルを握りしめた。彼はスピードを上げてスパルコのジープを追い、やがてそれに並んだ。

轟音を聞きつけ、女が視線を投げた。その目に驚愕の色が浮かぶのを、インディは楽しんでいた。

スパルコはそれを予想していなかった。

そして、これも。

インディは急ハンドルを切り、スパルコの車の横腹に体当たりした。スパルコはコントロールを失って梱包箱の山に突っ込んだ。彼女は衝撃でジープから飛び出し、壊れた箱の山に転がり込んだ。

インディは急停止し、ジープから飛び降りて彼女の車に乗り換えた。

悪いな、お嬢さん。

ギアをバックに入れて箱から離れ、アクセルをいっぱいに踏み込んだ。コンクリートの上にタイヤの焦げる臭いを残し、遠い出口に向かって突っ走った。肩越しにちらりと振り返り、棺がまだ荷台に載っていることを確かめた。

うまくいった。

これをロシア人の手に渡すわけにはいかない。

ジープのうしろに目をやると、残骸のなかからスパルコが無傷で立ち上がった。

あまりうまくなかった。

彼は前を向いて出口を目指した。だが、巨大な倉庫の通路が交わる地点に差しかかると、フォードの幕僚車が急に姿を現わし、行く手を塞いで正面から撃ってきた。

インディはハンドルを切って別の通路を進んだ——ところが、その先は巨大な陸軍兵員輸送車で塞がれていた。がっしりとしたトラックがインディの方へ向かってくる。バックミラーに目をやると、幕僚車がタイヤを鳴らして角を曲がってきた。

彼は逃げ場を失った。

インディは唯一塞がれていない方向を探した。

上だ。

視線の先で、巨大な屋根を支えるI形鋼の梁が通路のすぐ上を横切っている。インディはエンジンを思い切り吹かし、チキンレースのようにまっすぐトラックに突っ込んでいった。

ジープのギアを入れたまま、彼はそろそろとシートに上がり、鞭《むち》をほどいて息を止めた。

陸軍兵員輸送車のヘッドライトが、インディに向かって突き進んできた。

最後の瞬間、彼は牛追い鞭を振り出した。鞭は銃声のような音を立てた——そして、頭上の梁にきっちりと巻きついた。

しかも、一秒たりとも早すぎはしなかった。

鞭を固く握ってジープからからだを持ち上げると、はずみで空中高く跳ね上がった。急激な力が肩にかかって切り裂くような痛みが走ったが、インディは決して手を放すまいとした。

下から、ブレーキの音と運転手の悲鳴が聞こえた。

兵員輸送車と幕僚車が同時にぶつかり、インディのジープははさまれてアコーディオンのようにぺしゃんこになっていた。輸送車と幕僚車は別々の方向へスピンし、それぞれ梱包箱の山に突っ込んだ。木箱がばらばらになり、中身の最高機密が宙に舞い上がった。

インディは残骸のまん中に降りた。急いで鞭《むち》を緩めたが、そのとき金色のきらめきが彼の目をとらえた。光は衝突で壊れた梱包箱の割れ目から漏れている。インディは宝石をちりばめた箱につけられた、見覚えのある黄金の取っ手を見つけた。彼は立ちすくんだ。

まさか？

聖櫃……

インディはかがみ込んだ。「こりゃ驚いたね」

弾丸がインディの鼻をかすめ、梱包箱の土手を貫いた。インディは身を退いた。ぼんやり見とれている暇はない。隠れようとして箱のうしろに飛び込んだが、そのまえに幕僚車のドアが開いてマックが降りてきた。

手にはピストルが握られている。

二人の目が合った。壊れた車の残骸を——そして友情の残骸を——はさんで睨み合った。

マックが銃を上げた。「やめろ、インディ。ここから出る方法はない」

インディは友人がしばらくまえに言ったことばを返した。「出口はつねにあるものだ、マック!」

インディは見つからないように頭を下げ、開いたままの出口へ急いだ。暗い格納庫に日光が差し込んでくる、それを目標に進んだ。まだ先は長い。気をつけなければならない——しかも、急がなくては。銃声が耳のなかで鳴り響き、インディはその光を目指して暗がりを抜けていった。

次の通路の入口に差しかかり、ジープの音に気づいたときは遅かった。ジープがまっすぐインディに向かってくる。逃げるのはもう無理だ。インディは真上に跳び上がった。ただ、今回は高さが足りなかった。インディのブーツにジープの鼻先が当たり、彼はボンネットを飛び越えてフロントガラスに叩きつけられた。頭がくらくらし、インディはつぶれたハエのようにガラスにしがみついた。

見慣れた顔が、運転席からインディを睨《にら》み返していた。

ダフチェンコだ。

インディのからだで視界を塞がれ、ダフチェンコは懸命にジープの進行方向をコントロールしようとしていた。インディがうしろを振り返ってみると、車は格納庫の奥の壁に開いたトンネルに突っ込んでいくところだった。

やめろ、トンネルに突っ込んでいくところだった。

そこは下へ向かうコンクリートの階段だった。

インディは覚悟を決め、フロントガラスの縁につかまった。
まずいことになりそうだった。

6

ダフチェンコが危険を悟ったときにはもう手遅れだった。一分まえに通路を走っていたジープが、次の瞬間、広い階段をバウンドしながら下りていった。ジープはダフチェンコの奥歯を鳴らし、彼をシートから放り出そうとしている。彼はハンドルを固く握りしめた。あたりを揺るがす衝撃とともに車が階段の下に叩きつけられ、そのまま横滑りして広い地下室で停まった。ダフチェンコの息は荒く、心臓が早鐘を打ち、その腕がぶるぶる震えていた。彼は四方を見回した。

部屋の中央に平床型の車両があり、それは地下のトンネルにつづくレールに固定されていた。レールを見つめ、ダフチェンコは自分がどこにいるのかを悟った。その日のもっと早い時間に、砂漠の奥へ延びているレールが、格納庫に隣接する丘の上の掩蔽壕《えんぺいごう》から出ているのに目をとめたのだ。あの掩蔽壕に突っ込んだにちがいない。

うめき声がダフチェンコを現実に引き戻した。あのアメリカ人がジープのボンネットから滑り下りた。ジョーンズはふらふらしながら立ち上がり、後退りしてその場から離れようとした。

待て、逃がすものか。

ダフチェンコはハンドルから手を離してジープの外に出た。そっと男に近づき、両手を突き出してぶつかっていった。アメリカ人はうしろへよろめき、何も載っていない車両の上にひっくり返った。

ダフチェンコは男に近づき、その奇妙な車両に眉をひそめた。車両の後部に、ジェットエンジンが粗雑に取り付けられている。理解に苦しんでいると、ジョーンズがもぞもぞと動き出して起き上がろうとした。手探りをしていたジョーンズの手が、車両のコントロールパネルに触れた。

赤ランプが点滅し、警報が鳴り響いた。

ダフチェンコの右側から室内に光が流れ込み、どんどん明るくなっていった。鉄道のトンネルの出口で、ブラストドアがゆっくりと上がっていく。日光が部屋にあふれた。ジョーンズは明るい方に顔を向けて必死で立ち上がろうとした。

そちらに逃げ道はない。

ダフチェンコは車両によじ登った。

アメリカ人はダフチェンコが思ってもみなかった力を拳に込め、力任せに殴りかかってきた。だが、ダフチェンコにはほとんど効かなかった。彼はジョーンズに飛びかかり、うしろのエンジンカバーに押しつけた。片手でやすやすと押さえつけ、もう一方の手で首を絞めた。

ダフチェンコは、もがくジョーンズの首をゆっくりと絞めていった。

男の顔が紫色になり、やがて絶望の表情に変わるのを眺めて楽しんでいた。

おまえはこうやって死んでいくのだ、ジョーンズ。

捕虜の目が狂気じみていった。エンジンカバーに押しつけられ、ジョーンズは自由になる方法を探した。今回ばかりは見つからなかった。不意に、階段で何かが動き、二人ともそちらに目を惹かれた。ジョージ・マクヘイルが視界に入った。ピストルを構え、おぼつかない足どりで階段を下りてくる。イギリス人はひと目で状況をのみこんだ。

「ダフチェンコ大佐」マクヘイルは大声で言った。「イリーナはジョーンズを生かしておきたがっている。わかってるはずだ！」

ダフチェンコは捕虜の目に希望の色が浮かぶのを見て取った。彼は満足そうに鼻で笑い、いっそう強くその首を締めつけた。

「ダフチェンコ！」マクヘイルが怒鳴った。

ジョーンズは首を絞められながら、かつての友人に無言で訴えた。ダフチェンコは、ジョーンズがじっとマクヘイルを見つめているのに気づいた。とくにそのピストルを――そして、ダフチェンコに視線を戻すのを。

助けを求めている。撃ってくれと頼んでいる。

だが、マクヘイルはピストルを下ろして目をそらした。「すまない、インディ」

ダフチェンコは捕虜のなかから気力が抜けていくのを感じた。この最後の裏切りは、どんな手で絞められるより堪《こた》えたはずだ。

そのとき、車両のうしろですさまじい音がした。三人のロシア兵を乗せたもう一台のジープが、ドアを通って狭いトンネルに飛び込んできたのだ。もはや逃げ道はなかった。終わりだ。

ダフチェンコはジョーンズの首に回した手に力をこめた。からだをかがめ、ジョーンズの耳に蔑《さげす》むような声で囁いた。「さよなら、同志」

ダフチェンコが身を起こすと、打ちのめされていた男の目が激しい怒りに燃え上がっていた。ダフチェンコはジョーンズの視線の行方に気づいた。慌てて反応しようとしたが、そのまえにアメリカ人の足が勢いよく動き、コントロールパネルの横に隠れていたスロットルレバーを蹴とばした。

ジェットエンジンがうなりをあげはじめた。波打つような白い炎がロケットのうしろから噴き出し、仲間の兵士を焼いてジープの燃料タンクを爆発させた。怯んだダフチェンコがジョーンズを放し、ジョーンズは熱にあえいで膝をついた。イギリス人の裏切り者は、炎に追われてコンクリートの階段に逃げ込んだ。

ダフチェンコが振り向くと同時に、エンジンが全開に切り替わった。

車両はロケットのそりに早変わりしてレールを爆走しはじめた。二人の男は、車両の後尾にある緩衝材のついた遮蔽板《しゃへいばん》に投げ出された。

そりはトンネルに飛び込んだ。トンネルの壁がぼやけ、風圧で身動きがとれなくなった。

ダフチェンコのあばら骨が心臓を締めつけた。ライトがかすんで見えた。やがて、そりはあっという間にブラストドアから飛び出し、沈みかけた太陽に向かってまっすぐ砂漠を横切っていった。夕日がまぶしい、だが、ダフチェンコはまぶたを閉じることができなかった。加速度と風のせいで、まぶたがめくれ上がっていたからだ。

　そりは涸れた景色のなかを走りつづけた。

　だが、どこへ行くのか？

　一分後、スパルコはジョージ・マクヘイルとともに格納庫のそばに立っていた。マクヘイルの服の背からはまだ煙が出ている。彼女は夕暮れの砂漠を見わたした。少しまえ、ひとすじの炎が砂漠の向こうへ突進していくのを目撃していた。

　一秒遅れて衝撃波《ソニックブーム》の轟音が聞こえた。

　半分焦げたジョージ・マクヘイルが現われるまで、彼女には事態が把握できなかった。

「二人とも乗っていたの？」彼女はもう一度訊いた。「ダフチェンコとジョーンズが？」

　彼はうなずき、つば広の帽子で焦げた服の煙を払った。

「生きているのかしら？」

　彼は肩をすくめた。だが、薄れていく陽の光を見つめる目のなかに、懸念の色が残っているのをスパルコは見逃さなかった。彼が友人を裏切ったとしても、二人のあいだにはまだ何かが残っている。彼の心に重くのしかかるものが——たとえ、単なる時の流れにすぎないとしても。

幕僚車と、一台だけ残ったジープが近づいてきた。ジープはでこぼこで疵だらけだった。スパルコは砂漠を指さして命令を伝えた。車は砂を蹴って走り出し、ロケットのそりが残した煙の航跡を、空を飛ぶカラスのように一直線に追っていった。

ものごとがはっきりしないと居心地の悪いスパルコは、真実が知りたかった。ヘンリー・ジョーンズ・ジュニア博士に関することはとくにそうだった。彼を残していく気になれなかった。

少なくとも、生かしたままでは。

7

インディは、地球の重みがすべて自分の胸に載っているような気がした。いや、地球二つか三つ分の重みかもしれない。いまもまだ息はできなかった。加速度のせいで視野が狭くなった。周りの景色がぼやけ、現実が一本の長いラッシングトンネルに変わった。そのあいだずっと、風圧が彼の顔を押し広げて頭のうしろまで持ってくるようだった。そりは何キロメートルもの距離を瞬く間に走り抜けた――そして走り出したときと同様、だしぬけに停まった。

ブースターエンジンが停止した。ロケットエンジンのブレーキがかかり、レールに固定されてスピードを落とした。そりは軌道の端まで滑るように進んでいった。そして、ほとんど聞こえないような音で、巨大なゴムのバンパーに軽く当たって停まった。こぢんまりとした陰気な小屋が軌道の終わりを示していた。

ようやく解放された二人の男は、よろよろしながら遮蔽板《しゃへいばん》から離れた。二人は車両から降りた――だが、戦いは終わっていなかった。まるでパンチドランカーのボクサーのように、すぐに殴り合いをはじめた。

インディが振り出した拳は、その大きな相手から優に三十センチは離れていた。だが、まるでその見当外れのパンチでノックアウトされたかのように、ダフチェンコはばったりうしろに倒れた。大男は砂地の路盤に当たって意識を失った。彼の巨体では重力に耐えられなかったのだ。すべては質量と重力の問題だ。

インディは車両の上にどっかりと腰を下ろした。

砂漠の向こうに、こちらへ向かってくる砂ぼこりの塊が見える。スパルコの部下にちがいない救援隊でないことは確かだ。その程度の判断力は残っている。スパルコの部下にちがいなかった。

インディは車両から降りた。振り向くと、砂ぼこりを透かして瞬くような明かりが見えた。街が？　こんなところに？　そんなことはどうでもいい。誰かがきっと助けてくれるにちがいない。唯一、人の住んでいそうな場所を目指し、インディはよろめく足で砂漠を越えていった。

危険を知らせなくては。

ロシア人たちはすぐにやって来る。

「そんなもの、置いていけよ」マックはイリーナ・スパルコに声をかけた。

彼女は返事をしなかった。つぶれた幕僚車の方へ、鉄製の棺を引きずっている。それを残していくことは承知できなかった。

彼女があくまでもそれに固執するのを見て、マックは自分にとっていちばん大切なもののことが心配になった。それは自分自身の生存だった。セダンはすでにエンジンをかけてあるが、でこぼこのボンネットが問題だった。彼はボルトを緩めてボンネットを外し、幕僚車はホットロッドの改造車のようになった。

ブレーキをかけるタイヤの音が開けっ放しの扉から聞こえ、それが巨大な格納庫に響きわたった。ロケットのそりの発射とそれにつづく警報に導かれ、本物のアメリカ海兵隊が到着したのだ。もう時間がない。

マックは急いでセダンのうしろへ回り、スパルコが棺をトランクに入れるのを手伝った——この同じトランクに、彼とインディは一日近く閉じこめられていたわけだ。マックはそのことを考えまいとしてトランクの蓋を力任せに閉めた。そして、ロケットのそりが飛んでいった方角に目を凝らした。

すまない、インディアナ。

だが、済んだことは済んだことだ。彼が自分で選んだことなのだ。

マックは運転席に乗り込み、スパルコは助手席に身を落ちつけた。彼はそっとアクセルを踏み、格納庫の後部出口に向かって幕僚車をゆっくり動かしていった。広々とした空間で下される怒号のような命令が、二人のうしろから響いてきた。

マックは思いきって少しスピードを上げた。

海兵隊が正面の入口から入ってきたとき、二人はうしろの出口から次第に深まっていく黄昏のなかへこっそりと出ていった。マックは砂漠を抜けて突っ走った。

「とにかく、目的のものは手に入れたわ」スパルコがつぶやいた。

だが、おれたちにその権利はない、マックは思った。


ダフチェンコが目を覚ますと星が瞬いていた。

いくつもの手が彼を砂から引き出し、からだの砂を払って生温《なまぬる》い水を差し出した。彼は太い腕を振って部下たちを追い散らした。もうたくさんだ。彼は二、三歩よろめき、夜の空気を胸一杯に吸い込んだ。頭がずきずき痛み、目は焼かれて磨りガラスのようだった。

少し離れたところで、幕僚車とジープがエンジンをかけたまま待っていた。部下たちも待っている。ダフチェンコは彼らを見回した。

ジョーンズの気配はない。

「やつはどこだ？」彼はロシア語でうなるように言った。

部下のひとりが首を振った。「我々が着いたときにはもういませんでした」

ロの片端を上げて声を出さずにうなりながら、ダフチェンコはゆっくり円を描いて車両の周りを歩きつづけた。砂の上にひと組のブーツの足跡を見つけ、そのそばにひざまずいた。足跡は砂漠の奥へ向かっていた。

ジョーンズ。

ダフチェンコは目を細め、心のなかで足跡を追った。岩だらけの景色の向こうの遠い地平線のあたりで、明かりが瞬いていた。彼は立ち上がり、部下の襟元をつかんだ。彼は足跡を指さし、遠くの明かりを指さした。

「やつを捜せ」ダフチェンコはしゃがれ声のロシア語で命じた。「やつも、やつと話した者も皆殺しにしろ」

部下はうなずき、ほかの二人を呼んでエンジンのかかっているジープに乗り込んだ。ジープはエンジンの音をとどろかせ、砂をはね上げながら砂漠を抜けて遠くの街を目指した。

ダフチェンコはしばらく息を整えていたが、やがて顔をしかめ、幕僚車のところまで足を引きずりながら歩いていった。彼は後部座席に身を沈めた。運転手はUターンをしてセダンの向きを変え、もと来た方向へ走り出した。

ダフチェンコは涸れた景色を見つめた。

砂漠にはもう飽き飽きしていた。

8

インディはふらつく足で小さな砂漠の街へやって来た。あまりに長く歩いてきたので、立っているのがやっとだった。右へ左へよろめきながら、彼はメインストリートを歩いていた。この時間では、通りの両側に並ぶ店はどこも閉まっている。街灯が明るく輝いていた。視線の先では、ガソリンスタンドのネオンサインがゆっくりと回っている。遠くで、まだ営業しているどこかのバーか食堂から音楽が流れてきた。

水の一杯でも飲ませてもらおうと、インディは足を引きずって音のする方へ歩いた。砂で喉がざらざらしている。

ポケットを揺すってみた。一セントも持っていない。慈悲の心に期待するしかなさそうだ。

インディは通りのまん中をあてもなく歩き、警察か何かその手の役所でもないかと目を配った。危険を知らせなくては。ロシア人を止めなくては。

そのまま先へ進むと、道路沿いに数台の車が駐まっているのが目についた。そのうちの一台を盗むことも考えてみたが、そんな体力もそうするつもりもなかった。認めたくはないが、インディには助けが必要だった。

街の中心の十字路にたどり着き、行くあてもないまま足を止めた。すると、低く響く物音が聞こえ、彼はうしろに目を凝らした。砂漠の方から、一台の車が街外れに近づいてきた。片方のヘッドライトは明るく、もう一方は壊れている。インディにはおぼろげなジープの形が見分けられた。

ロシア兵が彼を追ってきたのだ。

車が街に入ってくると、インディはすばやく横道に入りこんで姿を隠した。車は彼を捜して、メインストリートをゆっくり這うように進んでいた。

インディは悪態をつき、一息つくために塀に寄りかかったが、移動をつづけなければならないことはわかっている。

うめき声を抑えて急いで交差点を離れた。やがて、こぎれいな家の建ち並ぶ通りに入った。きれいに刈り込んだ芝生、花の咲く窓辺の植木箱、庭の周りに巡らした柵。この穏やかな暮らしに厄介ごとを持ち込みたくはなかったが、ほかに選択肢はなかった。

それに、通りにいるわけにもいかない。

二軒の家のあいだを抜け、彼は裏庭に出た。うしろの通りに気をとられていたので、物干しロープにかかっていた誰かの洗濯物にまっすぐ突っ込んだ。アボリジニの豚取り網にでもかかったかのようにもがきながら通り抜けた。やっと自由になると、彼は洗濯物を踏みつけて家の裏口へ向かった。

花模様のカーテンが掛かった窓から、明かりがこぼれていた。

声が聞こえた。そして音楽も。

インディは軽くノックしたが、返事はなかった。大声を出すのはやめておいた。ドアに鍵がかかっていないのに気づき、思い切って勝手になかへ入った。そこはチェッカーボードの模様のタイルの床に最新の器具を備えた、整頓されたキッチンだった。器具のなかには頑丈な〈キング・クール冷蔵庫〉まであった。

インディは冷蔵庫に渇望するような視線を向けた。そのなかを漁って何か冷たい飲み物でも見つけたかった。

だが、いまはだめだ。

「こんばんは？　誰かいませんか？」インディの声は疵だらけのレコードのようだった。自分でもほとんど聞き取れなかった。

破れかぶれでリビングルームに飛び込むと、音楽が大きくなった。それはテレビから流れてくる。テレビは《ハウディー・ドゥーディー・ショウ》をやっていた。テーマソングが流れるなかで、ひと組の家族がインディに背を向けて坐っていた。母親と父親と二人の子ども。この非の打ち所のない絵画を台無しにしてしまうかと思うと、インディはまた胸が痛んだ。まして、それは彼には決して手の届かない生活だからなおさらだった。

だが、ほかに選択肢はなかった。

入口のテーブルに電話があるのに気づいた。インディは受話器をつかみ、ダイアルを回した。厚い詰めものをしたウィングチェアに腰掛けた父親に声をかけた。乾き切った自分の喉や舌と格闘した。緊急だと言いたかったのだ。

「ロシア人だ！　スパイなんだ！　やつらは軍事基地へ押し入って――」耳に当てた受話器からは、ダイアルのトーンが聞こえなかった。インディは受話器を二、三度カチャカチャ鳴らした。「使える電話はないのか？」

誰ひとり動かなかった。誰ひとり答えなかった。じっとテレビに釘付けになっているだけだ。画面の上では、ハウディー・ドゥーディーのそばかす顔がくすくす笑いをしたり高笑いしたりしている。

あんたたち、どうしたんだ？

インディは足を引きずりながら父親に近づき、男の腕をつかんだ――だが、腕は抜けてインディの手に残った。男は硬直し、考えられないような角度に首を曲げ、生気のない顔に笑みを浮かべたまま椅子から転げ落ちた。

インディはぎょっとして飛び退いた。

マネキンだ。

テレビ番組のなかで、バッファロー・ボブが言った。「おや、ハウディー、まだわからないのかい？　そこは架空の場所なんだよ」

インディはほかの人物にも目を向けた。

どれもマネキンだった。

脱水症状と疲労で、何が起こっているのか筋道立てて考えることができなくなっていた。蠟《ろう》人形のように固まったまま、インディはその場に立ちつくしていた。動かなくては、だが、動けなかった。

突然、インディの目を覚まそうとするかのように、表の通りでサイレンが鳴り響いた。音のする方へ顔を向けながら、彼は恐ろしいもののことを思い出した。

あの音には聞き覚えがある。

空襲のサイレンだ。

「まずいことになりそうだ」

彼は正面玄関に突進し、乱暴にドアを押し開けた。つまずきながら屋根付きポーチに出て、そのまま芝生へ下りた。郵便ポストのそばに、蠟でできた手紙を手にしたマネキンの郵便配達人が突っ立っていた。通りの反対側で、永久に同じ一歩をつづけている作りものの犬をひとりの男が散歩させている。通りの先の方では、子どもたちの一団が終わりのないサッカーの試合をつづけ、通りがかりの人が立ち往生したビュイックから彼らに手を振っていた。

インディは通りの端にある掲示板に気づいた。そのいちばん上に書かれた〝ようこそ〟の文字に目をとめた。彼は全文を読むために駆け寄った。

ようこそ、ドゥーム・タウンへ

アメリカ陸軍実験場
民間人立ち入り禁止！

インディは後退りした。何もかもうまくない。

不意にサイレンの音が止み、代わりに耳を聾《ろう》するような声が響いた。

「全員、最終配置につけ。秒読み開始。爆発一分まえ」

9

インディは一目散に通りを駆けて十字路まで戻った。ショックで痛みも忘れていた。焼死の脅威が人をふたたび動かし、生々しい恐怖が痛む膝に潤滑油を差す。それは驚くばかりだった。

角を曲がると、不意に足下で火花が散り、蜂の羽音が耳をかすめた。一瞬、驚いたが、次の瞬間、狙撃されたことに気づいた。あの脅威など、これから起こることに比べれば小さなことに思える。

それでも、死は死だ。

インディは身を躍らせて地面を転がり、ポストの陰に隠れた。思い切って覗《のぞ》いてみると、車の陰から出てきたロシア人の狙撃兵が大急ぎで配置につくところだった。狙撃兵は撃ちやすい角度に向きを変えた。

インディに逃げ場はなかった。

そのとき、彼の背後でエンジンの音がした。振り返ると、車体がでこぼこになった陸軍のジープが、車体を傾けて片側の車輪で数ブロック先の角を曲がった。そして、まっすぐインディを狙って撃ってきた。助手席の兵士が、立ったままフロントガラスの上からライフルを構えている。

待ち伏せされていたのだ。

ちょっと遅かったな、きみたち。

拡声器がそのことを裏づけた。「四十五秒まえ」

地上の狙撃兵が、見通しのいい場所を探して大きく横に動いた。一発の弾丸がポストにはね返ってゴングのような音を立てた。

状況は絶体絶命だった。そう悟ったインディは、両手を頭の上に置いて立ち上がった。失うものなど何もないのだ。

「待て!」彼は大声で叫んだ。「やめろ、バカ者ども! あれが何かわからないのか?」

彼は遠くの方を、メインストリートの出口よりさらに先を指さした。街を見下ろす丘の上に、スピーカーとサイレンのついた鉄塔が建っている。中ほどのプラットホームから、電線や導火線で覆われた金属の球がぶら下がっていた。

横腹に〝爆弾〟と書いてあるようなものだ。

とくにこの場合は——原子爆弾とでも。

それに気づくと、ロシア人の狙撃兵が目を大きく見開いた。身を翻《ひるがえ》して通りの中央に飛び出し、頭の上でライフルを振った。ジープの仲間にロシア語で何かを叫び、ライフルで丘の方角を指した。

その事実を知った運転手がショックを受け、ジープの前輪が激しい横揺れを起こした。揺れが治まると、車は離れていた狙撃兵のもとへ急いだ。そして、彼が頭から荷台へ飛び込むあいだだけスピードを落とし——すぐにまたスピードを上げた。

インディはむなしく腕を振り回し、もつれる足で彼らのあとから通りへ出た。「いいとも！　おれを待つ必要はない！」

インディは同じ方向へ二、三歩駆け出したが、それがいかに無意味なことかをすぐに悟った。

ジープはメインストリートから姿を消し、うしろに砂とサボテンの山を築きながら砂漠の奥へ狂ったように走り去っていった。

「三十秒まえ」

インディには、チャンスはたったひとつしかないことがわかっていた。彼は向きを変えて駆け出した——街の外ではなく、その奥を目指して。あの小さな美しい通りへ、あの絵に描いたように申し分のない家庭へ。家の正面玄関はまだ開いていた。彼は庭を横切り、ポーチの階段を跳ねるように上がり、リビングルームを走り抜けた。

ばかばかしいほど陽気な《ハウディー・ドゥーディー》のテーマ音楽を背中に聴きながら、短い廊下を駆け抜けた。

「十五秒まえ」

インディはキッチンに飛び込み、頑丈な〈キング・クール冷蔵庫〉にまっすぐ駆け寄った。彼はドアを大きく開いた。

「十秒まえ」

「頼む、お願いだ……」

彼は半狂乱で冷蔵庫の中身をすべて引きずり出し、棚も何もかも取り払った。焼けつくような喉を潤そうと、アイスキューブをひとつ口に放り込んだ。氷をすすり、冷たい水が喉を滴《したた》り落ちる感覚を楽しんだ。これが最後かもしれないのだ。

「五秒まえ」

インディは無理やり冷蔵庫にもぐり込み、ドアを強く引いた……

「四、」

──だが、ドアははね返った。彼のレザージャケットがはさまったのだ。

「三、」

彼はジャケットを冷蔵庫に引っ張り込み、そして──

「二、」

──力任せにドアを引いた。

小さな庫内灯が点滅して消える間際に、インディはドアの上隅に取り付けられた小さな鉄のプレートを目にした。そこには──

「一、」

——断熱性を高めるため、鉛で裏打ちされています

ドゥーム・タウンから一キロメートル半ほど離れたところで、ロシア人の狙撃兵は〝死の尖塔〟の方向に目を凝らした。ガタガタと音を立ててジープが跳びはね、彼の心臓も激しく打っていた。強烈な白い光を発する華々しい爆発を、彼は見ることがなかった。閃光に網膜を焼かれて一瞬のうちに目が見えなくなり、世界が暗黒に変わっただけだった。運転手のほうはそれほど幸運ではなかった。爆発が何キロメートルも先の砂漠まで照らし出し、世界を不気味な輝きのなかへ投げ込んだ。バックミラーのなかで、世界が炎に包まれるのが見えた。とてつもない規模の硫黄の爆風と地獄の猛火が地上を飛び交い、通り過ぎた跡の砂をガラスに変えていた。

彼は自分の運命《ドゥーム》が襲いかかってくるのを目の当たりにしたのだ。爆風が兵士たちを蒸発させてジープを融かす直前、ロシア兵は不思議な光景を目にしていた。

冷蔵庫が爆風に乗って宙を飛んでいたのだ。

それは猛スピードで頭上を越えていった——やがて、炎がそのたどった跡をすべて焼きつくした。

地面に叩きつけられたときのことを、インディは覚えていなかった。実際、覚えている

のは、狭い場所に閉じこめられて暗闇で目を覚ましたことだけだった。一瞬、パニックに陥り、生き埋めにされたのかと思った。それは古代のトンネルや墓穴にいるとき、彼のような考古学者につねにつきまとう恐怖だった。パニックに陥った彼は暗闇のなかで拳を振り回し、爪を立てた。

やがて、インディは何もかも思い出した。

パニックがますますひどくなった。

彼は肩をぶつけたり蹴飛ばしたりして冷蔵庫のドアと格闘した。ようやく掛け金が外れ、急にドアが開いた。きつい監禁状態から外へ転がり出ると、焼けたかまどの熱風が吹きつけてきた。冷蔵庫は半分融けて黒くなり、まだ燻《くすぶ》っている岩くずや残骸のなかに埋まっていた。

インディは涼しい空気を求め、よろめきながら二、三歩足を進めた。

だが結局それをあきらめ、からだを起こして正面から地獄を見つめた。

一キロメートル半ほど先の砂漠から、巨大なキノコ雲が立ち昇っている。それは煙と炎の柱となって渦を巻きながら昇っていく。インディは一瞬、空洞になった眼窩《がんか》とぽかんと開いた骸骨の口を思い浮かべた。

人間なのか、悪魔なのか。

その二つにちがいなどあるだろうか？　いまこうして人間の創り出したものを見つめていると、インディには疑わしく思えた。

10

数時間後、軍基地の放射能汚染除去室で、インディは生まれたままの姿で立っていた。四人の兵士が、インディ自身も存在すら知らなかったようなからだのしわや割れ目を見つけ出し、サディスティックな楽しみを味わいながら硬いブラシでごしごしこすっていた。肌がひりひりするまで洗い流すと、今度はインディのからだの状態についての屈辱的なコメントをつづけている。それはインディを喜ばせるものではなかった。

確かに傷痕はいくつかある。だが、傷痕のない者などいるだろうか？　それぞれの傷痕が、歴史の陰の部分で生きてきた人生を物語っている。これまでの数十年を超える年月、彼はすべての大陸とほとんどの国を旅してきた。高い山に登り、地下の墓場を掘り起こした。雨のジャングルや、太陽の照りつける砂漠や、雪のツンドラを生き抜いた。人食い人種からナチスまで——その二つから選ぶとすれば、人食い人種のほうがましだが——あらゆる敵と戦ってきた。

だが、いまは……

硬いブラシは彼の過去を消そうとでもするかのように、インディの肌をこすり上げた。

いまから数時間まえ、被爆地からさまよい出て砂漠のなかで半狂乱になっていたインディを、通りかかったヘリコプターが発見した。ここへ運ばれる途中、彼は液体を供給され、五百ccほどの血液を輸血され、内臓を保護するためにヨウ化カリウムの塩辛い懸濁液《けんだくえき》を飲まされた。

容赦のない洗浄がようやく終わると、小柄な医者がガイガーカウンターを手に近づいてきた。インディのからだの前面を下から上へ、背中を上から下へ、彼はカウンターのワンドを滑らせた。ありがたいことに、二、三度音がしただけだった。

「あんたは誰かに守ってもらってるようだな」医者が言った。

「ああ、〈キング・クール社〉の優秀な連中にな」インディはローブを受け取って身につけた——細心の注意を払いながら。からだ中の皮膚が焼けるようだ。生皮をはがれたような気がする。

それでも、感謝しなければならない。彼はまだ生きているのだ。

だが、部屋の向こう側から黙ってインディの屈辱を見守っていた黒いスーツの二人は、そのことを喜んでいなかったようだ。

二人とも、光沢のあるエナメル靴から厳《いか》めしい顔つきまで、政府の作った同じ鋳型《いがた》から生まれてきたように見える。インディは、この二人がスミスとティラーと呼ばれていることは知っていた。どうやら、二人ともファーストネームはないらしい。少なくとも、本人が呼ばれたいようなものは。

インディが二人の方へ歩いていくと、横のドアからひとりの兵士が入ってきた。彼は硬い表情でスミスに近づき、一枚の紙を渡した。彼はそれに目を通してテイラーに回した。テイラーもそれを読み、きちんと四つにたたんでスーツの胸ポケットにしまった。

二人の視線がインディの上に落ち着いた。

スミスはインディにスチールテーブルの横にある椅子を勧めた。坐りたいのはやまやまだったが、インディはそのまま立っていた。坐れるような状況ではなかった。

スミスが最初に口を開いた。「あなたの言うことにまちがいないようです、ジョーンズ博士。でも、そもそもどうしてロシア人の車に乗っていたのか、私にはまだ腑に落ちないんです」

インディはため息をついた。いったい何度話せばいいんだ？

「最初はトランクに入れられていたんだ。言っただろ、囚《とら》われていたんだ。薬で眠らされて、メキシコの発掘地から誘拐されたんだ」

「親友のジョージ・マクヘイルといっしょにですね？」

インディはそのことばに、打ちのめされるような気がした。あの裏切りの痛みが消えるまでには何年もかかるだろう。たとえいつか消えることがあるとしても。

彼は首を振った。「おれは、マックがスパイだとはどうしても信じられないんだ。おれが戦略事務局《OSS》にいたとき、彼は軍情報部第六課《MI6》にいたんだからな。おれたちは二、三十もの任務をヨーロッパでも太平洋でもいっしょにやってきたんだ。それに、おれたちは——

―」

テイラーが口をはさんだ。「我々に向かってあなたの戦歴を振りかざすのはやめてください、ジョーンズ大佐。我々はみんな従軍していたんです」

「本当か？　あんたはどっち側にいたんだ？」

テイラーは恐い顔をし、スミスがまた引き継いだ。「自分の容易ならぬ立場がわかっていないようですね。あなたは、まさにこのアメリカ合衆国の心臓部で、最高機密の軍事施設に侵入したソ連国家保安委員会《KGB》の工作員を現場幇助したんですよ」彼は自分の赤、白、青、三色のネクタイに親指を向けた。「この私の国で」

インディは挑発に乗るまいとした。彼は話の方向を変えた。「だったら、やつらが盗んだ鋼鉄の箱には何が入っていたんだ？」

テイラーは拳をテーブルについた。「あなたこそ話したらどうです。見たことがあるんですから」

インディは目をそらした。「四七年の、あの空軍の大失態のことか？　おれは窓に目隠しをしたバスに放り込まれた。バスにはほかに二十人ほど乗っていたんだが、彼らと話すことは許されなかった――何か緊急の復旧プロジェクトだといって、真夜中にどこかわからないところへ連れていかれて見せられたんだが――何をって？　何かの残骸と、強力な磁気を帯びた埋葬布で包まれた――」彼はいまだに確信が持てず、首を振った。「――切断された遺体か？　だが、おれたちのなかに全体を見せられた者はいないし、このことについて話し合ったりしたら反逆罪だとあんたから脅された。だから、あんたがおれに話してくれ——あの箱のなかには何が入っていた？」

テイラーはわずかに動揺を見せた。「我々が質問するのが、手続き上いちばんうまく運ぶんですよ、ジョーンズ博士」

インディはスパルコの使った用語を思い出した。「ミイラ化した死体だ」彼は声に出して言った。

今度はスミスが唇をこわばらせる番だったが、彼はそれを無理に緩めた。「我々の記録では、その種のものがあの場所に収容されたという事実はありません」彼はきっぱりと言い切った。

テイラーが脅しを強めた。「あなたは混乱しているんですよ、ジョーンズ博士」彼は〝混乱している〟ということばに合衆国政府全体の重みをかけて強調し、否定しようものなら重大な肉体的損害を被るおそれがあると匂わせた。

スミスがうなずいた。「あの施設に保管されているのは、Ｂシリーズ機の交換用部品だけです。ほかには何もありません」

インディは言い返そうとして口を開けた——だが、二人の背広組のうしろでドアが大きな音を立てて開いたので手間が省けた。がっしりした胸の男が、大股で入ってきた。その顔を見ると、インディは戦う相手を探しているブルドックを思い出した。肩章を二つの輝く星で飾った陸軍の軍服を身につけている。大将は大きな男で、その声はもっと大きかった。

「ロス大将です」スミスがさっと気をつけの姿勢をとって言った。

背広組は見向きもされなかった。大将はインディに歩み寄った。

「インディ、ああ、よかった！　冷蔵庫に入るのがどんなに危険か知らないのか？　ああいうものは死を招く落とし穴《デス・トラップ》なのだ！」

そう言ってから、彼は上機嫌で腹を抱えて笑った。

インディも笑みを浮かべた。もう何年も笑っていないような気がする。だが、疲労とこの状況による苛立ちのせいで、その表情はすぐに消えてしまった。

インディは大将の手を握った。「私も会えてうれしい、ボブ」

「あの――」スミスが口をはさんだ。

ロス大将は二人の背広組に向き直った。「安心しろ、きみたち。私がジョーンズ博士の保証人になる」

インディは勧められた椅子にやっと腰を下ろした。「ボブ、いったい何事ですか？　KGBが合衆国領土に？　あの女は何者です？」

「どの女ですか？」テイラーがそう言ってノートをめくった。「特徴を教えてください」

インディはテイラーからロス大将に視線を移した。友人はうなずいた。「つづけてくれ、インディ。どんな女だ？」

「背が高くて痩せている。歳は三十代半ば。何かの剣を身につけていた――たぶん、ラピアーだ」彼は喉をこすった。「使い方も心得ていた」

スミスとテイラーは顔を見合わせた——二人がその特徴に心当たりがあるのは確かだ。スミスがほとんどわからないようにうなずくと、テイラーは急いで部屋を出た。

ロス大将はスミスに顔を向けた。その声には楽しんでいるような響きが含まれていた。

「イリーナ・スパルコのようだな」

スミスはテーブルの上のブリーフケースを開け、分厚いファイルを出した。いちばん上に監視カメラの写真があった。彼はそれをインディの方へ滑らせてよこした。いまより若く、ロシア軍の制服を着てはいるが、確かにあの冷たい女だった。

「ええ、この女です」インディが確認した。

奥の監視窓を通して、隣のオフィスにテイラーがいるのが見えた。その背広組は受話器を取り上げてそっぽを向いた。

「彼女がここにいるというのは確かなんですか？」スミスの質問がインディの注意を引き戻した。

「一時的にだろう、たぶん。なぜだ？　彼女は何者なんだ？」

スミスは写真をファイルに戻し、ファイルをブリーフケースに戻した。答える代わりに、彼はブリーフケースの留め金をかけた。

ロス大将のほうはそれほど無口ではなかった。「彼女はスターリンのお気に入りだった。お気に入りの科学者だ——心霊研究を〝科学〟と呼べるなら、だが」

スミスは眉をひそめた。「ロス大将」彼は警告するような口調で言った。「彼女はクレムリンの連中を率いて世界中を飛び回っている。超常的な軍事用途を持つと彼女が判断した手工品をかき集めているんだ。彼女は――」

「ロス大将……閣下！　お願いです」

睨《ね》めつけるような眼差しが返ってきたが、今度はスミスも退《ひ》かなかった。「あなたがジョーンズ博士の保証人になるのはかまいません――でも、誰があなたの保証人になってくれるんですか？」

ロス大将は真っ向からスミスと向き合った。「やめるんだ、ポール」

ということは、スミスにもファーストネームがあるということだ。

大将はつづけた。「陸軍の誰もが共産党員というわけじゃない。むろん、インディもちがう」

あのウィスコンシン州の上院議員ジョゼフ・マッカーシーに先導され、政府や軍のあらゆる層で魔女狩りが行なわれていることはインディも知っていた。ジュリアスとエセルのローゼンバーグ夫妻が、原爆に関する秘密情報をロシア人に流した罪で処刑されてからはなおさらだ。それ以来、聴聞会や裁判がワシントンを出て全国に広がり、ついにはハリウッドにまで及んでいた。

インディは姿勢を正した。これらの告発についてだいたいの感触はつかんでいるが、細かいことはわからない。「ところで、原爆で生き残ったことは別にして、おれは具体的にどういう罪になるんだ?」

奥の窓から、テイラーが受話器を置くのが見えた。まもなく、背広組が部屋に戻ってきた。

スミスがインディの質問に答えた。「まだ告発されたわけではありません、ジョーンズ博士。でも率直に言って、ジョージ・マクヘイルと親交があるということが、あなたの行動すべてに疑いの目を向けさせているのです。戦時中の行動に関しても同じです」

ロス大将が威嚇するようなまっ赤な顔になった。「おまえはバカか? こいつがメダルをいくつもらってるか知ってるか?」

「確かに相当の数です。でも、その資格はあるんですか?」

ロス大将がふたたび怒りを爆発させないうちに、テイラーが割って入った。「ジョーンズ博士、いまのところは、あなたはFBIが関心を持っている人物だということだけ言っておきましょう」

スミスがうなずいた。「重大な関心をです」

インディは、自分の忠誠心を疑われていることが信じられなかった。義心から生まれる屈辱と心が冷え冷えとする不信が、彼のなかで戦った。この国を守るために、彼の肉体はどれくらい多くの傷を受けたことだろう?

「いいか」彼は唾を飛ばしてまくし立てた。「おれについて何か疑いがあるなら、下院議員のフレレングに電話してみてくれ。あるいは、陸軍情報部のエイブ・ポートマンでもいい。誰にでも訊いてみろ！　友だちならワシントン中にいるんだからな」

ティラーは腕を組んだ。あとのことばには明確な威嚇が含まれていた。「教授、それはあなたの思い違いかもしれないということがそのうちわかりますよ」

11

五百キロメートルほど離れたところでは、とある私的研究機関の手術室にイリーナ・スパルコが足を踏み入れた。彼女は病院の青いユニフォームを着て、その顔は外科用マスクで半分隠れている。両手にはすでにラテックスの手袋をはめていた。

患者はステンレスの手術台に横たわっていた。東ベルリンから来た助手の解剖学専門医もすでにそこに控えている。ゴミ入れの蓋ほどもある大きさのライトが三つ、手術台を見下ろしていた。

それを除くと、手術室はがらんとしていた。

麻酔医も看護師も必要ない。

この患者には必要なかった。

ほかにこの部屋にいるのは、スーツを着た三人の年輩の男たちだけだった。一様に特徴がなく、一様に冷静で非情な表情をしている。彼らは外科用マスクをつけ、手をうしろに組んで立っていた。

三人はネームタグをつけておらず、パスポートはフランス、ブラジル、イタリアの国籍を示していたが、スパルコは彼らが現在では"幹部会"と呼ばれるソヴィエト政治局の高官の代表だということを知っていた。モスクワでの真の権力者だということを知っていたのだ。

彼女は男たちに会釈して手術台に近づいた。

ネヴァダの格納庫から取り戻したニューメキシコの検体は、金属の棺から注意深く取り出された。それは金属の繭《まゆ》に包まれたまま、手術台に横たわっている。すでにX線にかけられたが、何も発見されなかった。

「用意はいいですか?」助手がドイツ語で訊いた。

「ええ《ヤー》」

彼女はこの機会を何年も待っていた。

解剖学者は高い三脚の上のビデオカメラに手を伸ばし、スイッチを入れた。彼らは協力して、いく重にも重なった銀色に輝く繭を外側から慎重にはがしていった。奇妙な素材は簡単にはがれるが、いったんはがしたものがまたもとの位置に戻ってしまう。

はがしたシートは、もっとよく調べるために一枚ずつ保存された。

最後の一枚を引きはがすときは、さらにいっそうの注意を払った。うしろでビデオカメラが低いうなりを立てていたが、自分の心臓の鼓動にかき消されて彼女にはほとんど聞こえなかった。最後の一枚が持ち上がったとき、何と呼んでいいかわからない漠然とした匂いが彼女の鼻をついた。オレンジスパイスと甘草《カンゾウ》と、麝香《じゃこう》のような濃い土の香りが入り混じった有機物の匂い。だが、それと同時に、どこか電気的な、どこか金属的な、ちょうどショートしたヒューズボックスのような匂いもした。

二人が最後の一枚を取り去ると、その姿がゆっくりと現われた。

彼女の手が宙で止まった。小さな姿、華奢な腕と膨らんだ膝、大きな卵形の目と淡い灰色を帯びた滑らかな肌。解剖学者は数え切れないほど何度も計測をくり返していた。スパルコはその頭に視線を注いだ。長く伸ばされた頭蓋骨と、小さな口と、切り込みの入った鼻孔に目をとめた。

たっぷり一時間は経ったころ、解剖学者がスパルコにうなずいてメスを取った。

スパルコは身を震わせた——嫌悪感ではなく、期待に震えたのだ。

彼女も別のメスを取った。

そのあと六時間以上かけて、二人はゆっくりと細心の注意を払って解剖を行なった。銀色のカバーをはがしたときと同じ慎重さで、ひとつの層から次の層へと少しずつそのからだを切り刻んでいった。計測がくり返され、標本が集められた。切り取られたものはそれぞれホルムアルデヒドに浸けられた。ついに、二人に残されたものは骨格だけになった。頭蓋骨、小さな胸郭、骨盤、腕と脚の骨。

スパルコは畏れを抱いて後退りした。

ライトが驚くべき光景を照らし出した。

骨格全体が半透明の水晶でできていて、まぶしい外科用ライトを浴びて輝いている。骨がフラクタルと反射の、玉虫色に変化する虹を放っている。不思議な光がこの世界の向こう、常識的な理解を超えた場所のことを歌っていた。

スパルコは手術台の周りを回った。一回、二回、三回。

彼女はそのすべてを吸収した。

背後の動きがようやく彼女の目を惹いた。

スパルコは、三人のソヴィエト代表のことをほとんど忘れていた。いくらか輝きを増した目を別にすれば、三人は相変わらず無表情なままだった。出口に向かう途中で、ひとりずつスパルコに声をかけたとき、彼らの心のなかではすでに問題が解決していた。

「命令に従って行動するのだ」最初の男が言った。

「誰にも邪魔をさせてはいけない」二人目が言った。「失敗は許されないぞ」

最後の男のことばは脅迫にも聞こえた。

三人が次々に出ていくと、スパルコは手術台の上の不思議なもののところへ帰っていった。

彼女は可能性について考えを巡らせていた。そして潜在能力について――だが、何より確かなことがひとつあるのはわかっていた。

失敗は許されないということだ。

第二部　大学へ戻って

12

ケルト族の絵文字や暗号を書き並べた黒板の前を、インディは大股で歩いていった。教卓の上には、北欧の考古学的手工品が積まれている。大学の博物館から借りてきたものと、あとはインディの個人的なコレクションだった。ルーン文字の彫られた石、未加工の手斧、ケルトのシンボルの渦巻き模様で飾ったナイフ、ヴァイキングの楯、ちっぽけな銀の装身具、大きめの陶器。

乱雑な机の向こうでは、何列にもなった大学二年生が、まるでテニスの試合でも見ているかのようにインディの動きを追っている。うしろへ前へと歩きながら講義をしているインディは、肘にあて布をしたツイードのジャケットを着て、しゃれた黒縁の眼鏡をかけていた。

インディの古い友人で、マーシャル・カレッジの元学部長マーカス・ブロディが生前よくからかったように、〝原住民と同じ生活をしてきた〟のだ。〝学者の勲章は、土着の部族にうまく溶け込むことだと考えている〟からだ。

だが、そう簡単にごまかせないこともある。

インディは教室の反対側まで足を引きずっていった。彼が戻ってきてからまだ三週間にしかならない。顔の傷はほとんど見えなくなったものの、まだ回復したというにはほど遠かった。彼は指示棒を挙げ——傷ついた肩の痛みを隠しながら——黒板に並べた写真を示した。スカイル湾を背景に、オークニー諸島のなだらかな緑の丘に建つ新石器時代の遺跡、スカラ・ブレエが写っている。

「——さらに溝付きの土器《グルーヴド・ウエア》が使われるようになり、近代的な排水処理がはじまった。これもスコットランドの西海岸にあるスカラ・ブレエで見ることができる。スカラ・ブレエは紀元前三千年ごろ建てられ、紀元前二千五百年ごろ放棄されるまで六百年ほど居住されていたようだ。ほとんどの失われた文明がそうであるように、明確な根拠はないが——」

インディが振り向くと、ひとりの新参者が目にとまった。年輩の男が——禿げかかった白髪まじりの髪で、威厳を漂わせている——音も立てずに教室に入りこんでいた。プレスの効いた、二十年ばかり流行遅れのヘリンボンのスーツを着て、直立不動で教室のうしろに立っている。

チャールズ・スタンフォース学部長だ。

彼がいるのを見て、インディは少し口ごもった。何かある。よほどのことでもないかぎり、学部長がそびえ立つマホガニー張りの塔から出てくることはない。

スタンフォースはインディに向かって、ほとんどわからないような会釈をした。その視線が教室のドアに走った。二人だけで話がしたいから、授業を中断して廊下に出てこいという無言の要求だ。

インディは黒板の前に指示棒を置いた。「ちょっとここで中断しよう」彼は受講生たちに言った。「『マイケルソン』を開いてくれ、第四章だ。私が戻ったら、移民と集団移動について討論しよう」

スタンフォースは廊下に出ていった。学生たちが軽い不満を漏らすなか、インディは学部長のあとを追ってがらんとした石造りの廊下に出た。廊下の向こうに並んだアーチ形の窓から、美しいキャンパスが見える。きれいに刈り込んだ芝生、蔦《つた》に覆われた切妻《きりづま》、来るべき学園祭を告知する横断幕。

つねに形式にこだわるスタンフォースは、まず握手をした。「ヘンリー」

一瞬、インディはそれが自分のことだとは気づかなかった。スタンフォースにとって、彼は決して〝インディアナ〟ではない。スタンフォースはオフィスのドアに書かれた名前でしかインディを呼ばないのだ。〝ヘンリー・ジョーンズ・ジュニア教授〟と。

「ちょっと気がかりなニュースがあるのでね」学部長はつづけた。「実は今朝、ＦＢＩがやって来た。彼らはきみのオフィスを引っかき回したり、きみのファイルを調べたりして――」

「待ってください！」インディはうしろへ下がって片手を挙げた。「何を言ってるんです！」そんなつもりはなかったのだが、大声を出していた。

「彼らは捜索令状とFBIの身分証明書を持ってきたんだ」

「でも、あなたは学部長じゃありませんか。なぜ止めなかったんです？　彼らには何の権利もないんですよ」

スタンフォースはくっきりとした眉を上げた。「彼らにはあらゆる権利がある。きみもわかっているはずだ。しかも、大学としてはこういう問題に巻き込まれるのは困るのだ。いまの政治的風潮のなかではね」

インディは顔をしかめた。何という意気地のない官僚主義者だ。昔の学部長のマーカス・ブロディなら、終身的地位のある教授のオフィスが侵害されているというときにのんびり坐り込んでなどいなかったはずだ。

「それに、私はもっとまずいことになるのを恐れている」

「もっとまずい？」

学部長は咳払いをした。「すでに評議会も、きみに休暇願を出すよう求めている」

「何ですって？」インディは一瞬考えたが、すぐに言わんとしていることを理解した。「私はクビだって言いたいんですか？」

「いや、休暇だ」学部長は眼鏡をずらし、指で眉をこすった。「この特別な場合、無期限の休暇を――」

「つまり、クビってことじゃないですか！」

スタンフォースは片手を挙げた。「――評議員たちは、そのあいだ満額の給料を支払うことを了承した」

インディはくるりと横を向いた。片手を拳に丸め、もう一方の手を額に当てた。「あいつらのカネなんか欲しくない」彼は向き直って声を張り上げた。「実際、どこへカネを預けたらいいか、連中に教えてやったらいいんだ！」

「頼むからバカなことは言わないでくれ、ヘンリー。その譲歩を引き出すのに、私がどれほど苦労したかきみは知らないんだ」

インディは語気を強めた。失望して学部長を睨《にら》みつけた。「あんたがどういう苦労をしたっていうんだ？　あんたが、実際に何をしてくれたっていうんだ、チャーリー？」

学部長はインディの目をじっと見つめ、彼の怒りに立ち向かった。「ヘンリー、私は辞職したんだ」

疵だらけの古いスーツケースをベッドに置くと、すり切れたキルトのカバーがしわになった。インディは留め金を外し、スーツケースを大きく開いた。先日の旅行から帰って、まだほとんど荷を解いていない。インディは脚付きのドレッサーに近づき、ソックスやシャツを引っ張り出しはじめた。とくに順番も気にせず、それをスーツケースに投げ入れた。向こうに着いたら、どうせぜんぶ仕分けするのだ。

「どこへ行くつもりなんだ、ヘンリー？」インディの机の椅子に坐っているスタンフォースが訊いた。

インディは腕いっぱいのシャツとしわくちゃの背広を抱えてからだを起こした。彼は肩をすくめ、それをスーツケースに詰め込んだ。選択肢はいくつもある。

スタンフォースは雑然とした机に向かい、ものをいろいろと動かしたり、無秩序に置かれたもののなかに秩序を見いだそうとしたりして時間を過ごしていた。机の上は手工品でいっぱいだ。マオリ族の仮面、イヌイットの鯨骨の彫刻、エジプトのスカラベ。ほこりだらけの日誌の山がひっくり返りそうだが、まだ午後も半ばだというのにすでに半分空《から》になった赤ワインのボトルが、目下のところそのつっかい棒になっている。

「プランを立てたほうがいい、ヘンリー」

インディにはプランがあった。もっとも、最初の部分だけだが。「ニューヨーク行きの列車に乗る」彼は説明した。「それから、とりあえずロンドン行きの夜行便に。ひょっとすると、ライプツィヒで教えることになるかもしれない。ハインリッヒには貸しがあるんでね……いまになって思うと、大きな貸しだった」

「きみをここに繋《つな》ぎとめるものはなさそうだな」スタンフォースはグラスのワインを回し、その奥の色の濃い部分を覗《のぞ》き込んだ。「私はもう、この国を国家として認めることができなくなりかけている。政府のおかげで、私たちは自分のスープのなかに共産主義者が見えるようになってしまった」彼は大きなため息をついた。「ヒステリーが学問の世界にまで及んだら、たぶんそのときが仕事の辞めどきだろう」

インディは手を止めて片手でドレッサーに寄りかかり、マーシャル・カレッジを辞職したばかりの元学部長に顔を向けた。インディはときどき、ひどく自己中心的になることがあった。誰か――実際には数人だが――に、この欠点を指摘されたことがある。この歳になって、インディもようやくそれに目を向けるようになったのだ。

「ディアドリは、今度のことをどう受けとめているんだ？」インディが訊いた。

スタンフォースは肩をすくめた。「概して妻というものは、こういうことをどう受けとめるものかな？　彼女の顔にはプライドとパニックの入り混じった表情が浮かんでいるよ」

インディは元学部長の顔にも、後悔に加えて彼女と同じ入り混じった感情が現われているのを見て取った。「つくづく自分がいやになるよ。あんたのことを、一瞬たりとも疑ったりしてはいけなかったんだ」

「近ごろのきみが友だちを疑うにはそれなりの理由があるからな」

インディはため息をついてベッドに腰を下ろした。「悲惨な二年間だった、チャーリー。確かに。最初は父、その次はマーカス……」

「二人とも立派な男だった」スタンフォースはグラスを上げ、無言の感謝を表わした。

「惜しまれることだろう」

「それに、マックももう死んでいるかもしれないし……」

スタンフォースはゆっくりとうなずいた。「人生が私たちにものを与えるのをやめて、それを奪い取りはじめる、そういう歳になったらしい」

長い、重苦しい沈黙が広がった。インディは痛む膝をさすった。スタンフォースはそのままワインを回しつづけ、その奥に答えを見つけようとしている。二人の男は物思いに沈んでいたが、やがて同時に気持ちを切り替えた。

インディは気を取り直してふたたび荷造りをはじめ、スタンフォースはワインのボトルに手を伸ばした。「あとグラス半分だけにしよう」元学部長がつぶやいた。

インディは机の引き出しの中身をくまなく調べた。パスポートなどいくつかの書類をまとめ、開いたままのスーツケースに放り込んだ。

スタンフォースはワインをグラスの縁まで満たし、背もたれに寄りかかった。「きみもディアドリのような相手に巡りあっていたらなあ。こんなとき、支えになってくれる。あるいは、そういう相手に出会ったとき、きみがそのことに気づいていれば……」

インディは呆れたように目玉を回した。「いまはその話題を持ち出すのはよそう、いいかい？」

スタンフォースは降伏のしるしに空いている方の手を挙げた――すると、腕時計に気づいた。「おや、もう帰らないと。ドンとマギーが〝スプースム・エ・ファミリア〟を主張して街からディナーにやって来る。つまり、緊急家族会議というわけだ」

「いい子どもたちだ」インディが言った。

スタンフォースは苦笑してうなずいた。「健康で仕事がある。それでよしとしよう」ワインのせいで、彼はいくぶんふらつきながら立ち上がった。「それに、家まで歩いたほうがいい。気持ちのいい夜だ」

インディは肩に手を置いてスタンフォースを支え、感謝をこめてきつく握りしめた。「いろいろありがとう、チャーリー」

スタンフォースはうなずいて肩をすくめた。「私のやったことはかなりドラマチックだったな。評議会の連中、恥ずかしさに声も出なかったよ。少なくとも、孫たちに話してやることができる」

彼は自力でドアに向かった──そして最後にもう一度、何か思いついたように振り返った。「なあ、若いころは、〝自分はどういう人間になるのだろう？〟と四六時中考えているものだ。やがて、世間に向かって〝これが私だ！〟と叫んでばかりいる時期が何年間もつづく」

スタンフォースが話しているあいだに、インディはクロゼットのドアを開けた。気がつくと、フックに掛かっているくたびれた茶色のフェドーラ帽を見つめていた。牛追い鞭《むち》は丸めていちばん上の棚に置いてある。どちらも荷物に入れられるのを待っていた。

これが私だ、インディは思った。

彼のうしろで、スタンフォースがつづけた。「だが、私はこのところずっと考えていたんだ──私がいなくなったあと、私はどういう人間だったと言われるのだろう？」

最後に手を振り、スタンフォースは足を引きずって出ていった。だが、彼のことばは残っていた。

インディはクロゼットのなかで、鞭《むち》とフェドーラ帽を見つめて立ちつくしていた。

私はどういう人間だったと言われるのだろう。

そう考えると、別の疑問が頭をもたげてきた。

私の人生に、それを問いかける者さえいるだろうか？

インディは自分のうしろにある空っぽの部屋を思い浮かべた。外のどこかで、子どもを夕食に呼ぶ母親の声がする。だが、部屋のなかで聞こえるものといえば、祖母から伝わったバイエルン製のアンティークの置き時計が寂しく時を刻む音だけだ。この場所もかつては家だった。だが、いまはむしろ閉館して館長のいなくなった博物館に似ている。

彼は人生をかけて何をしていたのだろう？

インディはゆっくりとクロゼットを出た――フェドーラ帽と鞭に触れることなく。休職を機に、新しい道を別の方向に踏み出すときかもしれない。

カチッという掛け金の音とともに、インディはそれまでの人生にドアを閉ざした。

13

若いライダーはハーレー・ダヴィッドソンのスロットルを開き、通りを疾走していた。黒のレザージャケットを身につけ、ブルージーンズのすそをぴかぴかのブーツの上までまくり上げ、車体に覆いかぶさるように上体を倒している。彼は濃いサングラスをかけ、レザーの手袋をはめていた。

彼の標的はタクシーの後部座席に乗っている。あの家で捕まえそこない、街を横断して追いかけてきたのだ。前を走るタクシーが鉄道の駅前で縁石に寄った。耳をつんざく列車の警笛が、バイクのエンジンの爆音を貫いた。標的はタクシーを降りた。ツイードのジャケットを着て、外国各地のステッカーが目立つ疵だらけのスーツケースを引きずっている。彼が街を出ていくのは明らかだ――しかも遠くへ。ライダーにとっていまが唯一のチャンスだった。

二度目の警笛が、駅の喧噪を通して鳴り響いた。

市外へ向かう四時十分発の列車は、いまにも発車しようとしている。

標的は急いで階段を二段ずつ駆け上がった。

ライダーはもう少しで標的を見失うところだった。

もしかすると、また見失うかもしれない。

ライダーは安全策をとり、急いで駅までバイクを走らせた。駅前で急ターンし、車を横滑りさせた。タイヤが煙を出して地面をとらえた。そこでスロットルを全開にし、そのままバイクで縁石を越えて階段を上っていった。

階段の上では、標的がプラットホームへと消えた。

ライダーはあとを追った。エンジンが悲鳴をあげた。階段を上りきると、迂回してプラットホームへ向かい、バイクのあぶみに立って腰を浮かした。バイクが上下し、彼は人混みに目を走らせた。列車は蒸気を噴き上げて煙を吐き、すでにゆっくりと動き出していた。

彼はどこだ？

ライダーは標的を見つけた――あのスーツケースの男だ。彼は動いている列車の、いちばん近い車両に飛び乗るところだった。

くそっ……

ライダーはシートに腰を落とし込み、エンジンを吹かした。赤い帽子をかぶったプラットホームの係員たちが、彼に向かってわめいた。彼は人混みを縫うようにしてすり抜け、蒸気の力を増しはじめた列車に並んだ。

ライダーがサングラスをむしり取り、二十歳そこそこの若者の顔が現われた。彼はツイードのジャケットの背中に叫んだ。「おい！　そこの人！　おい！　あんた！」

返事はない。

バイクのかん高い音の合間に、彼はひと言ずつ区切りながら声を張りあげた。「おい！　教授！」

男が振り返り、加速する列車に並んでプラットホームを走っているバイクに眉をひそめた。

「ジョーンズ、博士？」

当惑したうなずきが返ってきた。男は少し身を乗り出し、プラットホームの端のコンクリートの壁を指さした。「きみ、道がないぞ！」

若いライダーは危険も顧みずに列車と並んで走っている。「オックスリー博士の、友だちの？」

教授はまじまじとライダーを見つめた。「ハロルド・オックスリーか、考古学者の？」

「ええ」

「彼がどうしたんだ？」

「やつらに殺される！」

頼む、うまくいってくれ。ライダーが急ブレーキをかけると、タイヤが金切り声をあげ、後輪が跳ね上がった。バイクは壁から数センチのところで停まった。

列車は轟音をあげてプラットホームを通り過ぎ、残った煙を蹴立《けた》てて離れていった。

間に合わなかった。

バイクを引いて戻ってくると、赤帽が詰め寄ってきた。ライダーはせめて最後の叫びが教授の耳に届いていることを願った……

煙が晴れたとき、答えが見つかった。

向かいのプラットホームで、ツイードのジャケットを着た男がスーツケースを手に待っていた。

14

〈アーニーズ・ダイナー〉のブースに坐り、インディはフォーマイカのテーブルの上の写真をじっと見つめた。テーブルの反対側では、大皿のチリフライが若い男によって着々と食べつくされていった。若者はフライで写真を指した。

「それがオックスです」

写真の学者然とした男をインディは知っていた。保守的で上品な、五十代半ばの男だった。「彼とはもう二十年も話していない」インディはつぶやいた。

それに、いい別れ方をしていなかった。

写真を飾るもうひとりの人物も知っている。黒い髪をすでにうしろへなでつけ、あっけらかんとした笑みを浮かべている。インディは若い男にちらりと目をやった。笑みは消えているが、髪はもっとてかてかしている。いつでも一糸乱れぬ髪形をしていられるよう、チリフライの横にくしが置かれていた。

インディはからだを反らせて背中の筋を伸ばし、ジュークボックスの《グローリー・オヴ・ラヴ》の流れる店内を見わたした。この店にあるものといえば、ネオンサイン、黒と白のタイル、カーヴを描いた長いカウンターとその周囲に配置されたU字型のビニール張りのブース、それだけだった。フライ用の油とピーチパイの焼ける匂いがする。

そして、店は人でいっぱいだった。

この店の客のタイプは半々に分かれているようだ。レターメンジャケットを身につけ、ピンクのセーターを着た女の子を腕に抱いている学生タイプ――もう一方はレザージャケットを着て髪をてかてかになでつけた、一ダースばかりの鋭い目をした連中。最初のタイプは入口に近いソーダバーのあたりを離れず、あとのタイプはたいてい奥に陣取って地元の安いピルスナーを飲みながらトラブルを探していた。

テーブルの向かいにいる若い男がどちらの側にいるか、推測するのは簡単だった。だが、彼は何を話そうというのか？　いったいどういうことなのだろうか？

「オックスリーは優秀な男だ」若い男の口を開かせようと、インディは水を向けた。「最も優秀な男のひとりだ」

「最高だよ」若者が訂正した。

「だが、つまらない話をすることもできる……ときには相手が眠ってしまうこともある」

これがかすかな笑みを誘った――インディの下手な冗談にではなく、個人的な思い出に笑ったのだ。「子どものころ、実際、そうやって眠ったものだ」若者は言い添えた。「オックスは温かいミルクより効き目があった」若い男が、テーブルの上を滑らせて片手を差し出した。「おれはマット……マット・ウィリアムズ」

「マ、マット？　なんともおかしな名前だな」

手が引っ込んだ。「おれが選んだ名前だ。何か問題でもあるのか？」

インディはなだめるように手を挙げた。「まあ、落ち着け」彼は写真を戻した。「オックスリーとはどういう関係なんだ？　伯父さんか何かか？」

「そんなところだ。父さんが戦争で死んで、母さんがおれを育てるのにオックスが協力してくれたんだ」

若者の指がくしに伸びた。彼は無意識に髪をとかした。

インディは時計を見た。「なあ、きみ、列車はあと一本しかない。話があるなら聞かせてくれ」

マットはため息をつき、急に大人びた口調で話し出した。「六カ月まえ、母さんがオックスから手紙を受け取った。彼はペルーにいたんだ。水晶ドクロ《クリスタル・スカル》を見つけたって書いてあった。あのミッチェル・ヘッジズが見つけたやつみたいな」

インディはこの風変わりな話に眉をひそめた。とはいえ、その頭蓋骨《スカル》のことならよく知っている。一九二六年、高名な考古学者のF・A・ミッチェル・ヘッジズが英領ホンジュラスの神殿で、壊れたマヤの祭壇の下に隠された奇妙な水晶の頭蓋骨《クリスタル・スカル》を発見したのだ。それはひと塊の純粋な石英から作られたもので、寸法も細部も、関節でつながった下顎にいたるまで、小柄な人間の頭蓋骨と瓜二つだった。マヤの神官に言わせると、その持ち主は念力で人を殺すことができるそうだ。インディはそのスカルをひと目見ようと何年も力をつくしてきたが、ずっと拒否されつづけていた。

だが、マヤ人はこうも言っている。別のクリスタル・スカル——古代の呪われたスカルが集められたものだ——が、南アメリカのジャングルのどこかに隠されている、と。その数は不吉な十三個だった。十三個を一カ所に集めるとスカルがしゃべり出し、宇宙の神秘を明かすと言われていた。

オックスリーはそのうちのひとつを見つけたのだろうか、インディが考えていると、ウェイトレスが通りかかって二人の目を惹いた。マットは手を上に伸ばし、そしらぬ顔で彼女に悟られないようにトレイのビールを取った。

インディは若者からビールを取り上げ、ウェイトレスのトレイに戻した。彼女はまだ気づいていなかった。

インディは眉をひそめて言った。「そのスカルのことだが。大学生のころ、オックスとおれはミッチェル・ヘッジズのスカルに取り憑《と つ》かれていた。そのことで何か知っているかい？」

「冗談だろ？　オックスにとっては、大学時代に終わったことじゃなかったんだ。その話になると、オックスは永遠に話しつづけることができる。でも、そのスカルって、正確には何なんだ？　偶像か何かかい？」

「むしろ神の像といったほうがいい。メソアメリカのな。世界中にクリスタル・スカルは二つか三つある。そのひとつを、大英博物館の展覧会で見たことがある。見事な職人芸だが、まあそれだけのことだ」

「だったら、オックスはその神秘的な力の何に興味があったんだろう？」

インディは首を振った。では、この若者もその話を聞いたことがあるのだ。スカルに超常的な能力があるという主張に、オックスリーはとりわけ興味をそそられていた。

「おれにはわかる。本当だ」インディは言った。大学時代にはオックスリーの仮説の猛攻に耐えてきたのだ。インディは、とっておきのベラ・ルゴシの物真似をやってみせた。

「〝その目をじっと覗《のぞ》き込んでごらん。頭がおかしくなるから〟」

マットは笑わなかった。「笑いたかったら笑えよ。でも、オックスはそういうもののひとつを見つけたと言ったんだ。これはまったくちがう、って。で、それを持ってアカトルというところへ向かうと言っていた」

アカトル……

インディは背筋を伸ばし、身を乗り出した。「アカトル？　彼はそう言ったのか？　まちがいないか？」

インディが急に真剣な顔をしたので、マットは目を丸くした。「ああ、まちがいない。それって、いったい何なんだ？」

インディはからだを戻した。「アマゾンの失われた都市だ。征服者《コンキスタドール》たちはエル・ドラードと呼んでいた。一応、七千年まえに〝ウグア〟と呼ばれる部族が神に選ばれて、黄金の塊から大きな街を造ったことになっている。水道や舗装した道路、そのあとの五千年間見ることのできなかった技術があったと言われている。一五四六年、フランセスコ・デ・オレジャーナはそれを探しにアマゾンへ行って姿を消した。イギリスの探検家パーシー・フォーセット大佐も、一九二〇年代にやはり行方不明になった。おれもそれを探しに行って、危うくチフスで死ぬところだった。本当にあるとは思えない」

「それにしても、なぜオックスはスカルをそこへ持っていきたかったんだろう？」

「伝説のせいだ」

今度はマットが身を乗り出す番だった。

インディはつづけた。「クリスタル・スカルは十五世紀か十六世紀のあるとき、アカトルから盗まれたと言われている。このスカルを見つけて町の神殿に返した者は、誰でもその力を支配できるようになる」

「どういう力？」

「さあね、若造」インディは不機嫌そうに言った。「ただの伝説だぞ」

若い男はこれを聞きたかったとばかりにうなずいた。「手紙を読んで、母さんはオックスの頭がおかしくなりかけていると思ったんだ」彼は自分の頭をくしで叩いた。「頭のなかにスモッグが立ちこめているって。母さんはオックスを探しに行ったんだ。でも、オックスは誰かに誘拐されていて、母さんも捕まってしまった。オックスはスカルをどこかに隠していて、母さんがそれを見つけ出さなかったら、やつらは二人とも殺すつもりなんだ。母さんはあんたが手を貸してくれるって言ってた」

「おれが？」わけがわからなかった。「彼女は何て名前だ？」

「メアリー・ウィリアムズ」

インディは懸命にその名を思い出そうとしたが、彼のファイルは長かった――ほとんどの項目は短いもので、いくつかは名前もわからない。すぐに行き詰まった。

インディはため息をついた。「メアリー・ウィリアムズは大勢いるからな」

「やめろよ、あんた。おれの母さんだぞ！」

インディはなだめるように手を挙げた。またただ。「いいか、自分がタフなところをみんなに見せつけるために、しょっちゅう怒ってみせなくてもいいんじゃないか？」

マットが怖い顔をして睨《にら》んだ。「母さんは、スカルを見つけられるやつがいるとしたら、それはあんただと言っていた。あんたは墓泥棒か何かだと言いたいみたいだ」

「おれは教師だ」

「どっちでもいいさ。聞いてくれ、二週間まえ、母さんが南アメリカから電話をよこして、逃げ出したけど追われてると言った。たったいまオックスからの手紙を投函したから、あんたに届けてくれというんだ。そのあとすぐ電話が切れた」

インディは口を開いた。だが、相手の目のなかに不安を読み取った――母親を案じる少年らしい不安だ。彼は黙りこくっている。何はともあれ、ひとつの美徳だろう。

マットはジャケットから封筒を引っ張り出し、インディに渡した。インディは封筒を開け、それを振って一枚の黄ばんだ紙を取り出した。そこには手描きの文字がびっしりと書き込まれていた。

「ちんぷんかんぷんだ」マットが口のなかでつぶやいた。「英語でさえない」

「静かに」インディが押し殺した声で言った。

彼は手紙に興味のある振りをしながら、カウンターにいる二人の男の様子をうかがっていた。男たちは、がっしりした肩にきつすぎるスーツを着ている。インディは、二人が店に入ってきたときから注目していたのだ。二人はカウンターに腰を下ろすと、ずっとインディたちのブースから目を離さなかった。そしてマットが手紙を出したとき、二人は急にカウンターから離れて立ち上がった。

男たちが動きを見せはじめた。

狙いは手紙にちがいない。

二人がドアを開けて入ってきた瞬間から、インディには何かが起ころうとしているのがわかっていた。学生タイプでも不良少年でもない二人は、どう考えても典型的な〈アーニーズ・ダイナー〉の常連ではなかったからだ。しかも、インディは確か鉄道の駅でもその二人を見かけていた。誰かがインディを尾行していたのだ。

だが、なぜ？

「カウンターを立った二人組が見えるか？」インディは口の動きで、そっとマットに伝えた。彼は奇妙な手紙をたたんでポケットに入れた。「やつらはミルクセーキを飲みにきたわけじゃない」

「誰なんだ?」

「さあな。ことによるとFBIかもしれない」

二人組がテーブルにやって来た。彼らが口を開いたとたん、マットの疑問に答えが出た。二人はひどいロシア訛りを隠そうとさえしなかった。インディは何よりそのことに恐怖を覚えた。

大柄な方の男が、つまり、ゴリラの体格をした男が口火を切った。「おとなしく来てもらおうか、ジョーンズ博士。手紙を持ってこい」

ということは、やはり手紙が目的だった。

「手紙? 何の手紙だ?」インディは陳腐な手を使った。

「たったいま、ウィリアムズ君が渡した手紙だ」

「おれが?」マットはテーブルに肘をつき、腕を前に組んでいた。「おれが郵便屋に見えるか?」

二人目のロシア人が口を開いた。身長はもう一方より低いが、まるで魚の腹のような生気のない目がはるかに恐ろしい何かを感じさせる。「二度とは頼まない。すぐに来るんだ、さもないと――」

――カチッ――

マットの左肘のうしろから細長い刃が飛び出した。若者は手近な男に飛び出しナイフを突きつけていた。

「――さもないと、何だ？」マットが訊いた。

インディは若者の勇気に感心した。だが、彼にはもっと経験が必要だった。この男たちは、ナイフくらいで簡単に引き下がるような地元のチンピラとはわけがちがう。

「努力は認めよう、若造」インディが諭した。「だが、きみはナイフを持ってきたんだ――

――」

死んだ目をしたロシア人がピストルの撃鉄を起こし、インディのこめかみに銃口を突きつけた。

「――銃撃戦にね」

15

マットはなすすべもなく、大男のロシア人に飛び出しナイフをもぎ取られた。彼は顔をまっ赤にしていた――半分は怒りのため、半分は恥辱のためだ。ロシア人はナイフを閉じ、自分のポケットに滑り込ませた。

「いいんだ、若造」教授が言った。「誰でもまちがいを犯すものだ」

ロシア人がうしろへ下がった。

「外へ出ろ」ひとり目が銃を突きつけて言った。

「急げ」二人目がつけ加えた。

マットがジョーンズ博士の顔に視線を走らせると、ジョーンズがうなずいた。二人に選択の自由がないのは明らかだった。二人ともおとなしくブースから出た。ジョーンズは疵だらけのスーツケースを抱えている。二人は先に歩かされ、ロシア人は威嚇するように手をコートの内側に入れてあとからついてきた。

別の大きな人影が二つ店へ入ってきた。同じように安物のスーツを着ている。新参者たちはロシア人にうなずいた。

素晴らしい、またロシアのやつらだ。

マットは目を細めて彼らを観察した。

ジョーンズ博士が肘でマットを突いて注意を惹いた。彼は、プードルスカートの赤毛女と並んで立っている金髪のレターマンに目をやってうなずいた。

「あの男を殴れ」ジョーンズが口だけ動かした。

「何、何だって？」

「ジョー・カレッジのやつだ。彼を殴れ。思い切り」

マットは意味を悟って列を外れた。彼はレターマンの肩にぶつかった。「おい、気をつけろ、でれでれするな！」マットは大声を出した。

ジョー・カレッジの学生が振り向いた。すでに顔を赤くし、苛立っている。彼はマットの黒いレザージャケットに目をとめた。苛立ちが縄張り争いの怒りに変わった。

レターマンが反撃するより早く、マットが攻撃に出た。肩から思い切り繰り出した強いパンチが男の鼻を直撃した。レターマンは斧で切り倒された大木のようにひっくり返った。

周囲の仲間たちが激怒して吠えた。女たちは悲鳴をあげて指さした。

馬面のフットボール選手が怒鳴った。「チンピラどもをやっちまえ！」

マットのうしろのロシア人がレザージャケットの襟首をつかもうとしたが、三人のレターマンがマットに飛びかかり、彼を殴りつけてロシア人から引き離した。マットが身をよじってしゃがみ込むと、店の奥からビールのボトルが飛んできた。ボトルはひとりのレターマンの側頭部を直撃した。

マットは相手を振り払い、転がって逃れた。ライダージャケットに身を固めた半ダースほどの暴走族が、マットの加勢に駆けつけてくるのが目に入った。拳を丸め、威嚇するような怒鳴り声をあげている。

ジュークボックスの曲が、《グローリー・オヴ・ラヴ》から、急に《シェイク・ラトル・アンド・ロール》に変わった。なんとぴったりな……

マットが振り向くと、ツイードのジャケットを着た教授が優等生もロシア人も暴走族も見境なく殴っていた。ジョーンズ博士の突然の変貌ぶりに、マットは開いた口がふさがらなかった。誰かの手がマットの肩をつかんだ。マットは教授に倣《なら》ってやみくもに腕を振り回した。

マットの拳が、ついにいちばん大きいロシア人の喉仏をとらえた。男は息を詰まらせ、派手にひっくり返った。

ジョーンズがマットの肘をつかんだ。「行くぞ、若造」

教授は別のロシア人に、スーツケースを力任せに叩きつけた。マットは一瞬立ち止まってかがみ込み、あえいでいるロシア人のポケットから飛び出しナイフを奪い返した。

武器を手にしたマットは、教授といっしょに正面のドアに突進した。

ロシア人は懸命にあとを追おうとしたが、店のなかは大混乱だった。

二人は正面ドアを駆け抜け、横の路地まで走った。そこにはマットのバイクが置いてある。赤と黒のハーレーがいまほど素晴らしく見えたことはなかった。マットはポケットに手を突っ込んでキーを探した。

「あれはどういうことだ？」バイクにまたがり、マットが無理やり重い口を開いた。

教授も明らかに同じことを考えつづけていた。その表情からすると、何か心配なことに気づいたらしい。「おまえの母さんは逃げ出したんじゃないぞ！　きっと連中が逃がしたんだ。あの手紙を彼女に投函させたかったからだ。おまえにここへ持ってこさせるために」

「そしてあんたに訳させるために」マットが引き取った。

「頭の切れる若造だ」

教授のささやかな賞賛に気をよくし、マットは顔が赤らむのを感じた。

だが、エンジンのとどろきが邪魔をした。二人は同時に路地の奥を振り返った。黒のセダンが、ごみバケツや残骸にぶつかりながら二人の方へ猛スピードで走ってくる。

マットはすばやくキーを差し込んで回し、スターターを蹴った。バイクは低いうなり声とともに息を吹き返した。マットは教授に顔を向けた。「乗れよ、先生！　逃げるならいまのうちだ！」

教授はバイクを見つめた――危なっかしいのは確かだが、選択肢はなかった。教授はマットのうしろに飛び乗った。「こいつの運転のしかたは知ってるんだろうな、若造？」

返事の代わりに、マットはスロットルをひねってエンジンを思い切り吹かした。バイクは爆音をとどろかせ、野生の雄馬のように後輪で立ち上がった。もっとも、マットの乗る馬は一馬力ではなかったが。

焼けたタイヤがコンクリートをつかみ、バイクはロケットのように路地から飛び出した。

ツイードの腕がマットの腰にきつくしがみついた。

マットの顔に笑みが浮かんできた。

おれの世界へようこそ、教授！

16

バイクは通りに出ると、舗道とインディの膝のあいだが二、三センチしか離れていないほど車体を傾け、横滑りしながら急カーブを切った。インディは必死でしがみついた。若者は車体を立て直し、遅い車のあいだを縫って通りを突っ走った。

インディが思い切って振り返ると、セダンが路地を飛び出して追いかけてくるのが目に入った。だが、二人は充分にリードしていた。

たった一度、彼らはミスを犯した。

インディなら、もっと注意深くなくてはいけなかったのだが。

角を曲がると、最初のセダンと同じ二台目の黒のセダンが、急に猛スピードで脇道から出てきてバイクの横につけた。マットが避けようとしたが、高速で走っているバスに行く手を塞がれた。

セダンが横から幅を詰め、バイクをはさみ込もうとした。うしろの窓から腕が伸びてきた。両手でインディの背広をつかみ、窓の方へ引っ張った。インディがマットを放さなければ、若者はバイクのコントロールを失ってバスの下敷きになってしまう。

インディはやむを得ず、セダンの窓から後部座席に引っ張り込まれた。後部座席のロシア人は、もっと抵抗されると思っていたにちがいない。そこでインディは車に乗ってから期待に応えた。腕をうしろに退き、その手で思い切りロシア人の口を殴ってから体当たりをした。

窓の外では、マットがわざとスピードを緩めてセダンのうしろにつき、車の反対側に回って加速した。

「頭の切れる若造だ」インディはもう一度言った。

インディはマットの側の窓枠につかまり、ロシア人の顔をまともに蹴って窓から身を乗り出した。

マットが爆音を響かせてセダンに並んだ。「乗ってくかい?」

「生意気だぞ、若造!」

インディはからだを半分出し、バイクのシートのうしろにあるクロムのバーにつかまった。そして窓から飛び出した——だが、着地に失敗した。彼はバイクのうしろにしがみついたまま、引きずられていった。アスファルトが靴の革を焦がした。その熱が足に伝わり、震動が虫歯の充填材まで響く。

ようやくマットがブレーキをかけ、インディのからだが前に飛び出した。彼はマットの背中にぶつかり、そのままうしろのシートに着地した。

「うしろで何してたんだ?」マットが大声で言った。

「おれが何をしていたかって？」インディが訊いた。肝をつぶしていたのだ──若者のことばの裏にあのあっけらかんとした笑みを感じるまで。

マットはまたエンジンを吹かし、スピードを上げた。

タイヤの軋《きし》る音が聞こえ、別のセダンが一ブロック先から通りに飛び出して二人の行く手を塞いだ。

マットが急ターンをし、インディは舗道で膝をすりむいた。バイクは縁石に乗り上げ、年月の重みを感じさせる、蔦《つた》に覆われたレンガ造りの建物に向かう階段を駆け上った。バイクが身を震わせて階段を上がっていくとき、インディの目に前方の入口に掲げられた看板の文字が飛び込んできた。

マーシャル・カレッジ図書館
一八五六年創立

二人が階段の上まで来ると、呆気《あっけ》にとられた学生がドアを押さえて通してくれた。マットはそれに乗じて図書館の玄関ホールを突っ切り、主閲覧室に飛び込んだ。荘厳なマホガニーの書棚が、机の列をはさんで両側に広がっている。頭上の鉛枠の窓から、くすんだ光が漏れてくる。周りを囲まれた空間で、バイクの爆音は耳を聾《ろう》するばかりだった。

バイクが飛び込んでくるのを見て、学生たちは机から跳び上がった。彼らが横をすり抜けると、ひとりの図書館員が両腕に抱えた本を取り落とした。

マットは狂ったように笑った。

「壁だ！」インディが叫んだ。

マットはブレーキをかけてターンしようとしたが、磨き上げられた床に裏切られた。コントロールを失い、バイクを倒して床を滑っていった。二人は、カウンターのまん前で止まった。

初老の図書館員が自分の持ち場に坐っていた。一世紀の歴史を持つ建物の威厳をすべて背負い、彼女は唇に指を当てて二人に厳しく注意した。「シーッ！」

「どうもすみません」マットはバイクを引き起こした。

インディはからだのほこりを払った。

二年生のインディの教え子のひとりが、教授に気づいて駆け寄ってきた。「ジョーンズ先生、いいところでお会いしたわ。ハーグローヴの標準的文化モデルについて、ちょっとお訊きしたいことがあるの――」

インディは手を挙げた。「ハーグローヴは忘れろ。ヴィア・ゴードン・チャイルドの伝播論に関する本を読むんだ。彼は人生の大半を現地で過ごした」

マットはバイクのスターターを蹴った。バイクは爆音をとどろかせて生き返った。彼は図書館員に顔を向け、〝すみません〟と口を動かした。そしてポケットからくしを取り出し、髪をとかして身だしなみを整えた――図書館にふさわしい礼儀を重んじたらしい。あるいは、彼の頭のてっぺんからつま先までじろじろと眺めている女子学生のせいかもしれない。

インディは後退りして熱心な生徒から逃れ、ふたたびバイクにまたがった。だが、教師としての最後の助言を伝えたくて振り返った。「もしきみがいい考古学者を目指しているなら——」

マットはバイクを吹かし、裏口へ向かった。

インディはうしろを向いて叫んだ。「——図書館から出るんだ!」

マットは騒々しい音を立てて図書館の裏口を抜け、明るい日射しのなかへ飛び出した。通りへ出ると、あたりに目を配った。あの近道で追っ手を振り切ったはずだ——だが、そうではないかもしれない。

図書館の角から、建物を迂回してきた一台のセダンが爆走してくるのが目に入った。まあ、しぶとい連中にはちがいない。

マットはタイヤから煙が出るほどエンジンを吹かし、街の中心へ向かった。音楽や人声が聞こえた。急な角を曲がると、そこではデモのまっ最中だった。通りは人であふれている。看板や横断幕からすると政治集会らしい。シュプレヒコールが叫ばれ、手描きのプラカードが振られ、リーダーたちがスピーカーで演説をしている。

マットはスピードを緩めなかった。とんでもない、おれは投票なんかしない。

からだを上下左右に動かし、彼は群衆を縫って突っ走った。その乱暴な行動に、人々が拳を振った。誰かがオレンジを投げつけた。

セダンが追ってきたが、それほど敏捷ではない。

デモ学生のひとりが車の前から飛び退いた。彼のプラカードが飛んでセダンのフロントガラスに落ちた。

適切なスローガンがマットの目の端に映った。〝共産主義《レッド》よりは死《デッド》を選ぶ〟

マットはデモを抜けるとスロットルを吹かし、通りの突き当たりにある赤レンガのスタジアムを目指した。遠くから、群衆のどよめきが彼の耳に届いた。今年の学園祭記念《ホームカミング》ゲームがすでにはじまっている。

マットはにんまりした。

まえから行ってみたいと思っていたのだ。

「スナップしろ!」

センターがボールをクォーターバックにスナップした。

試合は第四クォーターに入っていた。ゴールまでまだ七十ヤードある。あとはクォーターバックにかかっていた。スタンドにはスカウトたちがいると聞いている。彼には輝かしい瞬間が必要だ。ホイーティーズの箱に描かれた自分の顔を思い描くようになってからはなおさらだった。

クォーターバックはタイムアップ間際のロングパスをしようとドロップバックした。すぐそばにいたディフェンス側のラインマンが二人、急に分かれて彼に向かってきた。いまにもタックルされそうだった。激しく。シリアルの箱の夢がしぼんでいった。すると、屈強なラインマンが滑り込むようにして止まり、目を凝らした――彼にではない。

そのとき、彼のうしろからけたたましい奇妙な爆音が聞こえた。

彼は慌てて振り返った――

――一台のバイクがまっすぐ彼に突っ込んでくる。

彼が右へ避けると、バイクが左へ避けた。バイクは彼をかすめ、芝をはね上げながらダウンフィールドへ向かった。アップフィールドでは黒い車が柵を突き破り、ゴールポストをかすめて猛スピードでバイクを追ってくる。

フィールドの選手たちは両サイドに分かれて逃げた。

その場に立ちつくすクォーターバックの横を、セダンが疾走していった。彼はセダンのあとを追った。フィールドには誰もいない、競技場《グリディロン》は彼だけのものだった。

だが、彼にはまだ輝かしい瞬間が必要だ。

スカウトたちのために。自分のために。

彼はうしろへ下がり、腕を大きく退いてボールを投げた。

ボールは高く彼方まで飛んでいった。

申し分のないロングパスだった。

インディはマットを急き立てた。

「頑張ってるさ！」若者はうしろに向かって叫んだ。

だが、バイクはぬかるんだ芝生にはまりこんでいた。インディはシートの上でからだをひねり、距離を詰めてくるセダンを見つめた。

目を凝らすと、空中で何かが動いている。それがインディの目を惹いた。

フットボールが空から飛んできたのだ。

彼は本能的に両手を挙げた。そのパスが彼の両手に収まったとき、セダンがバイクに追いついた。

すさまじい歓声がスタジアムに沸き起こった。

インディはからだをずらし、強いスパイラルをかけてボールをスナップした——ボールは一直線に進んでセダンのフロントガラスを突き破り、運転手の頭を直撃した。

セダンが脇へそれた。

ようやくバイクが地面をとらえ、エンドゾーンを猛スピードで走り抜けた。マットは出口のトンネルに向かい、セダンは蛇行しながらあとを追った。それでも車は近づいてくる。マットはトンネルに飛び込み、狭い空間にバイクの爆音が雷のように鳴り響いた。セダンはスピードを上げ、出口にたどり着くころにはバイクの後輪に迫っていた。

行く手に、腰を下ろした人物を象《かたど》った記念の銅像が建っていた。ブロンズの手を膝に置き、顔には皮肉な笑みを浮かべている。インディはその笑みに覚えがあった。それは彼の友人であり、元学部長であるマーカス・ブロディを記念する銅像だった。

マットはタイヤを横滑りさせて向きを変えた。そして、十センチ余り残して衝突を免れ、銅像をかわした。

セダンはそれほど運がよくなかった。

車は銅像の台座に激突し、ブロンズ像がひっくり返った。マーカスの首がフロントガラスを突き抜け、あの皮肉な笑みを大喜びでロシア人たちに披露した。

マットはスピードを上げた。

だが、インディは感謝をこめてうしろを見つめていた。

死んでしまったいまでも、友人はインディを守ってくれている。

ありがとう、マーカス。

17

インディは夜陰《やいん》に紛れ、家の正面階段までマットを案内してきた。あれからすぐにやって来る度胸はなく、二人で町外れの森に身を潜めていたのだ。インディはできるだけ音を立てないように錠を外し、耳を澄ました。数匹のコオロギが鳴いているだけで、家は相変わらず静まりかえっていた。

安心したインディはマットを手招きして家に通し、つづいて自分もなかへ入った。

「明かりはつけるなよ」インディが言った。

彼はドアを閉め、すべての窓のところへ行ってシェードを下ろした。そしてようやく、テーブルランプのそばへ行ってスイッチを入れた。暗がりが退いていき、レンガ造りの暖炉と壁を覆いつくす本、そして棚を飾る世界各地の手工品が姿を現わした。書棚のひとつに梯子が立てかけられている。この家は、薪を燃やした煙と黄ばんだ羊皮紙の懐かしい匂いがした。

我が家。

マットはソファにへたり込み、ブーツの足を跳ね上げてコーヒーテーブルに載せた。

インディは眉間に深いしわを寄せただけで放っておいた。

マットは足を床に下ろしたが、ぐったりと坐り込んだままだ。

「ここはあんたの家だろ?」マットが訊いた。「やつらがあんたを捜すとしたら、真っ先にここへ来る。ここから出なくちゃ」

「ちょっと待て」

マットは言い返さなかった。それどころか、気を鎮めようとしているようだった。

インディはオックスリーの手紙を、ポケットから引っ張り出して調べてみた。奇妙な手書きの文字を指でなぞった。もし、おれの考えが正しければ……

インディは書棚のひとつに近づき、分厚い本を抜き出した。ヘイエルダールのメソアメリカ言語についての論文だ。インディはそれを開き、うしろ向きに歩いて椅子に腰を下ろした。この部屋には椅子がもう一脚ある。インディのジャケットと同じくらい色あせた革張りのウィングバック・チェアで、暖炉のそばに置かれている。それはインディの父のものだった。〝ヘンリー・ジョーンズ・シニア〟。父が死んで一年以上になるが、インディはまだその椅子に坐ることができなかった。

椅子には父の存在があまりに大きく残っている。

インディは膝に本を置いてゆったりと坐り込み、それに載っている記号とオックスリーの手紙を比べてみた。彼は開いたページを軽く叩いた。

「そうだと思った。〝ゴイオマ〟だ」

マットがかすかに動いた。彼の目はいつの間にか閉じていた。「何だそれ？」

「現存しないラテンアメリカ言語だ。コロンブス以前の音節文字体系だよ。表意文字における この斜めの音節が見えないか？　まちがいなく〝コイオマ〟だ」

「だから何だ？　あんたは話せるのかい？」

「誰も話すことはできない。三千年間、誰も聞いたことがないんだからね」インディは肩をすくめた。「いくらかは読めるかもしれない」

彼はその本のページを繰って先の方を開いた。そこにも古代の記号がびっしりと書かれている。

インディは何かぶつぶつ言いながら二つのページを比較し、サイドテーブルのメモ帳に走り書きをしていった。「――はじめにマヤ語と照らし合わせてみれば」

彼はくねくねとした線や絵文字に目を細めた。文字がぼやけてひとつに見えてくる。単に疲労のせいならいいのだが。インディは目をこすり、ついに時の流れに屈した。

ポケットに手を伸ばし、遠近両用眼鏡を取り出してかけた。

マットが目をとめた。「あんた、喧嘩のとき、年寄りにしては悪くなかったよ」

「どうもありがとう」インディはいやな顔をして言った。

「で、どうなんだい、その、八十くらいか？」

インディは目を上げなかった。「大変な生活だからな。この仕事は勧めない」彼は訳したページを揚げてみせた。「〝神だけが読み取ることのできる地上のすじをたどってオレジャーナの揺りかごに行け、それは生きている死人に守られている〟」

謎が解けはじめた。インディは立ち上がった。「〝神だけが読み取ることのできる〟」彼はくり返した。「これはナスカの地上絵のことを言っているにちがいない」

「何のことだって？」マットが訊いた。

インディは書棚に近づいて梯子を動かし、それに登ってほこりをかぶった本を取り出した。『神の鏡――古代天文学と天文航法』彼は梯子から飛び降り、腰の痛みに顔をしかめた。そして、あるページを探して大きな学術書を繰った。

「地上絵だよ」インディは説明した。「ペルーの砂漠の盆地に広がる巨大な古代の彫刻だ。地上からはどんな形をしているのかわからないが、空中からだと――ああ！」

目的のものを見つけた彼は、マットのいるソファに腰を下ろして開いたページを見せた。丸々二ページを割《さ》き、ペルーの砂漠に描かれた美しい絵の航空写真が載っている。ひとつはサルのように見え、もうひとつは巨大なクモのようだ。最後の絵は、大きな頭を持つ人間のような姿だった。

「神だけがナスカの地上絵を見ることができる。なぜなら、神は――」インディは空の方を指さした。「――あそこに住んでいるんだからな。オックスリーはおれたちに、スカルがペルーのナスカにあることを伝えようとしたんだ。それに、賭けてもいいが、彼を捕まえたのはロシア人だろう。クレムリンはスカルを、一種の武器だと思っているにちがいない。だから狙っているんだ」

「もしそれで母さんが帰ってくるなら、そんなものはロシア人に渡したっていい」マットは立ち上がった。「行こう……もたもたさせないでくれ」

マットはドアに向かったが、インディは動かなかった。彼はまだ本を繰っていたが、やがて探しているページを見つけた。そこにはジャングルの台地の上に造られた古代都市の、精巧な見取り図が載っていた。

インディは見取り図のごく細かい部分を調べながら言った。眼鏡をかけても目を細めなければならない部分だ。「アカトルだ。オックスリーは、そこへスカルを持っていこうとしているんだ。もし本当に存在するなら、それは生涯最良の発見になるはずだ。政治家すらかなわない名声を得ることになる」

彼はスミスとテイラーの顔を思い浮かべた。

インディはそのページと、もっと前の方にある、マヤの記号がびっしりと書かれたページを破り取った。二枚ともたたんでポケットに入れ、彼はようやく腰を上げた。

「で、じいさん、出かける準備はできたかい？」

「まだだ」

インディは寝室へ向かった。クロゼットの前まで歩いていき、ドアをぐいっと開けた。彼のフェドーラ帽は掛けたときのままになっていて、牛追い鞭《むち》は丸めて棚のいちばん上に置かれていた。

昼間のスタンフォースのことばがまだこだましている。私はどういう人間だったと言われるのだろう?

インディには答えがわかっていた。

クロゼットに手を伸ばし、彼は帽子を取ってしっかりとかぶった。

もう一方の手は、鞭《むち》のすり切れた持ち手に置かれている。彼は慣れた手首のひねりを使って鞭を強く引いた。

ピシッ!

第三部　砂漠の地上絵

18

ペルー、ナスカ

若者は眠らなかったのだろうか？

地上六千メートルの上空で、インディは飛行機のエンジンの単調な音を聞きながらうとうとしていた。二人はメキシコシティでDC3からアントノフAn2に乗り換え、いまはペルーの上空を飛んでいる。長い旅だったが、あと一時間もすれば着陸する予定だった。

インディはフェドーラのつばを目深に下ろし、隣の乗客のおしゃべりをやめさせようとしていた。彼はできるだけ睡眠をとっておきたかった。ペルーに降りてからは、時間を無駄にしたくなかったからだ。

「あれがおれの思っていたものかな？」マットが訊いた。

インディはうなるように言った。「また雲か？」

「いや、いや、今度はちがう」

インディは帽子を戻し、若者が話題にしているものを見ようと顔を向けた。マットは窓の下を指さした。インディは伸び上がらなくてはならなかった。Ａｎ２の翼が視界の一部をさえぎっている。回っているプロペラがぼやけて見えた。

「地面の上だ」マットは言った。「あそこだ。あんたの言ってたナスカの地上絵って、あれのことか？」

飛行機の下には広大な砂漠の盆地がどこまでも広がっていた。太陽の光が反射してまぶしいが、若者を興奮させているものが見えた。渦を巻いた尾を持つ巨大なサルを様式化した絵が地表に刻み込まれている。その絵は三百メートル近くにわたっていた。ほかにも花や幾何学模様など何百もの絵が地表を縦横に横切り、まるでたくさんの落書きのようだった。

「どうやって描いたんだろう？」マットが訊いた。

インディはため息をついた。この若者はとにかく好奇心が強いのだ。彼は地上を指さし、次に空を指さした。「ナスカのインディオは、原始的な測量器具と天文測量を使って絵を描くための細かい計画を立てたんだ。そのあとで、黒い酸化鉄に覆われた砂漠の地表を、下の明るい色の土壌のところまで掘って線を描いた」

「でも、ナスカの人たちは、何であんなに手間のかかることをやったんだ？　地上に描いた絵なんて見えないのに――ここまで来ないと」

インディは肩をすくめた。「いろんな説がある。宗教的シンボル、天文図、地下川へのロードマップ。だが、本当のところは誰にもわからない。いまだに謎なんだ」

インディはもう一度からだをシートに沈め、マットは通り過ぎていく風景の不寝番をつづけた。

「少し寝たほうがいいぞ」インディは言った。

「おれならいつでも眠れる」

インディは呆れたように目玉を回し、帽子のつばを引っ張って目の上に戻した。彼は最後の忠告をした。「着陸したら、のんびりしているわけにはいかないんだぞ」

このために、おれは三十二時間も旅してきたのか？

マットはナスカの町の中心にある戸外の酒場に坐っていた。雲ひとつない無慈悲な空に、太陽がぎらぎらと輝いている。彼は水滴のついたソーダのボトルで額の汗を拭った。彼の前には、いく本もの空のボトルがボウリングのピンのように立っていた。

彼はそれほど長いあいだ待っているのだ。

はるか遠くで、赤く焼けた山並みが牙のようにギザギザした線で地平線を縁取っている。すぐ近くでは、酒場の外にある金属の杭に馬やラバやリャマ――リャマは唾を吐くいやな癖で周囲を不快にさせる――が繋《つな》がれていた。

おまえといっしょにな、兄弟。

最後の杭にはマットのハーレー・ダヴィッドソンが、盗難防止用のチェーンをつけられて立っていた。アメリカの東海岸から直接フェリーで送られてきたのだ。

マットはハーレーから片時も目を離さなかった。

酒場の柵の向こうにアドービ煉瓦の建物が迷路のように広がり、焼けつくような太陽の光を浴びて目映《まばゆ》いばかりに白く輝いていた。虹色のポンチョとつばの広い帽子を身につけた地元のペルー人たちが通りを埋め、あるいは木でできた屋台から小物の呼び売りをしている。ラバや人間の引く様々な大きさの荷車に交じり、荷を高く積んだリャマが土を固めた道路をのんびりと歩いている。いかがわしい路地には怪しげな影がたむろし、何かを売ったり、客引きをしたり、見張りをしたりしていた。

ここではつねに目を光らせていなければいけない。ここはそういう場所だった。人が群がり、危険な……まさにカサブランカだ。マットは、次の角のあたりでボギーに出くわしそうな気がした。

嫌なことばかりではない。丸いブロンズ色の顔をした子どもたちが、無秩序な群衆のあいだを踊り回り、混沌に気づかずに明るく笑ったり呼び合ったりしている。

だが、彼らにさえ油断はできなかった。

ほこりまみれのサンドレスを着た小さな女の子が、ぼんやりしたドイツ人の観光客から財布を盗んで一目散に逃げていった。

退屈したマットは、耳にしたことばの数を数えはじめた。ドイツ語、フランス語、イタリア語、中国語、ポルトガル語、そしていく種類ものスペイン語の方言。だが、ありがたいことにロシア語はなかった。

少なくとも、いまのところは。

彼は耳の半分を教授に向けていた。教授は二、三人の地元の人間と、奇妙なことばやたくさんのジェスチャーを交えて熱心に話し合っている。マットは自分の旅仲間を、いままでは見まちがえそうだった。ツイードの代わりに疵《きず》だらけのレザージャケットを着て、よれよれのフェドーラ帽をかぶり、肩には牛追い鞭《むち》を掛けている。きれいに剃り上げていた顔に、灰色の髭《ひげ》が濃い影を落としていた。

ジョーンズが、ようやく男たちの肩を叩いて彼らに背を向けた。マットのテーブルへ大股に歩いてくる。彼の目は明るく輝いていた。

きっといいニュースにちがいない。

ついに。

「オックスを見かけた者がいる」ジョーンズが言った。「彼は二、三カ月まえ、ふらふらになって町にたどり着いた。野蛮人のようにわめき立てていたそうだ」

「何だって？」マットは心配で腰を浮かした。彼を育ててくれたも同然の男を思い浮かべた。つねに完璧にネクタイを結び、きちんと髪をとかし、ファイルキャビネットのように整頓されたブリーフケースを持ったぱりっとした男だった。その描写――野蛮人のようにわめき立てていた――は、マットがこれまでずっと知っていた教授とはあまりにもかけ離れていた。

ジョーンズはついてくるように合図しながらつづけた。「警察が彼を町外れの療養所に入れた。こっちの方だ」

彼は強烈な日射しのなかへ出ていった。マットは歩調を合わせてついていった。

「あそこで」マットは酒場の方へ親指を向けた。「あんたがしゃべっていたあのことば。おれはスペイン語を習ったが、あのことばはひとつも理解できなかった。あれは何なんだ？」

「ケチュア語だ。インカの方言だ」

「どこで習ったんだい？」

「長い話になるぞ」教授は自分の尻ポケットから悪たれ小僧の小さな手をつかみ出し、その子の方へ小銭を弾き飛ばしてからまた通りを歩きだした。

「時間ならある」マットは言った。なぜこの男のことをもっと知りたいのか、その理由は説明できなかった――だが、知りたかった。

インディは肩をすくめた。「パンチョ・ヴィラといっしょに放浪したんだ」

マットの足がもつれた。「そんな――くそみたいな話！」

「おまえが訊いたんだぞ。それに、ことばに気をつけろ」

「パンチョ・ヴィラ。メキシコ革命の将軍だろ」

「わかった。厳密にいうと、誘拐されたんだ」

「あんたはよくそういう目に遭うんだな」

「この仕事にはつきものなんだ、若造」

マットは首を振った。「だったら、本当にパンチョ・ヴィラがあんたを誘拐したのか?」

「ヴィクトリアーノ・フエルタとの戦いの最中だった」教授は脇に唾を吐いた。フエルタの名を口にするには、咳払いが必要だとでもいうようだ。

「ちょっと待てよ。あれは確か、一九——あんた、そのときいくつだったんだ?」

「いまのおまえぐらいだ」

「むちゃくちゃだ。あんたの親はひどく心配しただろうな」

インディは肩をすくめた。「結局、うまくいったんだ。実のところ——家のなかがいくぶんピリピリしててね」

マットはわかったというように鼻を鳴らした。「ああ、母さんとおれも、近ごろは最高の関係というわけにはいかないからな」

「母さんを大切にしろよ」ジョーンズがつぶやいた。「ひとりしかいないんだ。それに、長い間ではないこともある」

マットは教授の口調に何か引っ掛かるものを感じ、急に押し黙って二、三歩進んだ。だが彼の胸には、まだ吐き出さなくてはならないことがある。「おれの問題じゃないんだ。母さんの問題なんだ。おれが学校をやめたからって腹を立てているのさ。まるで、おれが間抜けだとでも言いたいみたいだ」

教授がちらりと目をやった。「学校をやめたのか？」

「ああ……何度も。上品な進学校ばかりだ。チェスや、ディベートや、フェンシングなんかを教えるところだ」彼はポケットの飛び出しナイフに指を触れた。「おれはナイフの扱いなら誰にも負けない。でも、学校なんて時間の無駄だ」

「卒業しなかったのか？」

「一度も。役に立たない技術や、つまらない本ばかりだからな。つまり――勘違いしないでくれ――おれは本が好きなんだ。子どものころ、オックスはおれにありとあらゆる本を読ませた。あんたの本まで読ませたんだぜ」

「本当かい？」教授の声には、プライドのうずきのほかに驚きがあった。

マットはジョーンズとオックスのあいだに、敵意のようなものがあったのではないかと思いはじめた。「でも、いまは自分で本を選ぶ。わかるかい？」

「それで、どうやって暮らしているんだ……カネを稼ぐには？」

「バイクの修理さ。エンジンのことならたいていわかる」

「一生つづけるつもりか？」

マットは苛立ってきた。「そうするかもしれない。それで何かまずいことでもあるのか？」

「別に何も。それが自分のやりたいことなら、誰にも口出しさせるな」

教授はマットを連れて角を曲がり、通りの突き当たりを指さした。緩い坂道を上ると、アドービ煉瓦造りの堂々とした建物が大きな姿を見せた。丘の上にどっかりと腰を落ち着け、太陽の下で焼かれ、とても快適そうには見えない。しかも、建物の窓のほとんどに鉄格子がはまっている。

療養所だ。

マットは不気味に迫ってくる正面玄関に近づき、ドアの上に刻まれた文字を読んだ。

〃セント・アンソニー・デ・パドヴァ〃

教授は興味を惹かれた様子で、低いうなり声を漏らした。

「どうしたんだ?」マットがドアへ向かう階段を上がりながら訊いた。

「アンソニー・デ・パドヴァ。彼は失われたものの守護聖人なんだ」

マットはもう一度、刻まれた名前をじっと見つめた。「だったら、ここに来たのはまちがいじゃなかったんだ」

下の通りでは、果物屋の屋台のうしろからひとつの影が現われた。彼は少年と男が、療養所の重い木のドアを押して入っていくのを見つめていた。

彼はつばの広い帽子を脱いでハンカチーフで額を拭い、首を振って帽子をかぶり直した。

「インディ……首を突っ込まずにいられないのか、バカなやつだ」男の声には紛れもないイギリス訛りがあった。

19

鉄格子のはまった窓のある鉄のドアが並ぶ殺風景な白い廊下を、インディは修道女について歩いていった。赤いアドービタイルに、修道女の足音が響く。若者は落ち着かない様子で遅れがちについていった。

修道女はからだの前に手を組んでいた。鎖のついた重い鍵が、両手のあいだからぶら下がっている。彼女はロザリオをまさぐるように、その鍵を神経質そうに触りながらスペイン語で話をつづけた。「彼のことは覚えています。二ヵ月くらいまえ、ここにいました。それから、銃を持った男たちが……悪い男たちです。男たちがやって来て、彼をさらっていったんです」彼女はちらりとインディに目をやった。「彼はいい人でした」

収容患者のひとりが、鉄格子のはまった窓から彼らを手招きした。髪はぼうぼうで突っ立っている。歯は乱杭歯《らんぐいば》だった——三本ある歯のぜんぶが。彼は不明瞭な早口で、意味不明なことばを罵《ののし》るように投げつけてきた。

マットがふらふらと近づいた。「おれにも少しは理解できそうだ。アルケオロゴ、と言ってる。考古学者のことだ」

収容患者は両手を突き出し、マットのレザージャケットの襟《えり》と髪の毛をつかんだ。若者はドアの方へ引きずられて悲鳴をあげた。

インディが手を伸ばし、マットのベルトをつかんで引き離した。彼は若者を自分のそばに引き寄せた。「土地の人間と話すんじゃない」

インディは首を振り、ふたたび修道女のあとにつづいた。

マットは油断なく気を配りながら、今度はインディのすぐあとをついていった。「いったいどうなってるんだ？」

教授は案内人に目をやってうなずいた。「彼女はオックスリーが錯乱していたと言っている。強迫観念に取り憑《と》かれていたと。病室の壁一面に絵を描いたそうだ」

陰気な目をした用務員がカートを軋《きし》ませて通り過ぎ、インディはオックスリーの手紙を取り出した。彼はもう一度、大きな声でそれを読んだ。

「……〝神だけが読み取ることのできる地上のすじ……オレジャーナの揺りかご……〟」

彼は手紙をたたんだ。「意味がわからない。揺りかご。オレジャーナはペルーの生まれじゃない。彼はコンキスタドールで、生まれはスペインだ。黄金を探しに来たんだ。ほかの六人といっしょに姿を消した。彼らの遺体は見つからなかった」

先を行く修道女がドアの前で足を止めた。太い鍵をたぐり寄せてロックを外した。「ここがあなたの友だちの収容されていた部屋です。ずっと鍵を掛けたままにしてあるんです。ほかの患者を不安にさせますから」

彼女は通ってきた廊下に視線を戻した。ロックの外れる音がすると、ほかの部屋にいる錯乱した男女の話し声や叫び声が、たちまち死んだように静かになった。修道女は肩越しに不安な目を向け、ドアから離れた。「しばらく二人だけにして差し上げましょう」

修道女は足音を響かせ、廊下の中央を歩いて戻っていった。収容患者たちは相変わらず静まりかえっていた。

まず、インディが足を踏み入れた。

部屋は六メートル四方だった。そこには、きちんとたたまれた毛布を足元に置いたベッドと小さな白いシンクしかなかった。壁の高いところに、鉄格子のはまった二つの小窓がある。壁と床は漆喰を塗った石造りだった。

マットはインディにつづいてなかに入った。「ああ、なんて、ことだ」

インディは修道女の診断が正しいことを知った。

錯乱した強迫観念。

四方の壁一面に、人の手の届くかぎりの高さまで、何百もの絵が描き殴られている。様様な大きさで、少しずつ角度を変えた絵。あるものは生きているように写実的な細密画で、あるものはもっと抽象的だ。だが、描かれているものはすべて同じだった。

〝クリスタル・スカル〟

インディは奥の壁に引き寄せられた。ひとつの頭蓋骨の絵が壁全体を占めている。部屋の二つの小窓がスカルの目となり、目映《まばゆ》い太陽の光で燃え立つように輝いていた。

マットは部屋の中央に立ってゆっくりと回った。「オックス、いったい何があったんだ?」

マットの気持ちを察してインディは若者に顔を向けた。慰めになるようなことばをかけてやるべきだと思ったのだ。だが、マットは気恥ずかしそうに顔をそむけた。インディは若者の方へ足を踏み出した——そこで、言うべきことばが見つからないことに気づいた。いったい何と言えばいいのだろう?

インディにできることはひとつしかなかった。彼は壁に視線を戻した。手掛かりを探して、ひとつひとつの壁を調べながらゆっくりと回って歩いた。一周回り終えると、彼はからだを起こした。ひとつだけわかったことがある。

「このスカルだが——」インディは最も精密に描かれた壁の絵に近寄った。「これはミッチェル・ヘッジズのスカルとはまったくちがう。この頭を見てごらん——うしろが長くなっているだろう」

マットはそばに寄った。両腕で自分のからだを抱きしめているが、いくらか自制心を取り戻しているようだ。「何でこんなふうになっているんだ?」

「ナスカのインディオにはある慣習があった。ヘッド・バインディングだ。インディオは王族の子どもの頭を縛って、頭蓋骨をこんなふうに変形させたものだ」

インディは細長いスカルの絵をじっと見つめた。こうなることを医学用語では〝斜頭症〟と呼ぶ。幼児の頭に板を縛りつけ、自然な発達を妨げることでこうなるのだ。この慣習はナスカだけのものではない。初期の文明のいたるところで見られる。古代エジプト、オーストラリアのアボリジニ、さらには北アメリカのチヌーク族やチョクトー族まで。

「ばかげてる」マットが言った。「何でそんなことするんだ？」

「神をたたえるためだ」

「神の頭はこんなふうじゃないぞ」マットはスカルを指さした。

インディはその木炭画を見つめた。「誰を神とするかによる」彼はつぶやいた。インディはスカルの下に書かれたことばに目をとめた。そのことばは無秩序な芸術作品のあちらこちらに、スカルのあいだを埋めつくすように書かれている——百の言語に翻訳された、同じことばだった。

マットは顔を近づけてスカルの下のことばを読んだ。それはスペイン語だった。「ブエルタ」彼はインディをちらりと見てから訳した。「リターン。どこへ帰《リターン》るんだ？」

「あるいは何を返《リターン》すか」

インディは燃え立つような目をした巨大なスカルに目をやった。

「オックスはスカルのことを言ってるんだろうか？」マットが訊いた。

インディは四方の壁を手で示した。「それが頭を離れなかったようだな」

「でも、どこへ返すことになっていたんだろう？」

インディはオックスリーの手紙を引っ張り出した。終いまで読み通し、またオレジャーナの揺りかごという部分に引っ掛かった。彼はリターンということばの百の訳語に目を走らせた。

「揺りかご《クレイドル》」彼はつぶやいた。「このことばも二つ以上の意味を持っている。マヤ語では休息所の意味もあるんだ」

インディは心臓が止まりそうになった。

そうだった。

彼は確信し、半狂乱でもう一度室内を調べはじめた。「頼む、オックス、おまえはほかにも手掛かりを残したはずだ」

「どうしたんだ？」マットが訊いた。

インディの頭脳が回転していた。

オレジャーナの揺りかご……オレジャーナの休息所。

「オックスはコンキスタドールたちの墓の話をしていた」インディが言った。

彼は自分のつま先を見つめた。そして、墓はどこで見つかったのか？

地中だ。

スカルに注意を集中するあまり、インディはそれを見ていなかったのだ。その大半が泥とほこりで半分隠れている。彼は膝を落とし、石造りの床を手で払った。線が見えた、というより手に触れた。それは石造りの床そのものに刻み込まれた、オックスリーの最後の絵だった。

インディは跳ねるように立ち上がり、ドアの外へ駆け出した。

「どこへ行くんだ？」マットがその背中に呼びかけた。

インディは用務員から借りた箒《ほうき》を手にしてすぐに戻ってきた。彼は箒を若者に投げた。

「掃くんだ！」

「何だって？」

インディは箒の使い方を身振りで教え、部屋中の床をぐるりと指し示した。「ぜんぶだ」

マットが仕事に取りかかると、インディは奥の壁まで歩いていき、ベッドを踏み台にして片方の窓によじ登った。窓の下枠に突き出た棚の上に這い上がってしゃがみ込んだ。まるで輝くスカルの目を通して覗《のぞ》き込んでいるかのように、インディは部屋の内側にからだを向けた。

インディは太陽に背中を焼かれながら待った。意識を集中し、いつの間にかオックスリーとの大学時代を思い出していた。あの男はそのころでさえ尊大でもったいぶった人間だった。どれほど取るに足りない内容でも、聴衆が興味を持とうが持つまいが、満員の講演会を催すことができた。すべてのボタンを確かめ、一分のすきもなく髪を整えないと寮を出られなかった。彼には人を苛立たせる部分と、強情な部分が半々に共存していた。

だが同時に、あの男には素晴らしい才能があった。圧倒されるような発想の豊かさが。

あのころでさえ。

あのオックスリーの一部は、いまでも残っているはずだ。

ここにも。

下ではマットが仕事をつづけていた。箒《ほうき》でひと掃きするたびに、石造りの床一面に描かれたオックスリーの傑作、巨大な線描画が現われてきた。それは上からでないと見えない、つまり神にしか見えない、教授にとってのナスカの地上絵だった。

いや、インディにとっての。

その絵は精巧に描かれていた――だが、こちらはスカルではなかった。インディはマットが掃き清めていくのを見守っていた。ギザギザした山頂が現われた。さらに、丹念に描かれた埋葬のための神殿と葬送のモニュメントが。

そして、いくつもの墓石。

そこは共同墓地だった。

「オレジャーナが埋葬された場所だ」インディは独り言を漏らした。

マットはちらりとインディに目をやってから、床に視線を落とした。「コンキスタドールはみんな姿を消したって、あんた言っただろ。遺体はとうとう見つからなかったって」

インディは視線を落とし、刻まれたすじを見つめた。

……圧倒されるような発想の豊かさ。

「オックスリーはついにそいつを見つけたようだ」

20

稲妻が夜空を引き裂き、目の前の地表を照らし、銀色の景色を刻み込んだ。雷雲が砂漠の上に低くのたうち、侵入者を誰ひとり近づけまいと警告するかのようにとどろいている。砂のなかにはまだ熱が閉じこめられているが、起伏のある大地には涼を運ぶそよ風が吹きわたっていた。

マットは丘の上でハーレーに腰を下ろしていた。切れ間のない雷のひとつが、ギザギザの山頂を粉みじんにした。ナスカを見下ろす山頂にたどり着くまでに、丸一日と一晩近くかかっていた。

稲妻が目の前にもうひとつの渓谷を照らし出した。

「あそこだ」バイクのうしろにまたがったジョーンズが言った。教授の指は渓谷を越えて正面の稜線を指していた。

マットにも見えていた。いちばん近い断崖の上に、乱雑に並んだ石の十字架、崩れかけた像、どっしりと構えた霊廟がある。風にさらされた数えるほどの松の木が空にシルエットを描いて立っているが、何世紀もの嵐に痛めつけられてねじ曲がっていた。

「チャウチージャ墓地だ」教授は言った。「オックスリーの絵のとおりだ」

彼らは療養所の床に描かれた絵を写し取り、いく人かの土地の者に見せた。そのひとりがついに知っていると認めたが、彼は二人に行くなと忠告した。「マルデシード」男はその場所のことをそう言った。呪われていると。半分目の見えないその男に山と墓地の場所の地図を描かせるには、二、三ペソかかった。

地図があったにもかかわらず、マットはもう少しであきらめるところだった。男が嘘をついたにちがいないとまで思った。

だが、それはあった。

マットは忠告された理由《わけ》を悟った。墓地のある断崖は下から浸食されている。古い墓所は、いまでは何もない砂漠の上に突き出した脆《もろ》い突起の上にあるのだ。木の根さえ風雨にさらされてむき出しになり、古びたカーテンや絡み合うつるのように地面の下にぶら下がっているところは、まるで白い顎鬚《あごひげ》のように見える。

別の稲妻が、百メートル以上も下の盆地に横たわるものを照らし出した。有名な〝ナスカの地上絵〟だ。

稲妻が光るたびに、広大な地上絵に銀色の炎が走る。マットは足の曲がったクモと、ボウルのような頭をした背の高い人間に目をとめた。それらはまっすぐ自分を見つめているように見える。彼は身震いをした。やがて、それが消えてふたたび暗闇になった。

「行くぞ」墓地に目を向けたまま、ジョーンズ博士がじれったそうに急き立てた。

マットは、もうしばらくとどまって一呼吸入れた。震えていることを教授に気づかれたくなかったのだ。彼は墓地が好きになれなかった……明るい日射しのなかでさえ。だが、彼の母親の命は、オックスのクリスタル・スカルを見つけられるかどうかにかかっている。

そこで、バイクを少しずつ進めて断崖の縁を乗り越えた。ジグザグの小道が稜線《りょうせん》を越え、危険な墓地までつづいている。墓地の祈禱所へ入る錬鉄《れんてつ》製の門にたどり着くまでに、さらに三十分かかった。そのころには風が強くなりはじめ、手書きの看板がぐらぐら揺れた。

それにはこう書かれていた。

盗掘者は殺す《マタレモス・ア・ロス・ウアケロス》

マットが看板の下にバイクを駐めているあいだに、教授はその場を離れて長年使われていないことが明らかな、いまにも壊れそうな暗い管理人小屋まで歩いていった。アドービ煉瓦にひびが入り、苔で覆われている。屋根の材木はたわんでいた。あと一度でも強い風が吹いたら、倒れてしまいそうだった。

ジョーンズはドアを蹴破って小屋のなかへ消えた。ガサゴソという音がして、ランタンを手に教授が戻ってきた。彼がランタンに火をつけると、わずかに残っていた灯油でぼんやりと明るくなった。

「スコップだ」教授はそう言ってランタンを掲げた。

二本のスコップが、門のすぐ内側に立てかけてあった。

頭上で揺れている看板を指さし、マットは声に出して訳した。「盗掘者は射殺される」

インディは墓地のなかへ入っていった。「おれたちは墓泥棒じゃなくてよかった」

小道は、疵《きず》だらけでねじ曲がった二本の松の木のあいだを通っていた。突風にあおられた枝がたがいにぶつかり、骨の触れ合うような音を立てた。マットは首を持ち上げてみた。実際、本当に墓場が嫌いなのだ。

目を凝らすと、枝のあいだで何かが揺れ、影が動いた。見極めようとしたが、すぐに消えてしまった。マットは一瞬立ちつくしてから足を速め、教授の背中にまともにぶつかった。

「気をつけろよ、若造！」

ジョーンズは墓地の端に立ち止まっていた。目の前に広がる墓石や霊廟をじっと眺めていた。

「墓泥棒だ」彼は苦々しげにつぶやいた。「おれたちはパーティに遅れたらしい」

マットはジョーンズの横に出て前を見つめた。像が、十字架が、小さな霊廟が、断崖の端までつづいている。そこはすっかり荒れ果てて見る影もなかった。半数の墓が掘り返されて略奪に遭い、空《から》になったまま塞《ふさ》がれてもいない。価値のあるものはとうに盗まれ、残っているのは墓の住人だけだった。大の字になっていたり、どこかに立てかけられていたり、ひっくり返っていたり、踏みつぶされたりした骸骨が、あちらこちらに散らばっていた。

墓場は骨置き場になっている。

　教授はランタンを高く揚げた。しだいに強くなる風が泥や砂を吹き上げ、渦を巻いてまるで死霊の姿に見えた。

いま思うと、いい考えではなかった。

「な、何を探しているんだ？」マットがしぼり出すように言った。

「さあ、まだわからない。明確なものではないんだ。この塚のどれかに通じる控えの間かもしれない」

教授は方向を決めて歩き出し、思い直して進路を変えた。

マットは首を振ってあとを追った。

この分だと、二人は夜通しここにいることになりそうだ。

左の方で、不意にいくつもの影が動いた。マットは縮みあがり、駆け出してジョーンズ博士の腕にぶつかった。教授は危うくランタンを落とすところだった。

「どうしたんだ？」彼は怒ったように訊いた。

「何か見えたような気がする」

「影ぐらいでびくびくするな。ここには死人しかいない――」

影のひとつが墓石のうしろから飛び出し、インディを殴り倒した。別の影が枝の上から飛び降り、マットを叩きのめした。マットは相手がわからないまま腕を振り回した――だが、そこには何もなかった。ジョーンズはわめきながら足を振り上げた――だが、やはり敵はいなかった。

幽霊。

マットはパニックに陥り、慌てふためいて立ち上がった。彼は後退りして墓標のひとつにぶつかった。かかとが骸骨の腕の骨を踏み抜いた。彼はぞっとして飛び退いた――隣の墓標に立てかけられていた別の骸骨にぶつかった。

骸骨の頭が転がり、彼を見上げた。

それが痩せこけた腕を伸ばし、爪を立てて飛びかかってきたとき、マットはしぼり出すような悲鳴をあげた。彼は恐怖から生まれた馬鹿力でそれを振り払った。だが、それははね返って起き上がり、しゃがみ込んだ。

マットは、相手が生きた骸骨ではないことに気づいた――からだに黒い泥を塗って骨の鎧《よろい》を身につけた、針金のように細くしなやかで凶暴な男だった。

マットはショックのあまり、すぐには動けなかった。

狂った男がまたマットに飛びかかってきた。だが、男が飛び出したところにシャベルが振られ、その顔を直撃した。彼はうしろに倒れ、骨のマスクが砕けて骸骨の下から人間の顔が現われた。

ところが、男は地面に叩きつけられたとたん、とてつもない速さで転がっていって暗がりの奥に消えた。

マットは教授に加勢した。二人はシャベルを武器のように振り回した。

「おい、あれは死人じゃないぞ！」彼はインディに叫んだ。

「オックスリーの手紙だ」教授があえぎながら言った。「オックスリーは生きている死人について何か言ってたな。あれは冗談じゃなかったんだ。彼は――」

――プスッ、プスッ――

教授のシャベルの柄に、二本の吹き矢が小さな羽根を震わせて突き刺さった。教授は身を伏せた。

マットは遅れをとった。

二つの影が教授の背中を跳び越え、マットの胸を一撃した。彼はよろめいてうしろに倒れた――開いたままの墓穴のなかへ。

硬い土の上に背中から落ち、マットは息ができなかった。空気を求めてあえいでいると、骸骨の影が墓穴の縁から顔を出した。吹き矢を構えてマットを狙っている。

逃げることはできない。

マットはポケットに手を突っ込んで飛び出しナイフを取り出し、親指で開いて戦士に投げつけた。ナイフは銀色にひらめいて男の腕に突き刺さり、彼は狙いを外した。

吹き矢《ブロウガン》の筒が戦士の手を離れて落ちた――だが、二人目の戦士がそれをつかみ上げ、唇に運んで墓穴の底を狙った。

マットにはもう武器は残っていない。

次に何が来るかを悟り、マットはたじろいだ。

彼はまちがっていた。

誰かの手が伸び、ブロウガンの柄をつかんで強く引いた。教授は筒の出口に顔を寄せて自分の唇に運び、思い切り息を吹き込んだ。

戦士はうめき声をあげてうしろに倒れ、ブロウガンを落とした。片手で喉をつかみ、もう一方の手を口に突っ込んだ。毒矢はすでに深く突き刺さっている。男はあっという間に息絶えた。

墓穴の反対側では、腕から血を流した最初の戦士が慌てて立ち上がった。彼はマットの飛び出しナイフをつかんで腕をうしろに引き、いまにもナイフの持ち主へ返そうとしている。

――ピシッ――

マットは跳び上がった。

頭の上で、ジョーンズの牛追い鞭《むち》が戦士の手首に絡まった。鞭を強く引くと、ナイフが襲撃者の手から飛び出した。それは高く飛び上がり、まっすぐ落ちてきた――マットをめがけて。

マットは慌てふためいてうしろへ下がり、両脚を広げた。ナイフは彼の脚のあいだの地面に突き刺さった。

際どいところだった……あまりにも際どい。

「悪かった、若造」教授が上から声をかけた。だが、彼は彼で問題を抱えていた。戦士はすでに手首の鞭《むち》をほどき、いまにもジョーンズに襲いかかろうとしていた。教授はもう一方の手を上げて黒いピストルを出した。彼は大きな音を立てて撃鉄を起こし、戦士の痩せた胸に狙いをつけた。

襲撃者は銃を見つめ、視線を教授に移し、鞭に移した――そして反対の方向へ逃げ去った。マットは飛び出しナイフをつかんで立ち上がった。彼はほかの影が四方八方へ退いていくのを見つめていた。

賢い影たちだ。

稲妻が頭上に飛び散り、片手に牛追い鞭、もう一方の手にピストルを持った教授をくっきりと浮き上がらせた。

「あんた、ほんとに教師かい?」マットが訊いた。

インディはマットを墓穴から引っ張り上げようとして手を伸ばした。「パートタイムのな」

21

インディは銃をホルスターに収め、マットに手を貸して墓穴から引っ張り上げた。マットは立ち上がり、ナイフの柄についた血をジーンズで拭った。インディは若者の唇に、かすかな嫌悪感が浮かんでいるのに気づいた。

成長するということはつらいものだ。

「おれ……おれ、本気でナイフを使ったのははじめてなんだ」若者はそう言って、ナイフに視線を落とした。「ボトルの蓋を開けるとき以外は」

インディは彼の肩を叩いた。「よくやったぞ、若造」

彼は毒で死んだ戦士のところへ行って彼を墓にもたせかけ、骸骨のひとつから帽子と肩《セラ》掛《ペ》けを借りた。そして死体をポンチョでくるみ、帽子を頭の上に載せた。

「これで二百年くらいもつだろう」

マットは両腕で胸を抱くようにして立っていた。死体をじっと見つめている。若者にとってこれがはじめて見る死体なのだろう、インディはそう思った。若者を認めてやらなければならない。逃げ出さなかったのだから。

「こいつら、誰なんだ?」マットがようやく口を開いた。

「ナスカ人だ。あるいはその末裔《まつえい》かもしれない」

インディはその意味を考えていた。ナスカ人は紀元前一千年ごろこの地にやって来た。そして千五百年間繁栄し、農業の方法や複雑な灌漑《かんがい》システムを開発した。彼らは陶器や織物の偉大な職人だった。やがて、スペイン人に一掃された。では、ナスカ人という謎の部族がいまもこんなところで何をしているのだろうか?

インディは墓場を見わたした。

「誰であろうと」インディは言った。「おれたちがここをほじくり回すのが気に入らないのさ。そうだとすると、彼らは何を守っているんだろう?」

左の方で、何かがインディの目を惹いた。墓地の奥にある石の壁だ。何か妙なところがある。インディはマットを連れて近づいた。外側にいくつもの壁龕《へきがん》があり、骨や頭蓋骨が詰め込まれている――その大半がクモの巣に覆われていた。

彼はクモの糸に触れてみた。

「ラスロドリデス・ストリアーツス」インディはぼそぼそ独り言を言った。

マットがかがみ込んだ。「何だ、それ?」

インディはまっすぐからだを起こした。「ペルヴィアン・ジャイアント・ストライプニーだ」

マットはまだ怪訝《けげん》な顔をしていた。

インディは壁沿いに移動した。「巨大なタランチュラだよ」

「巨大って、どれくらいなんだ？」若者はインディの肩越しに覗《のぞ》き込んだ。

「こいつを見ろよ」教授は石壁の表面に、上から下へと指先を這わせた。「石造物が別々の時代のものだ。ひとつの遺跡の上に、別の遺跡が建っている。文明にはこういうことがつきもので、ひとつの文明の上に別の文明が重なっているんだ」

インディは壁伝いに歩いていった。すると、砂の上に足跡が見つかった。ひと組は壁に向かい、もうひと組は反対に向かっている。

壁から数センチのところまで鼻を近づけ、インディはその部分に目を凝らした。そっとクモの巣をかき分けて壁龕《へきがん》の内部を調べた。

「タランチュラに気をつけて」マットが声をかけた。

インディは知らん顔をしていた。見つかったのは埋葬された骨ばかりだった。石造物の古い部分の壁龕に、頭蓋骨があった。もっとよく見るためにねばねばしたクモの巣を取り除こうとしてインディが手を伸ばすと、糸が手から離れ——やがて、戻ってきた。

まるで、頭蓋骨が息をしているかのように。

「空気循環だ」インディがつぶやいた。

「何だって？」

「地下通路か洞窟があるしるしだ」

インディは手を伸ばし、眼窩《がんか》をつかんで頭蓋骨を壁龕から取り出した。丸々としたタランチュラが彼の手の上を走った。マットは息を呑《の》んだが、インディはクモに見向きもしなかった。クモは慌てて壁に戻り、別の壁龕《へきがん》に飛び込んだ。

頭蓋骨を取り出し、インディは壁龕の奥を探ってみた。その指がロープの環に触れた。体重をうしろにかけてロープを引くと、石のすれ合う音がして壁の一部が開いた。

狭く天井の低い通路が、暗闇のなかに延びている。

マットはインディと肩を並べてかがみ込み、秘密の入口の脇柱に手をついた。インディが下がるように身振りで示した。「触らないほうが――」

手遅れだった。

一ダースばかりの黒いサソリが、マットの腕を伝って出てきた。

「ギャー！」

若者は飛び退いて腕を振った。サソリがぱらぱらと落ちて散らばった。

「落ち着け」インディが声をかけた。「ただのサソリだ」

マットが急に悲鳴をあげ、前腕を叩いた。「さっ……刺された」彼は目を見開いてインディを見つめた。「おれは死ぬのか？」

「若造、おれたちはみんな死ぬ。それが人生というものだ」彼のことばは少しもマットの慰めにならなかった。インディはため息をついた。「いいか、刺したサソリはどれくらいの大きさだ？」

「とんでもない大きさだった！」

「ああ、そいつはよかった」

「よかった？」

「サソリの場合は大きいほどいい」インディはトンネルに視線を戻したが、何か思い出したようにうしろを振り返った。「だが、小さいのに刺されたら黙ってるんじゃないぞ。わかったな？」

この賢明な忠告を残し、インディはランタンを手に腹這いでトンネルに入った。

マットは、ジョーンズがトンネルに消えるのを見つめていた。うしろの暗い墓地にちらりと目をやった。大粒の雨がいくつか空から落ちてきた。稲妻がひらめき、暗闇という暗闇を墓地からはぎ取った。骸骨や開いた墓穴が、彼の侵入に怒って睨《にら》んでいるように見える。

マットは身震いをした。

墓地に、それともサソリに？

暗闇がふたたび墓地を包み込み、マットは心を決めた。

飛び出しナイフを出して片手で開き、教授のあとを追った。

通路にもぐり込むと、すでにトンネルのかなり先にいるジョーンズが見えた。マットは追いつこうとして、両手と両膝をついてもがきながら大急ぎで進んだ。そこはカビと土の臭いがする。クモの巣が首のうしろをくすぐる。アリやゴキブリが手の上を通り過ぎる。

マットはようやくジョーンズに追いついた。安堵感でいっぱいになった――だが、それも束の間、膝の下の土が崩れた。からだの下半分が穴に落ちた。岩でできた床の端につかまろうとして爪を立てたが、周りがどんどん崩れていく。マットはずるずると滑り落ちていった。

ジャケットの襟首をつかんだ手が、彼を引っ張り上げた。マットはトンネルの頑丈な場所まで這い上がり、あえぎながらばったりと横たわった。

「ここは突き出た崖の上なんだ。崖全体が下から浸食されている。気をつけろ」

ジョーンズはふたたび前進をはじめ、すぐに角を曲がって通路に消えた。明かりも持っていってしまった。マットは息を整え、インディの背中に声をかけた。

「ご忠告、ありがとう!」

マットはやむを得ずあとを追った。明かりだけが、サソリや恐怖心から守ってくれる。追いつきたい気持ちと、からだの下の地面に対する不安を天秤に掛けながら、マットは教授についていった。一区画ごと、慎重に床を確かめて。

マットはじりじりと進んで角を曲がり、教授との距離を確かめようと目を上げた――すると、三体の骸骨と顔を合わせた。

止める間もなく、マットの口から悲鳴がほとばしり出た。

三体は膝を抱え、正面を向いて壁龕《へきがん》のなかに坐っていた。骸骨の死んだ目がマットを見つめ返している。口をあんぐり開けて声にならない叫びをあげている。

教授がマットに怒鳴った。「落ち着いてくれないか、若造！」

マットは激しい動悸を必死に抑えた。「なあ、こいつらの頭蓋骨《スカル》！　こいつらのスカルを見た？」

ジョーンズはしぶしぶ戻ってきた。彼は骸骨のひとつを照らそうとしてランタンを掲げた。そのスカルはゆがんでいた。インディは手を伸ばし、そっとスカルを回してみた。頭のうしろが卵形に伸ばされている。

「オックスリーの部屋にあった絵と同じだ」インディが言った。「近いぞ」

インディは前進をはじめた。マットはすぐあとにつづいた。

「あいつら、だれ、いや、何なんだ？」

「人間だ」ジョーンズは言った。「ナスカの王族といったところだろう」

マットは、その部族が王族の子どもの頭を縛った、というジョーンズの話を思い出した。神の姿に似せるために。

「外にいる骸骨のような戦士が守っていたのはこれかもしれないな」マットが言った。

「あるいは、まだほかにあるのかもしれない」ジョーンズはそっけなく言った。「行ってみよう」

教授はいつの間にか目の前から姿を消し、広がりのある空間に下りていた。天井は二人が立ち上がれる高さがある。広さは車二台用のガレージぐらいだ。カビの臭いは少なく、妙な期待を持たせるもっと乾いた濃い臭いがする。

マットはジョーンズのところへ下りていった。前に進もうとしたが、教授が腕でさえぎった。

「何も手を触れるな」

マットはサソリのことを思い出し、言われたとおりにした。

「信じられない」ジョーンズが押し殺した声で言った。

彼がランタンを揚げると、ほこりだらけの床に足跡が現われた。

「ほかにも誰かここへ来た。最近だな」彼は足跡を調べようとしてかがみ込んだ。二組の完全な足跡がある。「二人だ」

マットはひざまずき、広げた手でそれぞれの大きさを測った。「同じ大きさだ」インディの方へ顔を上げた。「もしかすると、同じ人間かもしれない……ひとりで二回、来たのかも」

「悪くないぞ、若造」

教授はランタンをさらに高く揚げ、明かりが広がった。奥の壁にさらにいくつかの壁龕《へきがん》が並び、トンネルのなかにあったナスカの王族と同じくらいの大きさの死体が入っているのが見えた。だが、形ははっきりしないし、ほこりと砂にまみれている。

「おれから離れるなよ」インディはそう言うと、部屋を横切って歩きはじめた。「おれの歩くとおりに歩け」

マットは教授が床のほこりだらけの足跡と、慎重に歩幅を合わせて歩いているのに気づいた。マットも彼にならった。二人は前後に重なったまま、床を横切って無事に反対側にたどり着いた。

マットは教授の横に出た。そして、いちばん手近な壁龕《へきがん》に目を凝らした。そこに死体が収められているのは確かだが、一体ずつ繭《まゆ》のようなものに覆われて見分けることはできない。マットはほこりの下から銀色に光るものが覗《のぞ》いているのに気づいた。奇妙にも、空気がかすかに電気を帯びている。マットはそれを舌で感じることができた。彼は好奇心に駆られて足を踏み出したが、ジョーンズが引き止めようとしてその肩に手を置いた。

ジョーンズはそれぞれの壁龕にランタンを向けて数を数えた。「……五……六……七」

彼はランタンを床に置いた。「オレジャーナとその部下にちがいない」

「確かめる方法はひとつしかない」マットが言った。

22

インディはいちばん近い壁龕《へきがん》に近づいた。慎重に手を伸ばして埋葬布をつまみ、その物質を揺すってみた。砂やほこりがはげ落ち、下から混じりけのない銀色が現われた。布でないのは確かだが、金属でもなかった。インディはこの物質に見覚えがある。51番格納庫から盗み出された、ミイラ化した死体を包んでいた埋葬布と同じものだった。

だが、ここに何が隠れているのか？

インディは表面の一枚をはがしてみたが、下からは同じものが現われただけだった。

「クリスマスプレゼントを開けるみたいだ」マットは期待を膨らませ、固唾《かたず》を呑《の》んで見守っていた。

インディは次から次へと埋葬布の層をはがしていった。気がつくと、いつの間にか自分も息を殺していた。腕の短い毛が逆立つ。恐怖のせいではなく、一枚はがすたびに埋葬布から発する不思議な放射物のせいだった。

インディはようやく繭《まゆ》の芯に達した。いく重もの埋葬布に隠されたものを目の当たりにし、インディは後退りした。それは確かに死体だった。だが、たったいま眠りについたばかりかと思えるような、完璧に保存された死体だった。ひとりの男が膝を抱えて坐っている。首をかしげて目を閉じ、いかにも居眠りをしているようだった。肌は柔らかそうで、豊かな顎鬚《あごひげ》をたくわえている。首の周りの布製のフリルさえ、くたびれてはいるが少しも腐食していなかった。

インディは、スペインの十字架が刻まれた鎧《よろい》の胸当てに指先を這わせた。死体は装飾を施した鞘《さや》と高い円錐形の兜《かぶと》も身につけていた。

「コンキスタドールだ」インディが言った。「本物だ」

マットは顔を近づけた。「昨日死んだみたいだ」

「だが、四百年以上経っている」銀色の葬送布に触れ、インディはまた不思議なエネルギーを感じた。「きっと、カバーに保護されていたんだろう」

コンキスタドールをじっくりと眺めているうちに、インディはその人物が柄頭にルビーとエメラルドをちりばめた金無垢《きんむく》の短剣を握っていることに気づいた。彼は細心の注意を払い、乾燥した手から短剣を抜き取った。そしてランタンの方を向き、短刀に充分光が当たるように近づけてその素晴らしさに感嘆した。インディは金銀線細工の銘に目をとめた。たぶん、持ち主の名前だろう。彼は死んだ男に思いを馳せた。何という名前だったのか？どういう人生を送ったのか？　どうしてここに葬られることになったのか？

短刀を下ろしたインディは、その工芸品を自分の肩掛けカバンに滑り込ませようとしていた。

マットが咳払いをした。「おれたちは墓泥棒じゃないと思ってた」

インディは自分がしようとしていたことに気づいた。墓のなかへずかずかと入りこみ、死んだ男の財宝を手に入れようとしていた。「戻すつもりだったんだ」

「ふーん」

インディはコンキスタドールに向き直った。だが、男のからだは崩れ去っていた。有機体という有機体が衣服にいたるまで、十秒のあいだに腐食して塵《ちり》と化していた。残されたのは骨だけだった。

「うえっ」マットが声をあげた。

インディはひざまずき、金属のような生地の切れ端を抜き出した。「まえにもこういうのを見たことがある」彼はつぶやいた。「十年まえ、ある壊れた遺跡でのことだ」

そして、いまから二、三週間まえにネヴァダで。

彼は柔らかい金属の切れ端を握ってボールのように丸め、もとのところに放り投げた。それは自然にほぐれてもとどおりの形になった。

「すごい！」マットがおそるおそる近づいた。彼は飛び出しナイフをそちらに向けたが、ナイフは勢いよく彼の手を離れてぴしゃりとカバーに貼り付いた。「二重にすごい！」

「何だかわからないが、強い磁気を帯びている」

「そうか？」マットはいくらか苦労してナイフを引きはがし、安全のためにブーツに入れた。

「このコンキスタドールたちがどこからスカルを盗んできたにしろ、このカバーは彼らが持ってきたにちがいない」

「でも、彼らが盗んだのはそれだけじゃない」マットは死体の足下を指さした。

小さなチェストが開いたまま置かれ、宝石や金貨があふれている。インディは膝を落としてひとつかみの金貨を手に取り、それを手のひらの上で調べた。世界中の金貨があるようだ。インディは一枚に描かれた〝アテナの胸像〟に目をとめた。〝コリントスの兜《かぶと》〟や〝ホルスの目〟にも。

「ギリシア、マケドニア、エジプト」彼はつぶやいた。「いったいどうなってるんだ？いろんな時代のものが？　世界のあちこちから集められたのか？」

「これもみんなアカトルから盗まれたのかな？」マットが訊いた。

インディはからだを起こした。「わからん」

彼は次の壁龕《へきがん》に移動し、急いでカバーをはがした。結果は同じだった。完璧に保存された四百年まえのスペイン人の死体は、空気に触れるとたちまち腐食して塵《ちり》と骨だけになってしまった。

いくつか先の壁龕のところまで行っていたマットが、大声で呼びかけた。「これはもう開けられてる！」

インディはマットのところへ行った。「おれのそばに貼り付いていろ、と言ったはずだぞ」

「おいおい、落ち着いてくれよ」マットは床を指さした。「あんたと同じように、足跡をたどってきたんだ」

インディは顔をしかめた。「なるほど、少なくとも学んではいる……」

彼はマットの発見に目を向けた。若者の言うとおりだ。ミイラはすでに開けられていた。インディが緩んだ葬送布をはがすと、その人物が完全な防具――胸当て、兜《かぶと》、その上デスマスクまで――を身につけていたことがわかった。ただし、この甲冑《かっちゅう》は純金で作られている。

「これがオレジャーナだ」

「どうしてわかるんだ？」マットが訊いた。

「黄金ずくめだからさ。オレジャーナは〝黄金色の男〟と呼ばれていた。彼の身につけるものはすべて金で作られていて――」インディは口をつぐみ、眉間にしわを寄せた。

「どうしたんだ？」

「何かがおかしい」インディは黄金のマスクを指さした。「スペイン人は埋葬のマスクを身につけないものだ」

彼は手を上に伸ばしてマスクの縁に指を這わせた。

「気をつけて」マットが注意した。

インディはちらっと振り返り、自分が何をしているかは承知している、という表情を見せてから、マスクの縁をつまんでゆっくりと引き上げた。マスクの下では、オレジャーナの頭蓋骨《スカル》が恐ろしい断末魔の叫びをあげて凍りついていた。骨だけしか残っていないにもかかわらず、その形が恐怖と苦痛の悲鳴をあげているのだ。そこには人を不安にさせる邪悪なものがあった。

「マスクを戻せ、戻してくれ」マットが言った。

インディもそうするつもりだった——だが、ランタンの明かりを反射してきらりと光るものが目にとまった。その光はオレジャーナの頭のうしろから発し、後光のようにスカルを取り囲んでいる。

インディはしゃがみ込んで黄金の肩当ての上から死体をつかんだ。そして頭の方から胴体を引っ張ってマットに引き渡した。「そら、こいつを押さえていろ」

マットは吐きそうな顔をしてインディに従い、オレジャーナの死体と向かい合った。死体のうしろの壁龕《へきがん》には、墓地の石壁にあった壁龕とはちがい、ふつうの人間の二倍ほどもある大きなスカルが隠れていた。そしてこのスカルは、本物の頭蓋骨とちがって光り輝く透明なブルークリスタルでできていた。ランタンの明かりを残らずとらえ、千倍の美しさで反射している。

インディは手を伸ばしたが、その指がためらった。オックスリーの言っていた、こういう不思議なスカルにまつわる死の呪いと超常的な力の話を思い出したのだ。そういう迷信的な恐怖を無理やり抑え込み、インディはスカルに近づいてしげしげと眺めた。見たところ、一点の曇りもなく透明な多面体、純粋なクリスタルの塊から切り出されたようだ。

結局、好奇心が警戒心に勝《まさ》った。インディの指が光沢のあるスカルの表面に触れ、光がわずかに暗くなった。彼はスカルを手のひらに載せ、細心の注意を払って壁龕《へきがん》から取り出した。

マットは嫌悪感で身を震わせながら、オレジャーナの死体を肩に担いで壁龕に戻した。インディはランタンを持ち上げ、その前にスカルを近づけた。ランタンの明かりが水晶の表面で分かれ、特別大きな目を通り抜けてふたたび一点に集まっている。まるでレーザービームのようだ。その目をじっと覗《のぞ》き込むと、日食のときに太陽を見つめるように頭が痛くなった。インディは手のなかでクリスタル・スカルを回し、その頭蓋骨が外にある骸骨と同じように卵形をしていることに目をとめた。

「道具の跡がない」彼はぶつぶつと独り言を言った。「研磨機を使った形跡もない。信じられない」

彼はスカルを鼻先に近づけた。あれは何だ……？

頭蓋骨の奥に、第二のクリスタルが見えた。頭蓋内にぴったりとはめ込まれ、オパール色をしている。それは虹の七色にちらちらと輝き、まるで液体が流れているかのように見えた。

インディはもう一度スカルを回し、表面をくまなく調べた。

「石目《いしめ》に反してカットされた、つなぎ目のない水晶の塊だ。そんなことは不可能だ。現代の技術を使ったとしても。石が割れてしまうはずだ」

マットはインディのところへ行き、肩を寄せてスカルを見つめた。「アカトルから持ってきたんだろうか？」

「かもな。コンキスタドールたちは残りのスカルもいっしょに奪ったにちがいない。そのあとで海岸にいる船へ向かったんだ。ここまで来て死んだか、あるいは殺されたんだ。きっと、土地の者が盗まれた埋葬布で彼らを包んで埋葬したんだろう」

インディはようやくスカルを下ろし、ほこりをかぶった床とその上に残った足跡にもう一度目を向けた。彼は部屋の端に膝をつき、足跡を指でたどった。

「それから数百年経って、オックスリーがスカルを見つけて持ち出した……ひょっとするとアカトルへ。その場所も発見したのかもしれない――だが、だったらなぜここへ返したんだ？」

マットがもじもじしていた。「〝リターン〟、彼が壁に書いたように」

「わけがわからない」インディはつぶやいた。「彼はスカルを見つけた場所に返した。なぜだ？」

マットが不意にインディの腕をつかみ、ぎゅっと締めつけた。「み……見て、い、インディ！」

インディが目をやると、オレジャーナの骸骨の腕が上がってスカルの方へ伸びた。迷信的な恐怖がうねりとなって押し寄せたが、インディは気持ちを鎮めた。ゆっくりとスカルを上下させてみた。骸骨の腕は彼の動きを追った。

ああ……

「生きてるんだ！」マットはよろめきながら後退りした。「スカルを返してやれよ！」

インディは手を差し出し、まだ革紐で骸骨の腕に縛りつけられている鎧《よろい》の腕甲《わんこう》と上腕甲《じょうわんこう》を軽く叩いた。そして、黄金色の表面と留め金具を指した。

「鎧《よろい》の金属だ」彼は説明した。「それがスカルに引き寄せられているだけだ」

「でも、クリスタルに磁力はない」

「金もそうだ」インディは認めた。彼は眉を寄せてスカルを見つめ、もう一度目の前で持ち上げた。こいつはいったい何なんだ？

気がつくと、いつの間にかまたあの目を覗《のぞ》き込んでいた。相変わらず頭が痛くなるが、答えが欲しくて、その秘密が知りたくて、彼は見つめつづけていた。スカルの目から発した燃え立つような光が、インディの目に飛び込んでくる。サーチライトの光を頭に焼きつけられているような感じだ。そのまぶしさの奥に、何かが……もう少しでつかむことができそうな……何かがあるのを感じた。

「おい――」マットがうしろから声をかけた。

インディには彼の声がほとんど聞こえなかった。深い井戸の底から呼びかけられているように聞こえた。

「――何か――」

もう少しだ……あとほんの少しだ。彼に必要なのはあと少しだけの時間だった。

「――あったんだ。地面が揺れている。おれたち――」

炎が彼の頭に焼きついた。あと一歩だ……

「――ここから出ないと！　いますぐ！」

23

マットは教授の肘をつかみ、その腕をぐいっと引いた。スカルがジョーンズの手から落ちて軟らかい砂の上まで転がり、透明な目から発する光が天井を照らした。

ジョーンズが振り向いた。「何をするんだ――？」

マットは後退りした。暗闇のなかでジョーンズの目が光っている。その奥に燃える炎で輝いている。マットは肝をつぶし、うしろにあったオレジャーナの死体にぶつかった。

ジョーンズは目をしばたたき、激しい頭痛を追い払おうとするかのように指先で額を押した。目の光が消えていき、彼はあたりを見回した。だが、彼の目が今度は大きく見開かれた。「揺れている……地面が、揺れている！」

「だから、さっきからそう言おうとしてたんじゃないか」

床一面の砂が震え、小石が跳びはねていた。大きな石が音を立ててぶつかり合っている。

骸骨の骨が、びっくりしたように震えた。

ジョーンズは出口を振り返って指さした。「出るんだ！　早く！」

マットは言われるままに足を踏み出した――だが、足下の床が崩れた。広がっていく割れ目にマットの脚が呑《の》み込まれた。鋭い叫びをあげ、彼は砂や石といっしょに滑り落ちていった。両手がつかむものを求めてもがいた。その指が何か硬いものに触れ、それをしっかりとつかんだ。

だが、彼のからだはそのまま落ちていった。塵《ちり》と砂で目は見えず、息もできない。彼は咳き込んで唾を吐いた。やがて、彼のからだが落ちるのをやめた。がくんと揺れて止まり、彼はまだ何かをしっかりつかんだまま、片手でぶら下がっていた。その周りを洗い流すように、最後の岩と塵《ちり》が落ちていった。

マットは視線を落とした——そして息を呑《の》んだ。

彼は砂漠から百五十メートルほど上空にぶら下がっていた。稲妻がひらめき、眼下にナスカの地上絵が明るく浮かび上がった。クモ、サル、トカゲ。

マットは視線をそらし、頭上に目を凝らした。

叫び声をあげているような頭蓋骨が見つめ返していた。オレジャーナだ。マットがつかんでいたのはコンキスタドールの足首だった——というより、鎧《よろい》のすそだった。ランタンの明かりで、ジョーンズが骸骨の金色の腕よろいをつかんでいるのが見えた。マットが穴に引きずり込んだ死体を、教授がつかまえたにちがいない。

マットはからだを持ち上げようとしてみた。

オレジャーナの骨の一部が震動で鎧《よろい》から飛び出し、回りながら砂漠の底に落ちて粉々になった。大腿骨《だいたいこつ》、距骨《きょこつ》、肋骨《ろっこつ》。鎧は空洞になっていった。

「揺するんじゃない！」ジョーンズが下に向かって怒鳴った。

マットの動きと体重で、埋葬室の床の穴が広がりはじめた。岩や砂が骨といっしょに落ちてきた。マットは頭上を見つめた。断崖全体に亀裂が入り、音を立てはじめた。大きな部分が崩れ落ち、砂漠の底に当たって弾け飛んだ。

絶望して心臓が早鐘を打ち、マットは教授の目を見つめた。

「落ち着くんだ、若造！　おれが引き上げてやる！」

落ち着けだって？

また石が落ち、穴の縁の別の部分が崩れた。新しい落盤の途中で砂や石のあいだから、上のランタンの明かりを反射して明るい閃光がひらめいた。

あのスカルだ……

マットは下半身を振り子のように大きく揺らし、空《あ》いている手を伸ばした。石にからだを打ちつけたが、その手が落ちてくるスカルを受けとめた。彼はそれを引き寄せ、フットボールのように胸に抱えた。

「揺らすな、というのがわからないのか？」ジョーンズが怒鳴った。

マットは抱えたスカルを見せた。「あんたがまだ欲しがっているかもしれないと思ってね！」

ジョーンズは黙り込んだ。

彼は鎧《よろい》をたぐってマットを引き上げはじめた。骸骨のかけらがまた雨のように落ちていったが、黄金色の鎧《よろい》は持ちこたえた。最後はうなりながら引っ張り、教授はついにマットを埋葬室に引き上げた。クリスタル・スカルがマットの手を離れ、床を転がっていった。教授はひやっとして息を呑《の》み、スカルをつかんで肩掛けカバンに押し込んだ。彼は出口を指した。

「行くぞ！　急げ！」

二人は大急ぎで立ち上がった。ジョーンズが先に通路へ飛び込んだ。まるで何度も通ったことがあるように、教授はすばやい動きでトンネルを進んでいく。びくびくしながら教授のあとを追うと、マットはトンネルのなかが大きく震動するのを感じた――つづいて、ものすごい大音響がうしろでとどろいた。振り返ると、埋葬室全体が崩れ落ちていくのが見えた。

「おい、ぼやぼやするな！」ジョーンズが声をかけた。

マットは慌てふためき、精いっぱいの速さで通路を進んだ。彼らのうしろで、断崖が二人を引きずり込もうとして次々に崩れていく。マットは教授を追い、教授はますます彼を急き立てた。だが、自分のすぐうしろで世界が崩れていくとあっては、マットにはこれ以上の激励は必要なかった。

二人はやっとトンネルの出口にたどり着き、半狂乱で転がり出た。

教授はマットに手を貸して立たせた。彼らは急いで断崖の縁から離れ、土壌のしっかりした場所へ移動した。砂や小石が下から少しずつ漏れているものの、背後の崖は安定していた。崖の向こうにようやく夜明けが訪れ、暗い空をピンクとオレンジの入り混じった色に変えていった。

「やったぞ」マットが言った。

「そうだ、おまえたちはやってのけた」誰かの声がした。

二人が振り返ると、崩れかけた霊廟の角から三つの人影が足を踏み出した。二人は制服を着てライフルを持っている。またしてもロシア人だ。中央の人物はカーキのスーツを身につけ、つば広のパナマ帽をかぶっている。彼は歓迎の笑みを浮かべて教授に顔を向けた。

「おはよう、インディ」

「マック……」

驚くほどのことではないはずだが、インディは驚いていた。

二人がその先の挨拶を交わすより早く、岩を砕くブーツの足音が聞こえた。顔を向けると、ダフチェンコ大佐がマットの背後に歩み寄るのが目に入った。ロシア人は棍棒を振り上げ、彼の後頭部に叩きつけた。マットはばったりと倒れた。

「卑怯者」インディが怒鳴った。

ダフチェンコはあざ笑うような顔でインディを蹴り倒し、彼の頭にも同じ武器を斜めに打ちつけた。目の前に星が躍り、インディは砂まじりの土に激しく叩きつけられた。その拍子に彼のカバンからクリスタル・スカルが転げ出し、インディと目を合わせて止まった。

彼の上に影が落ちた。

ダフチェンコだ。

ロシア人は墓石のひとつを取り、インディの頭の上に持ち上げた。

「よせ!」マックが大声で言った。「彼女が生かしておきたいと言ってる!」

ダフチェンコはインディに微笑み、墓石をまっすぐ下に落とした。

インディはびくっとしたが、墓石は頭の横の地面にめり込んだだけだった。ダフチェンコはロシア語でぶつぶつ言いながら大股に立ち去った。何を言っているのかはわからないが、インディには脅しのようにも誓いのようにも聞こえた。

男が立ち去ると、インディはいつの間にかまたクリスタル・スカルを見つめていた。そのうしろに太陽が昇り、新しい一日の最初の光がクリスタルを通して輝いた。スカルの燃える目がインディを見つめている。インディはスカルのどこか深いところで、何かが動きはじめているのを感じた……それはインディの方へ手を差し伸べていた。

インディは目を大きく見開いた。

炎が彼を満たした。

誰かの手が伸びた。注射器が目の端をかすめ、首にちくりと痛みを感じた。プランジャーが押され、闇がインディを満たした。スカルの炎も消えていた。

彼は最後に思った。

またか。

第四部　炎の目

24

ペルー、イキトス

かん高いサルの鳴き声で、彼は目を覚ました。

少しずつ感覚が戻ってきた。肩の痛み、濡れた土とシナモンの香り、ろれつの回らない舌、蚊の羽音、湿った空気。視界がぼやける、やがて定まる、またぼやける。キャンプ用の簡易ベッド。テントのポール。吊り下げ式のランタン。

彼は髪の毛をつかまれ、頭をうしろに引っ張られるのを感じた。炎のような液体が喉を焼いた。彼は抵抗した。だが、頭が大砲の弾ぐらい重い。彼はキリル文字の書かれたボトルに目をとめた。ウオッカ。安物のウオッカだ。炎が胃に火を点け、爆発が手足に伝わった。

もがいていると、自分が椅子に坐っていることに気づいた。手首を縛っているロープをぐいと引っ張り、すり傷を作ってしまった。何日経ったのか？　蒸気機関車のことをぼんやりと思い出した。貨物といっしょに積まれていたのだ。それからジャングルの断片的な記憶、ボートでの川下り。

ここはどこなのか？

インディは頭を起こした。彼はほとんど家具のないキャンプのテントに坐っていた。四角いテントで壁は緑と黒の迷彩柄だ。軍隊だということは一目瞭然だった。網目の窓の外は漆黒の闇だ。夜だった。左手のどこかで焚火がパチパチ音を立て、テントの壁越しに赤く光っている。その前を影が動いた。歌声や飲み騒ぐ声が聞こえた。影が跳びはねたり回ったりしているところをみると、彼らはダンスのまっ最中だ。だが、荒々しい歌が参加者の国籍を明かしていた。

ロシア人だ。

ひとりの人物がインディの視線の先に足を踏み入れた。片手で椅子を抱え、もう一方の手にウオッカを持っている。カーキ色の服を着て帽子はかぶらず、赤い顔をしている。彼は椅子を置いて腰を下ろした。そして膝にウオッカのボトルを置き、口髭《くちひげ》をなでつけてからじっと捕虜を見つめた。

「マック……」インディは苦々しげに唾を吐いた。この男がチャウチージャ墓地でインディを待ち伏せしていたことを思い出した。インディは裏切り者を睨《にら》みつけた。

「あのとき、おれが現われたのはおまえにとって幸運だったんだぞ。あの墓地で、ダフチエンコはおまえの頭を吹き飛ばしたがっていたんだからな。おれがおまえの命を救ったのはこれで三度目だ」

「縄をほどけ、そうしたら礼を言おう」

マックは反っくり返り、椅子をうしろに傾けた。ボトルからぐいっとひと飲みして顔をしかめ、そのあとで吐息をついた。彼は指を一本上げた。「順番に思い出してみよう。最初のとき、おまえは頭にルガーを突きつけられていた。実際、あれが最初の出会いだったな？」

「あの状況はおれが牛耳っていた」

二本目の指が上がった。「それから、ジャカルタでのことがある。おれがおまえの首から抜いてやった記憶を失わせる矢《アムネジア・ダーツ》を覚えてるか？」

「アムネジア・ダーツ？」インディは眉をひそめた。

「ほら、覚えていないじゃないか！」マックは首を振った。「まあ、かえって都合がいいかもしれない。おれの言うことを信じろ、おまえはおれに借りがある。大きな借りがな！」

インディは恐い顔をし、ロープの許すかぎり身を乗り出した。「戦後、どの時点で寝返ったんだ――いくつの名前を共産主義者に渡したんだ？　何人の善良な人々がおまえのせいで死んだんだ？　おまえは彼らにどういう借りがある？」

マックはため息をついた。「おまえは物事を大局的に見ていないと思う、相棒」

「いつかはこのロープが解かれるんだ、同志。ロープが解かれたら、おまえの鼻を潰《つぶ》してやるからな」

「〝同志〟？　おれが国旗に興味があるとでも本気で思ってるのか？　制服に？　地図上の国境線に？　そんなものはみんな変わる」

「だが、カネは変わらない」

「いや、カネだって同じだ、インディ。だが、金《きん》は、金は永遠だ」マックはオープンリールのテープデッキに、神経質そうな視線を走らせた。それはゆっくりと回り、二人の会話をひと言漏らさず記録している。彼は声をひそめ、陰謀の相談でもするかのような口ぶりで言った。

「しかも、ただの金じゃない。膨大な量の金だ。ロシア人がおれに支払ったもののことなど忘れろ。アカトルにあるものと比べたら目じゃない。言い伝えは知ってるな。何もかも金でできた町のことだ。あの血にまみれたコンキスタドールどもが狙っていたのはそれだ。おれたち、ハワード・ヒューズより金持ちになれるぜ」

インディは鼻で笑った。「血にまみれたカネだ。最後の一セントまで血にまみれている」

マックはさらに身を乗り出し、囁くほどの声で言った。「インディ、ここの状況を考えてくれ。賢くなれよ、うまくやるんだ。覚えてるだろ、あの……」

ランタンの明かりが揺らめき、インディのうしろにあるテントのフラップが引っ張られた。むっとするテントに夜風が吹き込んだ。誰かがインディのうしろから入ってきた。

マックはインディの耳に顔を寄せた。「ベルリンのときみたいに。わかるな?」

裏切り者が立ち上がった。歓迎するような笑みを満面に浮かべている。

テントの外から、獲物を探すジャガーの鳴き声が聞こえた。パンテラ・オンカだ。新鮮なそよ風が、夜に咲く巨大な睡蓮《すいれん》、ヴィクトリア・アマゾニアの甘い香りを運んできた。インディは長い尾を持つ派手な黄色の蛾が羽ばたいているのに目をとめた――ランタンの明かりに惹かれて入ってきたのだ。コメット・モス。

インディは頭のなかに蓄えられた植物相と動物相、地域や立地などの知識を使い、どこへ連れられてきたのかを推測しようとした。

ペルー奥地の熱帯多雨林。

彼がまちがっていなければ、ウカヤリ川流域のどこかにちがいない。つまり、森の最も奥深い場所の入口に位置しているわけで、その森に立ち入る者はほとんどなく、そこから帰る者はもっと少ない。どうしてこんな場所に?

テントのフラップが下りて風が急に止んだ。謎めいた訪問者がインディの右の視界に入った。彼女はアメリカ陸軍の軍服から別の軍服に着替えていた。灰色の服に黒のブーツとスクエアードオフの帽子。ロシアの軍服だ。

だが、彼女はひとつだけ前の軍服の一部を残している。ベルトにつけた鞘《さや》が腰のあたりにぶら下がっていた。

イリーナ・スパルコだ。

マックは軽く頭を下げた。「いい夢を《ドーブライ・ノーチ》、コロネル・ドクター。尋問の邪魔をしないように、おれは退散するとしよう」

そそくさと出ていくマックにスパルコはほとんど目もくれなかったが、インディは彼の心配そうな一瞥《いちべつ》を見逃さなかった。マックが出ていくと、スパルコはラピアーの柄頭《つかがしら》に手を置いて近づいてきた。

「ジョーンズ博士、あなたを生かしておいたのは、もう一度役に立ってもらいたいからなの」

インディは努めて事務的に答えた。「おれのことはわかってるだろう。おれにできることなら何なりと」

彼女の目が鋭くなった。「〝我は死なり、世界の破壊者なり〟あなたにこのことばの意味がわかる、ねえ《ダー》？　これはあなたの国のオッペンハイマー博士のことばよ……原子爆弾を造ったあとのね」

インディはネヴァダ砂漠のキノコ雲をまざまざと思い出した。「それはヒンドゥー教の聖典の引用なんだ」

「それが核の脅威だわ。でも、それももう終わりよ。次のレベルの武器を持つのはわ、た、し、たちなの――あなたたちは怯える番よ」

「武器だって？　どんな武器だ？」

「心の武器よ。心霊戦争のニューフロンティアよ。それはこの世界に対するスターリンの夢を実現させてくれるわ」

インディは彼女の狂気を恐い顔で睨《にら》みつけた。「これでわかった、オックスリーがスカルを見つけた場所に戻した理由が。きみたちがそれを狙っていることを、彼は知っていたにちがいない」

スパルコはマックが坐っていた椅子に腰を下ろした。そして、マックのウオッカのボトルを取り上げ、自分のために注いだ。

「嘲笑したければすればいいわ、ジョーンズ博士、でも、あのスカルは単なる崇拝物とはわけがちがうの。もちろん、実際にその目で見たんだからわかってるわね——あれは人間の手で作られたんじゃないのよ」

「だったら、誰が作ったと思うんだ？」

スパルコは片方の眉を上げた。まるでこう言っているようだ。見てわからないの？

「頼むよ、お嬢さん」

彼女はかがみ込み、近くのキャンプベッドから毛布を取った。下から見覚えのある物体が姿を現わした。51番格納庫にあった金属の棺だ。その表面は、ランタンの明かりを反射して輝いている。

「あなたたちの政府がニューメキシコで発見したあの死体」スパルコはつづけた。「あれが最初じゃなかったの。わたしたちはすでに、ソ連の同じような墜落現場で見つかった二体を解剖しているのよ。ひょっとして、トゥングースカ大爆発って覚えてない？」

インディは姿勢を正した。覚えていた。一九〇八年、ある謎の物体が、シベリアのトゥングースカ川付近の地面に衝突したのだ。千個の原子爆弾に匹敵する力で、五千平方キロメートルの樹木がなぎ倒された。ロシア人は流星による現象だと言っていたが、それは必ずしも真実ではないようだ。

スパルコは彼が目を丸くするのに気づき、かすかに笑みを浮かべた。「アカトルにまつわる言い伝えは真実よ、ジョーンズ博士。マヤやナスカの歴史的文書の記述によると、初期の人間はあんな都市を造ることはおろか想像することもできなかったのよ。それはわれわれ現代人の理解をも超えた技術……そして、この地球上の何者にも勝る超常的能力を持った至上者の都市なのよ」

「おれをからかうつもりか？」

インディはもっと激しく嘲笑《ちょうしょう》したかったが、彼のなかに心配のタネが生まれていた。彼は自分の短いスカル研究を思い出してみた。あれほど短時間の調査でも、自分が途方もないものを手にしているのはわかった。その工芸品はクリスタルの自然な結晶面に反してカットされ、おまけに、あまりに滑らかに磨かれているので、触れてみると水のように感じるほどだ。しかも、細部まで精巧に作られている。インディは認めざるを得なかった。スカルは近代的な道具を超える技術で作られたにちがいない。

だが、スパルコは彼の顔にいまだ残る疑惑を見抜いていた。「どうしてそれほど頑固に、自分の目を信じまいとするの？　ニューメキシコの検体は、わたしたちに希望を与えてくれたのよ。わたしたちはあれを解剖したの」

インディは彼女に鋭い視線を投げた。何をしたって？

彼女はつづけた。「わたしたちが見つけたほかの検体とはちがって、ニューメキシコの検体は純粋なクリスタルだったわ。頭蓋骨《スカル》も含めてね。といっても、ずっと小さかったけど。ことによると、ニューメキシコの検体は、あなたが見つけた大きなスカルの遠い親戚かもしれないわ。もしかすると小さなスカルは、アカトルを見つけるために送られたのかもしれないわね。わたしたちはみんな、同じものを探していたのかもしれない。ほかに説明のしようがないわ」

インディは首を振った。彼の次のことばにはためらいのかけらもなかった。「つねにほかの説明があるものだ」

スパルコは耳を貸そうとしなかった。彼女の声に、熱意の輝きのほかに強固な意志が加わった。「スカルは十六世紀にアカトルから盗まれたの。コンキスタドールによって。それを――」

「――町の神殿に返した者は、誰でもその力を支配できるようになる」インディが引き取った。「そのおとぎ話ならおれも聞いたことがあるんだ、お嬢さん。だが、きみはひとつ細かいところを忘れている」

「何なの？」

「もし、アカトルが存在しなかったら？」

彼女は肩をすくめた。「いい質問だわ、ジョーンズ博士。あなたの友だちの助けを借りて、わたしたちが答えを出そうとした質問よ――ハロルド・オックスリー博士のね」

「オックス？　彼がここにいるのか？」インディはからだを起こした。

彼女はうなずいた。「でも、ちょっと問題があるの」

25

インディはひりひりする手首をさすりながら、腰をかがめてテントを出た。灰色の軍服を着た二人のロシア人の衛兵が、出口の横に立ってライフルを構えていた。スパルコはマカロヴァ・セミオートマティック・ピストルをインディの背中に突きつけ、ぴったりあとについていた。

彼らは万全を期しているのだ。

インディはテントの入口に立ち止まって深呼吸をした。自分の立場を見きわめ、新鮮なそよ風をいく度か吸い込むことで、あのときのクモの巣を頭から追い払おうとしたのだ。ジャングルがキャンプを取り囲み、林冠《りんかん》が天蓋《てんがい》のように空き地の上を覆っている。夜に咲く花や湿った土の匂いが風に運ばれ、どこかの怪しげなハンターのように森のなかで囁く。虫たちが絶え間ないコーラスをつづけている。数匹のカエルがシンコペーションで歌っている。鬱蒼《うっそう》としたジャングルが、のしかかるように迫っていた。太古から延々と、静かに垂れ込めているのだ。

インディの行く手に横たわっているものはそうではない。

ロシア人の野営地のまん中で、大きな焚火が燃えていた。炎がパチパチと音を立てて燃え上がり、頭上の密集した林冠《りんかん》まで煙を巻き上げている。焚火の明かりが作り出す影があたりを舞い踊り、多雨林と太古から密かに脈打ってきたその心臓部を守っている。ひとすじの轍《わだち》の跡が野営地までつづき、ジープやトラックや、マンホールの蓋の二倍もある水平な二枚の丸鋸《まるのこぎり》を前面につけた巨大な車で混み合っていた。

インディは大勢のロシア兵を眺め回した。まずい。五十人を超える兵隊がいるにちがいない。武器の手入れをする者、タバコを吸う者、たがいに酒を酌み交わす者。多くは焚火の周りに集まり、ロシア語で歌ったり、それに合わせて手を叩いたりしていた。

ふつうのボーイスカウトのソ連版だ。

「こっちよ」スパルコが言った。

彼女はインディを焚火の方へ導いた。二人の衛兵もうしろからついてきた。

インディはこの事態から抜け出す方法を探し、あたりに目を配りつづけていた。兵士たちがスパルコに道を開けた。男たちが急に話をやめ、タバコを踏み消してうしろへ下がった。インディは、兵士たちがリーダーを見るときの恐怖の表情に目をとめた。彼女は兵士たちを完全に支配している。

彼女は野営地を横切って焚火のところへ行った。

スパルコが現われると、歌声が尻すぼみになっていった。彼女を知らない連中が別のコーラスをはじめた。道は炎のところまでつづいている。スパルコはインディを、炎の前の広場に導いた。

燃え上がる炎の周りで、ひとりの人物がまだ踊っていた。彼は裸足で、跳び上がったりくるくる回ったり、身をよじったり跳ね回ったりしている。脂で汚れた男の長い髪はもつれ、顎鬚《あごひげ》は鎖骨まで届いていた。男は破れた縞《しま》のポンチョを身につけ、それがはためいたり翻《ひるがえ》ったりしている。彼のズボンは泥だらけでぼろぼろだった。

彼は炎の周りを回ってインディに近づき、くるりと回って顔を向けた――すぐにまたうしろを向いた。彼の頬はこけ、からだは骨と皮ばかりで手足はやせ細っていた。それでも、インディには彼がわかった。

「オックス？」

まさか。

ハロルド・オックスリー博士だった。

男は名前を呼ばれても耳を貸さず、手拍子や歌が止んでも踊りつづけていた。インディは男のうしろについて歩いた。この痩せて狂気じみた男と、自分の知っている几帳面《きちょうめん》で保守的な教授、着ている糊のきいたシャツと同じくらい堅苦しい男を重ね合わせようとしたのだ。

インディは教授との距離を詰め、彼の前に進み出た。「オックス！　おれだ、インディだ、覚えてるか？」

オックスリーは回りながらインディの前を通り過ぎた。まるでオーケストラの指揮でもするかのように、右手が空中で弾んだり小刻みに動いたりしている。片時もじっとしない目が、射るような視線をあちこちに向けていた。そして、彼にしか聞こえない遠くの声に耳を傾けるかのように、その頭がだらりと垂れ下がっていた。「これは見せかけなんだろ？　ソ連の連中に一杯食わせるつもりなんだ、って言ってくれ」

インディは友人の肩をつかんで引き寄せ、低い切迫した声で囁いた。

彼につかまれた教授は震えだし、押さえつけることもできないほどだった。男の顎《あご》に手を当て、もじゃもじゃの顎鬚《あごひげ》を通してさえその肌が熱いのに気づいた。インデインディは無理やりオックスリーと顔を見合わせた。炎のまぶしさにもかかわらず、男の瞳孔が開いていた。男の視線がインディの上を這い回ったが、インディに気づいたような目のひらめきはなかった。

オックスリーの唇からたどたどしいことばが漏れた。「あの日涙に濡れて見たその目を通して……」

インディは彼をそっと揺すった。「いいか、おまえの名前はハロルド・オックスリーだ。おまえはリーズの生まれで、決して……決して……」彼は教授を頭からつま先まで眺め回した。「決してこんなにおかしなやつじゃない。シカゴ大学のとき、おれたちはいっしょに学校に通ったんだ。火曜日には必ず〈ジーノズ〉でピザを食べたじゃないか。おれはインディアナ――」

インディはため息をつき、顔をしかめた。男にたどり着く別の道を探し、オックスリーの記憶に衝撃を与えそうな名前を口に出した。「オックス！　おれだ！　ヘンリー・ジョーンズ・ジュニアだ」

オックスリーは身をよじってインディの手を振りほどき、急に飛び退いた。彼は腕を突き出し、ふたたび幻のオーケストラをはじめた。

インディはスパルコに向き直った。

マックが腕組みをして彼女のそばに立っていた。気をもんでいるような、心配そうな顔をしている。だが、オックスリーのことを心配しているのか、それとも、失われた黄金の都市のことが気がかりなだけだろうか？

インディはスパルコに向き合った。「彼に何をしたんだ？」

スパルコは首を振った。

マックが答えた。「おれたちは何もしていない。本当だ。あの忌まわしいスカルのせいだ」

スパルコは冷静で突き放したような口調を変えていなかった。「あなたの友だちは、わたしたちをアカトルへ導いてくれる占い杖《ダウジング・ロッド》なの。でも、その意味をわたしたちに説明してくれる人間が必要なのよ。彼の心は――」スパルコは肩をすくめた。「――とても脆弱《ぜいじゃく》らしいわ」

誰かの手がインディの肩に置かれた。野球のミットのような大きさからして、振り返ってみるまでもなかった。ダフチェンコに決まっている。ロシア人は手に力を込め、骨にくい込むほど締めつけた。

スパルコはくるりと向きを変えた。「あなたの心がもっと強いことを祈りましょう、ジョーンズ博士」

彼女はキャンプの反対側に向かって大股に歩き出した。ダフチェンコが、インディをスパルコの方へこづいた。二人の兵士は銃を構えてあとにつづいた。

一行はキャンプのなかでいちばん大きなテントのところまで来た。そこはランタンの明かりで燃え立つように輝いていた。

スパルコは軽く頭を下げ、無言でなかへ入った。インディは半分引きずられ、半分押されてあとにつづいた。からだを起こした彼は、なかの様子に眉をひそめた。最初は、医療用のテントだと思った。片側に医療器具がずらりと並び、反対側に机が置かれている。だが、あいだにあるはずの病院用ベッドはなく、中央のテントポールの前に、まっすぐな高い背もたれのついた椅子が一脚置かれているだけだった。

革のストラップが椅子のアームと脚から下がっている。

素晴らしい……

ダフチェンコがインディを無理やり椅子に坐らせた。彼は抵抗を試みたが、何日も薬で眠らされていたせいで手足に力が入らなかった。それでも、彼を椅子に縛りつけるにはあと二人の兵士の手助けが必要だった。縛りつけられたあとも、インディはまだしばらくストラップを引っ張ったり揺すったりしていた——だが、それもやがてあきらめた。

実験用のスモックを着た別の兵士が、絡み合った電気コードを引きずって近づいてきた。彼ははっきりした意図を持ってインディを押さえつけた。

「もし、おれが何かしゃべるとでも思ってるなら……」ある種の電気イスの拷問を思い浮かべ、インディは唾を吐いた。

テントの奥にいるスパルコの姿は見えなかった。「落ち着きなさい、ジョーンズ博士。あれはただのEEG用コードよ」

脳電図《エレクトロエンセファログラム》? どうしておれの脳を調べる必要があるのだ?

インディは彼女に目を向けようとしたが、別の兵士が頭を押さえつけ、そのあいだに技師がこめかみと耳のうしろと額にテープで電極を貼り付けた。コードは医療器具につながっている。技師がスイッチを入れ、小さな針が方眼紙に黒インクの線を描きはじめた。

スパルコが木箱を持って戻り、それを近くの机に置いた。

インディは頭のコードを引きずりながら顔を向けた。

彼女は箱を開け、銀色に包まれた物体を取り出した。彼女が不思議なメタリックの布をはがすと、大きなクリスタル・スカルが姿を現わした。ランタンの炎がかすかに揺らめき、まるで部屋の明かりが一瞬、クリスタルに吸収されたかのようだった。スカルは奪った炎の明かりで明るく輝いた。

スパルコはインディに背を向けて話しはじめた。「わたしたちの確認したかぎり、スカルのクリスタルは人間の脳の未発達な部分を刺激して心的なルートを開くの」

彼女はインディに向き直り、銀色のカバーを机の上に落とした。ペーパークリップやペンナイフが、机の上を滑っていってカバーにくっついた。スパルコが二人の兵士にロシア語で何事か怒鳴った。二人は慌ててテントから出ていった。

彼女はインディに視線を戻した。「オックスリー博士はあまりに長いあいだスカルの目を見つめていたので、おかしくなってしまったの。あなたも同じことをやってみれば、ひょっとして教授とわかり合えるかもしれないわ」

インディは、墓地でスカルの目を覗《のぞ》き込んだことを思い出した。燃え立つ光が彼の目に焼きついたことを。あのクリスタルの目をまた見つめるのかと思うと戦慄を覚える――だが一方、それを切望している自分もいた。その欲望を捨てることができなかった。これまでに二度、途中で邪魔が入った。彼は何かに……何かを理解するまでに、あと一歩というところまできていたのだ。

「で、もし協力しないと言ったら?」インディは訊いた。

彼の前にあるテントのフラップが開き、二人の兵士が三〇口径のマシンガンを引いて戻ってきた。銃口がインディの鼻先に突きつけられた。

なるほど、彼を従わせるにはこれもひとつの方法だ。

だが、二人は銃を砲架から外し、台座を残して銃とともに出ていった。スパルコは砲架のところへ行き、その上にスカルを載せてインディの前へ運んできた。

スカルの内なる炎がますます明るくなった。

その目が輝き、待ち構えている。

インディは目をそらしたままだった。「なあ、そんなにオックスと話したいなら、あんたがやったらどうだ？」

「やってみたわ」スパルコが残念そうな口調で言った。「そして失敗したの。何度も試してみたわ」

彼女が指を鳴らすと、ひとりの兵士がインディの横に椅子を置いた。彼女はそれに腰を下ろした。スパルコはインディの顔に手を伸ばし、彼の目の前に垂れた二、三のコードをかき分けた。手の甲がインディの頬をかすめた。

インディは、スカルの視線が横から自分を手招きしているのを感じていた。その視線で、頬が日焼けしそうだ。

「怖がっているわけじゃないでしょ、ジョーンズ博士？　あなたは人生をかけて答えを探している……」

答え、秘密の誓いをスカルが返してくるようだ。

「……その目の奥にある真実のことを考えている」

インディの頭が、ひとりでにゆっくり回りはじめた。自分ではどうすることもできない。彼のなかに止めたくない自分がいる。彼の視線が回ってその炎と向き合った。スカルのまぶしさにもかかわらず瞳孔が開くのを感じ、それだけ多くの屈折した光を集めて眼球が痛くなった。

スカルが視界いっぱいに広がった。

スパルコが彼の耳に囁いた。「アカトルには、こういうスカルが何百とあるかもしれないのよ。ひょっとすると何千かもしれないわ。それを見つけた者は、世界がまだ目にしたことのない力を操れるようになるの。人の心を支配する力を」

インディはまぶしさでぼうっとなり、つぶやくようにことばを返した。「気をつけたほうがいい。望んだものが何でも手にはいるようになる」

「わたしはいつもそうよ、ジョーンズ博士」

燃え立つような光が彼のなかにどんどん注ぎ込まれた。背後で、技師がEEGの警告音を鳴らした。針が方眼紙を引っかきながら上下する音まで聞こえた。

「その力を想像してみてよ」スパルコが言った。「世界中を透視して、敵の秘密を知ることができる力よ。わたしたちの考えをあなたたちのリーダーの頭に植え付けて、あなたたちの兵隊をわたしたちの指示どおり動かせる力なのよ」

インディにはほとんど聞こえなかった。ことばの切れ間にあるのは光だけだった。どこか遠くで、紙を引っかく針の動きがますます速くなっていった。

インディは耳元にスパルコの息を感じた。「もうすぐ、あらゆるところにわたしたちがいるようになるわ。デマと同じくらい効果的に、ひとの夢に入りこんで、そのひとが眠っているあいだに代わりに考えるのよ」

炎が視界を焼きつくした。炎がインディの頭を満たし、はち切れそうになった。世界が輝いた。その輝きのなかで——何かが動きはじめ、インディに向かってきた。

遠くで、はるか遠くで、誰かが警告の叫びをあげている。

ひとりの女が、耳に入った羽虫のようにぺちゃくちゃとしゃべっていた。「で、いちばんの利点は何だと思う？　それが起こっていることに相手が気づかないことよ」

彼は光でしかなくなった。もはや名前もなくなった。

彼の奥深いところから、その芯の部分からひとつのことばが湧きあがり、呪文のように唱えられた。大事なのはそれだけだ。それが彼の知る唯一のことばだった。

——リターン——

それは彼の頭のなかで大きくなっていった。

それが彼の名前になり、目的になった。

彼の唇が動いたが、その耳には届かなかった。

——リターン——

だが、別の誰かが聞いていた。

26

マックは左手にウオッカのボトルをぶら下げ、焚火の周りを歩いていた。ロシアの兵士たちは、先ほどまでのお祭り気分をすっかりなくしていた。ジャングルの静けさが、ふたたびキャンプにのしかかっている。焚火《たきび》の向こうの影がますます暗くなった。目に見えない瞳が、森のなかから彼を見つめているように思えた。

あるいは、それはマック自身の良心だったかもしれない。

彼は踊る案山子のあとについて、キャンプファイアーの周りをゆっくりと歩いた。誰に命じられたわけでもないが、ハロルド・オックスリーを夜通し監視し、子守をしているのだ。

だが、スパルコといっしょにあのテントにいるよりはましだ。そこで行なわれていることなど見たくはなかった。彼女がインディに何をするつもりかはわかっている。マックのすべきことは、何も考えずに狂ったように浮かれ騒ぐハロルド・オックスリーが、インディが同じ運命に直面していることに気づくまで見守ることだけだ。

焚火の周りをもう一周回り終えると、マックは大きなテントに視線を走らせた。彼は神経質そうに口髭《くちひげ》をこすった。インディ、何でよけいなことに首を突っ込まずにいられなかったんだ？

よそ見をしていたせいで、マックはオックスリーの背中にぶつかった。教授が不意に立ち止まったのだ。この夜、彼が足を止めたのはこれがはじめてだった。

きっと力尽きたにちがいない……

教授は急に大きなテントに顔を向け、耳を傾けるように首をかしげた。彼の唇が動いた。

「リターン……」

「オックスリー？　どうしたんだ、あんた？」

教授はマックに目もくれなかった。表情のなかったその顔をくちゃくちゃにして取り乱しはじめた。目から物憂さが消え、緩んだ顔が引き締まった。唇が開き、狂った教授の声がひとつの名前を告げた。

「ヘンリー……？」

ウオッカのボトルが、マックの手をすり抜けて地面に落ちた。

ああ、何ということだ……

マックは教授のからだをつかみ、丸太のところへ連れていって坐らせた。オックスリーはおとなしく従い、何とかしゃんとしようとしているように目をこすった。

「ちょっと待ってろ」

マックは恐怖で息もつけず、キャンプを突っ切って走った。大きなテントにたどり着くと、衛兵が止めようとしてロシア語で怒鳴ったが、マックは彼を無視した。言い争っている暇はない。そのままフラップを押し開けてなかへ飛び込んだ。彼はオックスリーのことを告げようとして口を開いた――そのとき、インディが彼の目に入った。

旧友は椅子に縛りつけられ、あの忌まわしいスカルと向き合っていた。顔が火のように赤く、こめかみはひと目でわかるほど脈打ち、汗が顔から滴っている。だが、何より気がかりなのは、両目から血の混じった涙を流していることだ。

「もう充分だ！」マックが叫んだ。

一斉に顔が向けられた。

マックは焚火《たきび》の方角を指した。「インディがオックスリーに通じた！」

スパルコが進み出た。彼女と技師は方眼紙をすばやく上下する針の動きを見守っていたのだが、それがあまりに速いので針の跡がまっ黒になっている。マックはその機械がEEGだということを知っていた。彼はコードがインディにつながっていることに気づき、針がかすんで見えるほど速く動いているのを見て啞然とした。インディの脳はどうなってしまったのだろう？

マックはインディを指さした。「やめろ！　もう充分だ。彼が死んだら、おれたちは決してアカトルにたどり着けないんだぞ、わからないのか」

スパルコはためらった。視線をEEGから捕虜に移した。その目はもっとつづけたいという欲望に輝いていた――だが、彼女は兵士のひとりに手を振った。兵士は慌てて進み出るとスカルにカバーをかぶせた。インディは電気ショックでも受けたかのように、びくっとからだを退いた。深くてまっ暗な水中から浮き上がったときのようなあえぎが、彼の喉からほとばしり出た。首がゴムになったように頭がぐらぐら揺れ、頬は血にまみれていた。その横で、震える針の動きが遅くなっていた。

スパルコはプリントアウトした記録紙を取り上げ、興奮した声で言った。「シータ波がチャートをはみ出しているわ。完全な催眠状態よ！」

マックは彼女を無視してインディのそばへ行った。彼は無事だろうか？　彼はインディの顎《あご》に手を当てて頭を支え、旧友の顔をまじまじと見つめた。白目が充血し、傷ついているようにも見える。瞳孔が広がり、虹彩の色がわからないほどだ。マックは震えながらインディアナの頬についた血の跡を拭った。ともかく、血の混じった涙は止まっていた。

彼はうつろな目でマックを見上げた。

「インディアナ？」

スパルコがマックの隣に来た。「ジョーンズ博士？」

インディの視線が彼女の方へすばやく動いた。

「治療してやってくれ」マックが言った。

スパルコはうしろへ下がり、ダフチェンコに合図した。ロシア人の大佐が進み出て革のストラップを外しはじめた。ダフチェンコは片腕の拘束を解いた。

マックはかがみ込むようにしてインディに付き添っていた。「これですぐに——」マックの顔に拳が叩き込まれた。鼻に激痛が走り、マックはひっくり返って床に叩きつけられた。彼の目のなかで星が躍った。

まだ片腕を縛りつけられたまま、インディは自由な手を振ってマックを睨《にら》みつけた。うつろな表情が、激しい怒りの表情に取って代わられていた。

マックは唇が切れていないか確かめた。顔に指を触れると、骨が潰れていた。「鼻が潰れたぞ!」

「そう言ったはずだ」

ダフチェンコはインディを椅子に押さえつけたが、このロシアの巨人は陰湿な楽しみに目を輝かせていた。

スパルコは楽しんではいなかった。「もう充分よ」彼女はテントの外を指さした。「ジョーンズ博士、オックスリー博士と話して、わたしたちをアカトルに案内するよう説得してくれるわね。いいでしょ?」

インディは彼女に視線を向けた。「いやだ《ニエット》」

スパルコは予想どおりだというように、ため息をついた。「それならいいわ。あなたを説得する必要がありそうね、ジョーンズ博士」スパルコは鋭い声でダフチェンコに命令し、テントの外へ向かった。「彼を連れてきて!」

27

インディは乱暴にこづかれながらテントのフラップをくぐり、焚火の燃えるキャンプに戻った。頭がずきずき痛み、脳みそが耳から飛び出しそうだ。焚火の明かりが目にしみ、焦点がなかなか合わない。

テントの外の涼しい空気のおかげで、落ち着きを取り戻した。彼は息を深く吸い込み、両手の拳でこめかみを揉《も》んだ。

ゴムのような脚が、少しずつしっかりしてきた。

先を行くダフチェンコが近くのテントに姿を消し、もがきながら抵抗する人影を引きずるようにして戻ってきた。

黒いレザージャケットの見慣れた若者がスパルコとマックの方に突き出されると、インディは両手をだらりと下げた。マット・ウィリアムズだった！　若者は顔をまっ赤にし、手首をさすりながら背の高いロシア人を睨《にら》みつけた。若者の服はしわくちゃで、ポマードをつけた髪が額の上と耳のうしろで逆立っていた。

インディは懸命にマットの出現を理解しようとした。彼はロシア人が、若者を意識のないままチャウチージャ墓地に放置したと思っていたのだ。どうして彼らは若者をここへ運んできたのだろう? インディはマックを睨《にら》みつけた——若者はこの件に関係ない。裏切り者も、自分のブーツに視線を落とすだけのたしなみは持っていた。

インディはマットに近寄ろうとしたが、ダフチェンコが太い腕でさえぎった。

「大丈夫か、若造?」インディは声をかけた。

怒りに満ちたマットの声が響きわたった。「こいつら、おれのバイクを墓地に置いてきたんだ」

インディは眉をひそめた。「だが、おまえは大丈夫なのか?」

マットはまだ深く傷ついた顔をしていた。「おれのバイクを置き去りにしたんだぞ! よくもそんなことができるな」

ひとりの兵士が近づいてきた。ぴかぴかに磨き立てられた、アンティークのローズウッド製のケースをうやうやしく運んできた。ケースは幅六十センチ、長さ百二十センチ、ビザンティン様式の金の渦巻き模様で飾り立てられている。スパルコはケースのところへ行って蓋を開けた。内側にビロードが張られ、中身をぴったり収められるようになっている。それは三本の美しい剣だった。スパルコは腰の鞘《さや》からラピアーを抜き、ケースの空いた窪みにそっと収めた。

彼女はほかの武器を見つめた。いとおしそうに一本ずつ指を触れてしばらく考え、やがて最も細くて邪悪に見える銀色の剣を選んだ。その剣はいちばん装飾が少ないが最も危険な武器で、それが作られた目的はただひとつだけだった。

血を流すためだ。

スパルコは鮮やかに手首を返し、マットに向き直った。「ジョーンズ博士、あなたに、協力についての講義をしなくちゃならないわ」

若者は剣に目をやり、片方の手のひらを挙げて後退りをした。「おい、待てよ！　やめろ！　やめてくれ！」

インディは彼の声のなかに狼狽を感じ取った——だが、マットはそれ以上懇願する代わりに尻ポケットからくしを取り出した。彼はそれを使って手早く髪をとかし、一分のすきもないように整えてから胸を張って背筋を伸ばした。

「よし、さあ、やれよ」マットが言った。彼はインディに視線を投げた。「こんなやつらに何ひとつ渡すな」

インディは笑うしかなかった。ほかに何ができるだろう？　この若者は勇気がある。

彼はスパルコに顔を向けて肩をすくめた。「聞いただろ」

スパルコは苛立ちのあまりうめき声をあげ、剣を下ろした。「圧力をかける相手の人選をまちがえたのは確かね。もしかすると、もっと感じやすい人物が見つかるかもしれないわ」

彼女の剣が回ってジョージ・マクヘイルに向けられた。インディの笑みが大きくなった。

今度はそうはいかないぞ、お嬢さん！　そんなやつ、好きにするがいい！

だが、彼女はそのまま回りつづけ、小さな暗いテントの外に立っている二人の衛兵に大声で言った。「ご婦人《プリヴェディーチェ・ジェーンシヌ》を連れてきて！」

二人がテントに入った。なかからすさまじい乱闘の音が聞こえてきた。英語の叫び声があがった。怒り狂った、何物をも恐れない声――しかも、インディには聞き覚えのある声だった。

「わたしから手を放しなさいよ。この最低のロシア野郎――」

インディは胃が沈み込むような感覚を味わった。そんな、まさか。ありえない。

二人の衛兵に両側からつかまれ、彼らを足で蹴飛ばしながら、一人の女がテントから明るいところへ引きずり出された。そして、スパルコとマックのあいだに立たされた。彼女は衛兵を振り払い、パウダーブルーの長袖シャツの上に着たカーキ色のヴェストを整えた。彼女は重ねているが――四十代後半だ――彼女を見まちがえるのは不可能だ。暗い鳶色《とびいろ》の髪、粉を振ったようなそばかす、深いブルーの瞳。

あの瞳は……

二人がはじめて出会ったときの彼女の瞳を、インディはいまでも思い浮かべることができる。あのときの彼女は若い娘で、大学院のクラスのうしろの列から、熱のこもった、楽しんでいるような目でインディを見つめていた。最初からそういう目だった……そして、それは変わらないはずだ。

マリオン・レイヴンウッド。

インディの膝の力が抜けた――だが、それはクリスタル・スカルとは無関係だった。思い出が交錯した。大学の図書館の個室にはじめてインディを引っ張り込んだときの、彼女のいたずらっぽい笑顔……燃えさかるネパールの酒場〈レイヴン〉の外で、彼女の髪の燻《くすぶ》ったような匂い……二人がはじめてキスしたときの彼女の唇の味……そして、最後の喧嘩のあとで彼女の目に浮かんでいた、怒ったような傷ついたような失望の色。

二人で過ごした短いが火のような時間のあいだに、マリオンには情熱と猛々《たけだけ》しさ、才智と挫折感が同じ割合で同居していることがわかった。彼女には柔らかい曲線と硬い角だけしかなかった。

インディが彼女を愛したのは当然だった。

二人が長続きしなかったのも当然だった。

少し離れたところで、彼女の目が見覚えのある火花を散らしていた――やがて、彼女がインディに気づいた。すると、炎がいっそうめらめらと燃えさかった。「やっと現われたわね、ジョーンズ！」

マットも彼女に顔を向けた。彼は驚いて目を丸くした。「母さん！」

マリオンは若者に向き直った。「あなた！　こんなところで何してるの？」

インディは若者とマリオンを交互に見つめた。腹にパンチを食らったような気がした。次の一語に、彼の困惑がすべて含まれていた。「母さん？」

誰も聞いていなかった。マットはマリオンに近寄ろうとしたが、ダフチェンコが彼の襟首をつかんで引き戻した。「おれのことより、母さん！」若者が叫んだ。「母さんは大丈夫なの？」

インディは首を振り、すでに傷ついた脳みそを働かせはじめた。「マリオンはおまえの母親なのか？」

インディはまた無視された。マリオンは非難するようにマットに指を突きつけた。「いいこと、これだけは言ったはずよ。あなたが自分で来てはいけないって」

インディはもう一度、大声で言わなければならなかった。「マリオン・レイヴンウッドはおまえの母親なのか？」

マリオンが、我慢できないというような苛立った目でインディを見た。「いいかげんにしてよ、インディ、そんなに難しいことじゃないわ」

「おれは、ただ、決して……つまり、考えてもみなかったんだ、きみに――」

「あなたと別れたあとの人生があるってこと？　もう一度、頭を働かせてみなさいよ、おバカさん」

インディは片手を挙げた。「そんな意味じゃ――」

「それに、ついでに言っておくけど、かなりいい人生だったわ」

「そいつはよかった。おれはただ――」

「すごくいい人生だったわ」彼女はひと言ずつはっきりとうなずきながら言い添えた。

インディは頭に血が上るのを感じた。「そうか、おれもだ、マリオン！」

彼女は腰に手を当てた。「あら、そう？　相変わらず人類の残した遺物を求めて飛び回っているの？　それとも、もう引退したの？」

「なぜだ、デートの相手でも探してるのか？」

マリオンはインディに向かって威嚇するように一歩踏み出したが、衛兵が彼女の肘をつかんだ。その横では、マックが彼女を見てにっこりと微笑んでいる。

インディはマックを睨《にら》みつけた。「おまえ、何を見てるんだ？」

マリオンは制止した衛兵に食ってかかった。「その手を放しなさいよ。あの男に一発食らわせて――」

インディは彼女を見つめた。「おれの何に腹を立てているんだ？」

「何をぐずぐずしてたのよ？」ひとりの兵士がマリオンの頭に銃口を突きつけ、彼女はその先のことばを呑《の》み込んだ。

「もうたくさん」スパルコがぴしゃりと言った。「ジョーンズ博士、手を貸してもらうわ」

彼女は兵士に合図して銃を下ろさせ、自分の剣を上げた。それをマリオンにぴたりと向けた。彼女の左目から数センチと離れていない。

「ひと言イエスと言えばいいのよ、ジョーンズ博士」

インディは眉を寄せてため息をついた。「まったく。マリオン、よせばいいのに、きみが勝手に捕まったんだぜ」

「あなたならもっとうまくやったっていうのね！」

二人はたがいに睨《にら》み合った。

あのころのように。

28

インディは銃を突きつけられて焚火《たきび》に向かった。マットもついてきたが、マリオンはインディの協力を確実にするために見張り付きでテントに留め置かれた。インディは若者に聞きたいことが山ほどある。マリオンの人生のどんなに細かいことでも洗いざらい知りたかった。だが、マットが口を開こうとするたびにダフチェンコがその後頭部を叩いた。スパルコはまだインディの背中にラピアーを突きつけていた。

それでも、彼は説明のつかない快活さ、湧きあがる希望に満たされていた。マリオン・レイヴンウッドがここにいる。彼女とはもう何年も話していなかったが、彼女をひと目見たとたん、あのころが昨日のことのように思えた。彼は若返ったような気がしていた。二人が出会ったあのころに、いっしょに引き戻されたような感じだ。いま、彼の心臓は力強く鼓動を打ち、腰の痛みは薄れ、傷も癒えはじめている。

だがインディには、全員が直面している危険のこともよくわかっていた。

マリオンの命は、オックスリーから何を聞き出せるかにかかっている。スパルコはマリオンにどんなひどいことでもするだろう。インディはそれを許すわけにはいかなかった。

焚火《たきび》のそばで、オックスリーが丸太に坐っていた。教授は炎を見つめていた。彼はますます痩せたようで、ポンチョのなかにへたり込んだ姿はかつての彼のはかない影にしか見えなかった。

マットも教授の哀れな状態に気づいた。若者の顔が恐怖と不安にゆがんだ。「オックスに何があったんだ？」

それを聞いてダフチェンコがまたマットを殴った。

「クリスタル・スカルのせいだ」そう言って、インディは大男のロシア人を睨《にら》みつけた。

彼が殴っているのはマリオンの息子なのだ！

インディは丸太のところへ行ってオックスの隣に腰を下ろした。友人は少なくともまえより落ち着いているようだ。オックスリーは相変わらず、派手な羽根が数本ついたカーキ色の帽子をかぶっている。その風変わりな服装の選び方が、インディには気がかりだった。彼の知っているオックスリーは山高帽やチェックのキャップを好み、フォーマルな場合にはシルクハットさえ選んだものだ。かすかな震えが教授の全身に伝わり、それに合わせて羽根の先が揺れている。オックスリーの右手が震えたり膝の上で跳びはねたりするのは、麻痺の後遺症が何かの形で現われているのだ。

だが、オックスリーはインディに目をやった。ぼんやりとしたその目が、何かに気づいたように大きく見開かれた。「ヘンリー・ジョーンズ・ジュニア！」

「そうだ、オックス！」

安堵感がうねりとなってインディを満たした。マックの言ったとおりだった。オックスは戻ってきた！　インディはこれをロシアの氷の女王に知らせなければならない。友人を救い出す方法に関しては、スパルコの言うとおりだった。インディはいくらか希望を持った。これですべてうまくいくかもしれない。

二人の兵士がオープンリールのテープレコーダーを近くに運び、ひと言漏らさず録音する準備をしている。スパルコが、重大なことをひとつも聞き漏らしたくないのは明らかだった。あるいは、自分のための記録かもしれない。ここで成し遂げたことの、私的な日記かもしれない。

インディのうしろで、マックが別の兵士に話しかけた。「あのヤンキー野郎が黄金の都市を探し当てるほうに三対一で賭ける」

インディはマックを無視して全神経をオックスに集中した。インディを見分けることはできたものの、友人はまだ酔っぱらっているような様子だった。「おい、いいか、おれたちは――」

教授が何か言いたげにインディをつかんだ。「ヘンリー・ジョーンズ・ジュニア！」

これはまずい。

インディはマットに目をやり、すぐに教授に戻した。若者もやはり不安と疑惑で目を細めていた。

オックスリーがインディをつかむ指に力をこめた。「ヘンリー・ジョーンズ・ジュニア！」

「それはもう確認済みだよ、オックス」

インディはオックスリーの顔をまじまじと見つめた。何かがへんだ。教授は戻ってきた。ただ、完全に戻ってきたわけではない。インディは友人の目のなかにもどかしげな表情を見て取った。狂気の淵をさまよい、こちら側へ渡る橋を見つけようとしている。

オックスリーの口からことばがあふれ出した。「〝彼らの正しき手をその黄金の鍵に置け……さすれば永遠の宮殿の扉が開かれるであろう〟」

インディは意味をとろうとした。「何の宮殿――？」

彼の肩先に立っていたスパルコが口をはさんだ。「ミルトンからの引用よ。まえにも言っていたわ」彼女の声に失望の響きがあった……そして、それにも増して威嚇するような響きが。「どういう意味なの？」

インディはぞっとして深い息をついた。彼には意味がわからなかった。そして、その質問に答えられるかどうかにマリオンの命がかかっている。もっと情報が欲しかった。

「ハロルド、よく聞いてくれ。アカトルへの行き方を教えてほしい……ア・カ・ト・ルだ。おれの話がわかるか？　どうしても教えてもらわなくちゃ困る、でないと、マリオンが殺されてしまうんだ」

「〝あの日涙に濡れて見たその目を通して……ここ死の夢の王国で〟」

オックスリーの痙攣がひどくなった。右手が引きつり、跳ね上がっている。あとどれくらいしたら、ふたたびキャンプファイアーの周りで跳ね回りはじめるのか？

そうさせないために、インディは彼の手首をつかんだ。「やつらはアブナーの娘を殺そうとしているんだ、オックス。アブナーを覚えているだろ……それと、彼の娘のマリオンを」

オックスリーはもどかしさに眉を寄せた。「〝目だ！　あの日見た――〟」

インディは男の震える手首を握りしめた。「どうやったらそこへ行けるんだ、オックス？　あんたは専門家のはずだろ」

インディにつかまれた教授の手は、痙攣《けいれん》がひどくなるばかりだった。それがインディの目にとまった。オックスリーの手首を押さえているうちに、教授の指が何かをつかむようにすぼめられているのに気づいたのだ。オックスリーが焚火の周りで踊っているとき、その痩せた腕がまるでオーケストラの指揮をするかのように挙げられていたのを思い出した。あのときも、彼の指はすぼめられていた。

インディは視線を落とした。

彼はオーケストラの指揮をしようとしていたわけではなかった。

空中に何かを描いていたのだ……いまは膝の上に。

インディはスパルコを振り返った。「紙とペンをくれ！」

彼女は大声で命じ、ものの数秒で誰かがノートとペンを持って駆けつけた。

インディは片手でノートを繰って白紙のページを開き、オックスの右手の下に差し入れた。そして、握った指のあいだにペンを突っ込んだ。

すぐにインクがページに流れ出し、オックスは描きはじめた。白いページに粗雑な絵が現われた。だが、教授は自分が何をしているのか、考えていないようだった。紙の上に目を落とすことさえなかった。彼の視線はずっとインディに釘付けだったのだ。

「ヘンリー・ジョーンズ・ジュニア」

「そうだ、オックス」

教授は顔を寄せ、陰謀の相談でもするかのように声をひそめた。「それは三度落下する。下へ向かうんだ」

「確かにそうだ」インディは、オックスリーの描いているものを見つめて言った。

教授が一枚のスケッチを完成させた――大海原の波の絵だ。インディが新しい白紙のページを開き、スケッチがつづいた。今度は閉じた両目の絵だった。

スパルコが身を乗り出した。彼女はしぶしぶインディに賞賛の目を向け、すぐにスケッチに視線を戻した。「自動的に描いているんだわ！ そうだった、わたしはこれに気づくべきだったのに」

オックスリーの描く速度が増し、すでにあと三枚描き上げていた。

大空をわたる弧を持つ太陽。

舌をちらちらと出したヘビ。

山々の上の地平線。

やがて痙攣《けいれん》が遅くなり、彼の指先からペンが落ちた。

スパルコは散らばった紙を見つめた。「これはなに？」彼女が訊いた。「何かの壁画なの？」

「ちがう！」

インディは丸太の上で坐り直し、ジャケットのポケットに手を突っ込んだ。しわくちゃになった紙を指が探り当てた。自宅の図書室にあった本から破り取ったページが、まだそこにあったのだ。彼はそれを取り出して膝に広げた。そしてオックスリーのスケッチと、そこに描かれているものとを突き合わせてみた。

マヤの記号の辞書だ。

インディはてきぱきと作業をしていった。水を得た魚のようにページの上にかがみ込み、周囲のことを忘れて夢中になっていた。「これは象形文字だ！　マヤのことばなんだ。おれに訳せるかもしれない」

29

マリオンは腕組みをしてキャンプテーブルの上に坐っていた。その横に、ピストルを手にした二人の兵士が立っている。武器など必要なかった。息子がいっしょでなければ、彼女はどこへも行くつもりはなかった。

彼女は焚火《たきび》の方角を見つめていた。

彼は来るべきではなかったのだ。

それはマットのことだが、彼女の目は別の人物に注がれていた。

ここからでも、マリオンには彼の姿がわかった。炎を背景に、いつものくたびれたフェドーラ帽がくっきりと浮かび上がっていたのだ。彼女の視線が彼の肩や、集中のあまり傾けられた首の線をなぞった。あのいくつもの夜を、マリオンはすべて覚えていた。彼女はいつもベッドに入っていた。彼は机で分厚い本を読みふけったり、蠟燭《ろうそく》の明かりの下で古代の遺物のかけらを調べたりしていた。たとえどんなに遅くなろうと、彼女はいつも彼がベッドに入るのを待っていた。やがてついに彼は蠟燭を吹き消し、急いで服を脱いで上掛けの下の彼女の横に滑り込んできたものだ。

彼女は寝返りを打って彼にキスをし、人生が歴史に勝るということを、〝現在〟もまた彼を待っているのだということを思い出させたものだった。

そして彼女は待ちつづけていた。

夜ごと待ちつづけた。

だがある夜、彼は帰ってこなかった。

そして、次の夜も。

それでも、彼女は待っていた。

ついに、ベッドの反対側は空っぽのままになった。

そのとき、彼女は知った……いまもわかっているように。

その男はひとつのものしか愛せないのだということを。

そして、それは彼女ではなかった。

だから、彼女は待つのをやめて背を向けた。そこで善良な男を見つけ、家庭と家族を手に入れた。彼らは結婚した。それは幸せなときだった。誕生日の蠟燭《ろうそく》、膝小僧をすりむいた男の子、クリスマスツリー、長い緑色の夏、そして腕のなかに誰かがいる、もっと長い冬の夜。

やがて、戦争がその生活も奪い去った。真夜中に燃える蠟燭のようにそれを消し去り、暗い空っぽの空間に彼女を置き去りにした。

ただ、息子だけが残っていた。それは夜にきらめく明るい光だった。

焚火《たきび》の方向に目を凝らしていると、その炎が彼女の胸の苦い燃えさしに火を点けた。いま、彼はまたここにいる。あまりにも長い年月のあとで。

炎を見つめるうちに、彼女はつらい真実に気づいた。

これまで自分の人生を築いてはきたが、彼女のなかの小さな部分——彼女の心の奥深くに埋められている——は、本当は決して彼を待つのをやめたわけではなかった。

この真実とその下に横たわる迷いの、どちらも彼女にはわかっていた。

マリオンはマットを見つめた。彼女はもはや、カネを賭けて男たちと飲み比べをする、のんきな若い女ではなかった。責任と生活に鍛えられてずっと大きなものに変化した、母親なのだ。そんな少女みたいな夢物語は、そろそろ捨てるときが来ている。

だが、彼女の視線はジョーンズに引き寄せられた。

その心が燃えたぎっている——情熱ではなく、怒りのためだ。

ジョーンズに対して、そして自分自身に対して。

もう待つのはやめていた。

ジョーンズが本のページに没頭しているあいだに、マットは丸太に腰を下ろした。夜明けが近づき、東の空が白みはじめた。

彼はオックスの顔を覗《のぞ》き込んだ。同じ男であるはずがない。彼に自転車の乗り方を教えてくれた男、ダンスパーティのタキシードを選ぶ手伝いをしてくれた男、彼が母親とうまくいかなかったときに夜遅くまで話を聞いてくれた男。彼はもうひとりの父親のような存在だった。

マットは手を伸ばし、教授の震える手を握ろうとした――だが、オックスリーは手を引っ込めただけだった。マットは目を合わせようとして身を乗り出した。

「オックス？」

縁の赤くなった目をそらし、男は宙を見つめた。自分が育てる手伝いをした若者がわからないらしい。

「お願いだ、オックス」マットが懇願するように言った。「おれを見てよ」

マットはひとりの父親を戦争で失った。もうひとりを失うわけにはいかなかった。

だが、反応はなかった。彼に気づいた様子も何もなかった。

マットは涙を拭った。「頼むよ、オックス……あんたが必要なんだ。おれは……おれはあんたを愛しているんだ」

それをオックスリーに言ったことは一度もなかった。父親の死んだあと、彼の家と心の穴を満たしてくれたこの男に。愛はすべての傷を癒してくれるはずではないのか？

オックスリーはまだ炎を見つめつづけている。

どうも、愛はすべてを癒《いや》してはくれないらしい。

「わかったぞ！」

インディが顔を上げ、紙を並べ替えた。彼はそれぞれのスケッチを一枚ずつ説明していった。

「波の線、これは水だ。閉じた目は眠りを意味する。空に広がった弧と太陽は時間の長さを表わす。地平線とヘビは広大さと川を象徴している」

スパルコは意味がわからないというように首を振った。

インディはジグソーパズルをするように、ゆっくりとすべてを繋《つな》げた。「水と眠り。時間の長さ。広大な川」彼はスパルコに向き直り、彼女に紙を突きつけて振った。「わからないのか？　これは案内図だよ」

彼女の目が大きくなった。

インディは勢いよく立ち上がった。「地図が要る！」

「こっちよ」スパルコが言った。

スパルコは全員に立つように合図した。オックスリーとマットも含まれていた。それについては、ダフチェンコと衛兵が誰にも有無を言わせなかった。

一行はキャンプを横切り、マリオンが囚《とら》われている場所に移った。彼女はテーブルの前の椅子にぐったりと坐っていた。インディが近づくと、マリオンがちらっと彼の方へ視線を上げた。インディはその目に浮かぶ炎の色に気づいて引き下がったが、彼女の目は息子の姿を見つけると和らいで温かいものになった。

マットは彼女のそばへ行って抱き締め、かばうような姿勢をとった。誰にも彼女を傷つけさせまいとしているのは明らかだ。そして、マットの睨《にら》みつけるような視線の方向からすると、その対象にはインディも含まれていた。

ひとりの兵士が近くのテントに行き、丸めた地図を手に戻ってきた。彼は地図をテーブルに広げ、石で四隅を押さえた。

「ヴァケーションの計画でもしてるの？」マリオンが訊いた。

「どこか、あまり知られていないところはないかと思ってね」

「この季節、〝地獄〟は素晴らしいそうよ。ぜひ行ってみるといいわ」

「〝地獄〟ならもう行った。二人で過ごした年を覚えてるだろ」

彼女の目がわずかに細くなった。傷ついている。インディは言ったことを悔《く》やんだが、もはや手遅れだった。彼女の表情が硬くなった。彼は密かに自分を呪った。何をやっているのだ？

スパルコが地図に手を叩きつけて会話をさえぎった。「わたしたちはどこへ行くの、ジョーンズ博士？」

インディは当面の仕事に注意を戻し、手のひらで地図を伸ばしてから目を近づけた。忌忌しいほど細かい印刷だ。文字はぼやけた形にすぎなかった。このパズルを解くつもりなら、あらゆる細かい部分まで見る必要がある。彼は抵抗をあきらめてポケットに手を入れ、読書用の眼鏡をかけた。

「これは傑作だわ」マリオンは彼の遠近両用眼鏡を見つめてつぶやいた。

インディは顔が熱くなるのを感じ、地図に視線を集中した。「広大な川というのは、きっとアマゾンだろう」そう言って、曲がりくねった川を指でなぞった。それはまさにヘビのように見えた。「だが、水と眠りの意味がはっきりしない……」

スパルコがインディの隣に頭を突っ込み、肩と肩が触れ合った。彼女は地図を叩いた。「ここよ。ソーノ。ポルトガル語で〝眠り〟を意味するのよ。小さな水路でね。ここでアマゾンに流れ込んでいるの」

インディは興奮してうなずいた。「それにちがいない！」

横からマリオンが混ぜ返した。「あなたたち、ウマが合うと思ってたわ」

インディは意味ありげな台詞に戸惑い、彼女を無視した。「彼はおれたちにソーノ川をたどれと言ってるんだ——ある一定の時間——ここでアマゾンに合流して東南へ向かうまで。そのあとは、おれにもわからない」

インディは上体をうしろに反らし、それぞれのスケッチを思い浮かべてみた。何を見落としているのだろうか？　もしかすると、オックスリーが引用した詩の一節にあるのかもしれない。だが、何が？

あの日涙に濡れて見たその目を通して……

死の夢の王国……

インディは地図に目を戻した。「このルートでまちがいないはずだ。ジャングルのなかでも、まったく人が足を踏み入れていないあたりへ向かっている。ほら、地図作製者だって数本の大ざっぱな線しか――」

突然、テーブルがすさまじい音を立てて跳ね上がり、インディとスパルコの顔にぶつかった。インディはうしろに倒れかけたが踏みとどまった。スパルコはダフチェンコにつまずいて二人ともひっくり返った。

テーブルの反対側で、マットが誇らしげな笑みを浮かべていた。「逃げろ！」そう叫ぶと、彼はマリオンを椅子から引っ張り出した。

衛兵たちが反応するより早く、母親と息子は二つのテントのあいだに逃げ込み、その先のジャングルを目指した。

インディに選択の余地はなかった。

彼は急いで向きを変え、オックスリーの腰を抱えてマットとマリオンのあとを全速力で追いかけた。彼のうしろで銃撃が起こり、銃弾が木の葉を切り裂いて暗い森のなかまで追ってきた。

彼はマットの軽率な行動を呪った。

考えなしに飛び出していく。

この母にしてこの子あり、だ。

30

マットは先頭に立って狭い獣道を逃げた。濡れた木の葉がからだに当たり、もつれたつるが絡みつく。鬱蒼《うっそう》としたジャングルのなかを、懸命に道を切り開きながら進んだ。ライフルの銃声が彼らを追ってくる。兵士たちがロシア語で叫んでいる。林冠《りんかん》のなかでは何かの生き物が、まるで彼らの通行に抗議するかのように、絞め殺されそうな子猫のような声で吠えていた。何かが彼の首を刺した。彼は息を弾ませて走った。林冠の下の空気はますますよどみ、どんよりしてほとんど息もできないほどだった。

だが、彼は足を止めなかった。

しばらくまえに、マットはこの狭い小道を見つけていた。どこへ向かっているのかわからないが、ここから離れられるならそれでいい。彼は母親の手をしっかりと握っていた。うしろから、何か重いものが突進してきた。大声で、のべつ幕なし悪態をついている。マットは思い切って振り返ってみた。汗だくで半狂乱のジョーンズが目に入った。片手でフェドーラ帽を押さえ、もう一方の手でオックスリーを引きずっている。

「ハロルド！」ジョーンズが怒鳴った。「頼むから遅れないようにしてくれ！」

足下のぬかるみが重たくなってきた。それがマットのブーツをとらえ、足どりを重くした。彼は懸命にもがいたが、泥は攻撃の手を緩めなかった。

ジョーンズが、オックスを半ば抱えるようにして二人に追いついた。彼の顔は火のようにまっ赤だが、それは激しい運動のせいばかりではなかった。彼はマットと肩を並べ、歩調を合わせて足を踏み鳴らした。

その声は鋭く、容赦のないものだった。「若造！　いったいあれは何のまねだ？　何を考えているんだ？」

「やつら、おれたちを殺す気だ！」

「なるほど、そうかもな！」

「あなたたち！」彼の母親が二人に割って入ろうとした。「もしかして、わたしたち——」

マットは頑として非を認めようとしなかった。「誰かが何かをしなくちゃならなかったんだ！」

「ほかの何かだったらよかったがな！」

「少なくとも、おれには計画があった！」

一発の銃弾が二人のあいだを通って鬱蒼《うっそう》としたジャングルを貫いた。

「言ったでしょ」母親が声を荒らげた。「もしかして、この道を外れたほうがいいかもしれないわ」

母親はマットの腕をぐいと引っ張り、そのまま引きずりながら小道を外れて急勾配の狭い近道を下りはじめた。ジョーンズとオックスリーも急いであとを追った。四人は滑ったり走ったりしながら谷底にたどり着いた。谷は中央に空き地のある、巨木の密集した雑木林に注ぎ込んでいる。

ジョーンズが指さした。

彼らは急いで空き地に向かった。マットの母親とジョーンズ、まだ無理やり引きずられているオックスリーの三人はとげのある背の高い灌木《かんぼく》のうしろに身を潜めた。

マットはあとに残り、上の小道を見わたすことのできる二、三歩高いところまで戻った。彼は巨木の幹のうしろに隠れた。怒鳴り声や、威嚇の声や、ときおり放たれるライフルの銃声が響いてくる。間もなく、ロシア兵の分隊がどやどやと視界に入ってきた。マットは立ちすくんだ。兵士たちは速度を落とした――やがて、そばを通り過ぎて離れていった。

三十秒もすると、声は鬱蒼《うつそう》としたジャングルのなかへ消えていった。

マットは安堵のため息をつき、小道に背を向けて空き地へ戻った。そして、声を殺したまま言った。「おれたち、道に迷っ――」

だが、そこには誰もいなかった。ただ、厚い低木の壁があるだけだ。

彼は急いで下りていった。「母さん?」低い声で呼びかけ、空き地の奥へ向かった。

オックスリーが地面に坐り込み、灌木のとげをむしり取っている。その向こうの空き地のまん中に、母とジョーンズが立っていた。だが、二人は膝まで砂地に埋まり、バランスを取るように両腕を外側に突き出していた。

何が何だかわからなかった。

彼は二人の方へ足を踏み出した。

「止まれ！」ジョーンズが怒鳴った。

「来ちゃだめ！」母親が叫んだ。

ジョーンズと母親がみるみる沈んでいき、いまはもう腿まで埋まっている。

ジョーンズは食いしばった歯のあいだから、切迫した声で囁いた。「動くなよ、マリオン。動くとすき間ができる、すき間ができると沈むんだ」

マットはなすすべもなく、砂地の縁でうろうろしていた。

母親は顔をしかめて自分たちの状況に目をやった。「抜けられると思うわ。もし――」

彼女は片脚を抜こうとしたが、結局、ますます深く沈んだだけだった。

「いますぐやめるんだ！」ジョーンズが注意した。「きみは真空に逆らって引っ張っている。それは車を持ち上げようとするようなものだ。とにかく、おとなしくしていろ」

「動いちゃだめだ、母さん！」マットが叫んだ。

彼女は腕を突き出し身じろぎもせずに立った。かろうじて唇だけを動かした。「いいわ。おとなしくしているわよ」さらに沈んだ。「おとなしくしているけど、やっぱり沈んでるじゃない」

マットはあたりを見回した。「これ、何なんだ？　流砂《りゅうさ》か？」

ジョーンズは苛立たしげな声で答えた。「最近の学校では何を教えているんだ？」彼を吸い込んでいく砂を手で示した。「これは乾燥した砂嘴《さし》だ。流砂は粘りけのある泥と粘土と水で、流動性があるからそれほど危険じゃない――」

マリオンが彼の肩をこづいた。「ジョーンズ！　いいかげんにしてよ。ここは学校じゃないのよ！」

「じっとしていろ、マリオン。心配することはない――」

二人のあいだから砂の間欠泉が噴き出し、砂地の縁にいるマットに降りかかった。彼は砂を吐き出し、目を拭った。彼の母親とジョーンズは、すでに胸のあたりまで沈んでいる。

「――空隙《くうげき》の崩壊さえ起こらなければな」ジョーンズは苦々しげに説明した。「砂のなかのポケット状の空間のことだ」

マットはもうこれ以上ぐずぐずしてはいられなかった。急いで頭を巡らし、二人が無事にあの罠から抜け出すチャンスはひとつしかないと思った。母親を残していくのは気が進まなかったが、ほかに方法はなかった。「じっとしてるんだ！　引っ張り出すものを探してくる！」

彼は暗いジャングルのなかへ入っていった。

「若造！」インディが大声で呼んだ。「戻ってこい！」

だが、マットは茂みの奥に姿を消した。道を切り開いて踏み入る彼の足音が遠くなった。

若者は何を考えているのだろう？　ロシア人のほかにも、そこには死を招くものが数え切れないほどある。経験を積んだ探検家でも、深いジャングルのなかでは道に迷って堂々巡りをすることがあるのだ。しかも、若者はコンパスさえ持っていない。

インディは小声でぶつぶつ言い、隣で動けなくなっている女に目をやった。「彼はまちがいなくきみの息子だ、マリオン。いつも準備不足で飛び出していく」

彼はマリオンに言い返すチャンスを与えなかった。そのまえに、オックスリーに声をかけた。オックスリーは砂嘴《さし》の縁に立ち、とげを嚙みながらおめでたい顔で遠くを眺めていた。「オックス、お願いだから、そんなところでぼやぼや突っ立っていないでくれ！　助けが要るんだ！」

教授のぼんやりした目が二人に向けられた。彼は羽根のついた帽子をぎゅっと頭の方へ引っ張った。「助け？」

そうだ、オックス……わかったんだな。

「ハロルド、おまえに――」

オックスリーは何も言わずに背を向け、そのままとげのある灌木《かんぼく》のなかへ姿を消した。

素晴らしい。

彼の足音はジャングルに踏み入り、若者と反対の方向へ向かった。インディが首を振ると、また二、三センチ砂のなかに滑り落ちた。どうしてみんな彼の言うことを聞かないのだろう？

「いいわ」マリオンの声がインディの注意を引き戻した。彼女はいくぶんうしろめたそうな顔で、若者が姿を消した方向を手で示した。「認めるわ。マットにはいくらか衝動的なところがあるの」

彼女はインディの方へ顔を回し、彼に近い眉を上げた。「たぶん、わたしの知ってる誰かさんみたいにね」

彼は頭の上のフェドーラをまっすぐに直した。「まあ、最悪の資質というわけでもないさ」彼は認めた。「彼は――」

ふたたび間欠泉が噴き上がって砂を撒き散らし、砂煙がもうもうと上がった。インディは咳き込み、息を詰まらせた。砂煙が晴れたときには、二人は腋の下まで埋まっていた。砂が彼の胸を締めつけ、息をするのも難しい。マリオンの顔がこわばっているところをみると、彼女も同じ目に遭っているらしい。彼女は目に入った砂のせいで涙を流している。

インディはどうしたらいいかわからなかった。彼女に何と言えばいいだろう？　彼はあえぎながら、崩れていく砂嘴《さし》のまん中でできる精いっぱいの保証を口にした。「腕を……砂から出しておくんだ……マットが戻ってきたら……つかまって……」

彼女がインディに顔を向けた。その表情にインディは何かを見て取った。優しさだ。ふと、彼女の涙が目に入った砂のせいではないことに気づいた。「インディ、マットは――」

「――悪い子じゃないよ、マリオン……わかってる……学校のことでは口出ししないほうがいい……」

「……わたしが言いたいのは……マットは、彼は……」

「いいんだ、マリオン……誰もが学校に向いているわけじゃない……」

彼女の目のなかの優しさが、瞬く間に苛立ちに変わった。「インディ！」彼女はぴしゃりとさえぎり、インディはすべての意識を彼女に向けた。「マットの名前は……彼はヘンリーっていうの」

インディは、彼女をまっすぐ見ようとして無理やり首をねじ曲げた。「ヘンリー？」

「彼はあなたの息子なの、インディ」

インディは沈んでいくような感覚に陥ったが、それは砂嘴《さし》とは無関係だった。「おれの息子？」

「ヘンリー・ジョーンズ三世よ」

彼は目をそらした。胸のなかに激しい怒りが湧きあがるのを感じ、それを止めることができなかった。いまは非難などしているときではない、とくにこのことに関しては。だが、止められなかった。

インディは彼女に向き直った。「何で学校を卒業させなかったんだ？」

彼女が答えるより早く、長い茶色の重たいものが二人のあいだに落ちてきた。衝撃で砂が舞い上がり、インディの顔にかかった。彼は咳き込み、唾を吐き、焼けつくような目からなんとか砂を取り除いた。これで、かろうじてまぶたが開けていられる。涙が流れ、視界がぼやけた。

林冠《りんかん》から木の枝でも落ちてきたのだろうか？

「つかまって！」砂嘴《さし》の縁から大声が聞こえた。

インディには若者の声がわかった……息子の声が。彼が無事に戻ってきたのだ！　いや、考えようによってはそれほど驚くことではない。マットはインディの息子、父親にそっくりな息子なのだから。

マリオンはすでに汚れた木の枝をつかみ、しっかりとしがみついていた。インディは、枝をつかもうとして懸命に腕を持ち上げた。彼の手が枝に伸びた——とたんに枝の端が持ち上がり、彼の顔に向かって〝ジューッ〟という音を立てた。

彼は手を引っ込めた。「うわっ！」

木の枝ではなかった。

巨大なヘビだった！

「気でも狂ったのか！」インディはマットに向かって怒鳴った。

パニックのおかげで視界が晴れた。巨大なヘビはインディの前腕ほどの太さがあった。目の前でくねくねと波打ち、ゆっくりとのたくっている。その長さは、砂嘴《さし》を横切ってマットのところまで届いている。黒い目が、ヘビ族全体のすべての脅威を集めたような危険さでインディを睨《にら》み返した。毒々しい赤の長い舌が、鱗のある口からたっぷり三十センチ先でちらちら震えていた。

マリオンは先の方の輪になったところにしがみついている。「インディ、つかまって！」

「ヘビだぞ！」

その声をマットが聞きつけた。「心配するな！　ただのラットスネークだ！」

インディはそれを指さそうとしたが、近寄る勇気がなかった。「ラットスネークはこんなにバカでかくないぞ！」

「だけど、こいつはでかいんだ！　おれの見たアリの大きさを見せてやりたかったな。おれの手くらいあったんだから」

巨大なアリ？　この若者はとっぴな話の宝庫だ。

「それに、こいつは有毒でもないし！」マットは断言した。

インディは腕をヘビから充分に離していた。「何かほかのものを持ってこい！」

「たとえば？」

「さあ……ロープか何かだ！」

「なあ、ここは〈シアーズ・アンド・ローバック〉じゃないんだ。とにかくつかまれ！」

インディは脚を動かそうとした。「ひょっとすると足が底に着くかもしれない」

マリオンが向きを変え、頭がおかしいとでもいうように彼を見つめた。「底なんてないわ。さあ、マットの言うとおりにして……それにつかまるのよ！」

「つま先なら底に着きそうだ」

マリオンとマットが同時に怒鳴りつけた。

「ジョーンズ！」

31

マットは男の顔が嫌悪感にゆがむのを見守っていた。ジョーンズは目をつぶり、顔をそむけたまま茶色いラットスネークの方へ手を伸ばした。

マットはまだヘビの片端を肩にかけている。彼は切り株に足を踏ん張って腰を落とした。真空状態の砂の力についての教授の解説を思い出した。

車を持ち上げようとするようなものだ。

彼らを引き上げることはできないかもしれないが、これ以上沈まないようにすることはできる。砂嘴《さし》のまん中で、ジョーンズは最後にもう一度躊躇《ちゅうちょ》してから一気にヘビを両腕に抱えた。ヘビはジョーンズの前腕に巻きつき、彼は傍目にもわかるほど身を震わせた。

いまのマットにできることといえば――

――ヒューーーッ！！

もう一度、最初より大きい大規模な間欠泉が砂嘴から噴き出し、砂煙が林冠《りんかん》の高さまで立ち上った。

空隙《くうげき》の崩壊。

そのとたん、マットは教授のもうひとつの教えを思い出した。空隙《くうげき》は砂のなかのポケットだ。

割れ目だ。

マットはそれを利用した。砂が降ってくると同時に両脚を突き出し、ヘビのからだを思い切り引っ張った。重みで肩が焼けつくように痛み、膝が震えた——やがて、急に抵抗がなくなった。彼は岩や木を足場に使い、うしろへ下がっていった。

砂煙が治まると、母親とジョーンズがもつれ合いながら砂嘴《さし》の縁に乗り上げるのが見えた。マットはヘビを落とし、二人のそばへ駆け寄った。

彼の母親はぺたりと坐り込み、鱗のついたヘビの胴体を軽く叩いていた。ジョーンズは目を開けてヘビから身を退いた。彼は手を一生懸命ズボンで拭い、その顔は恐怖と嫌悪感にゆがんでいた。

やっと自由になったヘビは、くねくねとのたうちながらジャングルへ戻っていき、下草のなかへ姿を消した。

マットはジョーンズを見下ろすように立った。「あんたはタランチュラやサソリは平気なのに……でもちっぽけなヘビには……」

ジョーンズは震える腕で消えたヘビの方角を指した。「あれがちっぽけなもんか」

マットは首を振った。「あんたはいかれたじいさんだ」

枝の折れる騒々しい音が三人を凍りつかせた。

とげのある灌木《かんぼく》のあいだから、満面に笑みをたたえたオックスリーが飛び出してきた。

「オックス！」マットが言った。

すると、教授のうしろからライフルを構えた兵士たちが現われた。兵士たちは二つに分かれ、スパルコと、イギリス訛りで潰《つぶ》れた鼻の男が前に出た。

潰れた鼻をしきりにふんふん鳴らしながら、男はパナマ帽をまっすぐに直して訊いた。

「どうしておまえは何でもややこしくしたがるんだ、インディ？」

オックスリーはいくぶん誇らしげに、男のまねをして羽根のついた自分の帽子を直した。

「助けだ！」

ジョーンズはオックスリーをまじまじと見つめた。「ああ、素晴らしいよ、ハロルド」

スパルコは冷静な顔で三人を見つめた。そして、三人を立たせるよう兵士に合図した。

「遅れるのはもうたくさんよ」彼女はそう言って野営地の方を指さした。「もう出発しないと。地図についてのあなたの仮説が正しいかどうか、すぐにわかるわ、ジョーンズ博士」

ジョーンズは彼女を睨《にら》み返した。

スパルコはまずマットを、次にその母親をじっと見つめた。「彼らのためにも、仮説が正しいことを祈るのね」

ジャングルへ出発する隊列が組まれているあいだ、ダフチェンコ大佐は女が剣の練習をするのを見守っていた。

イリーナ・スパルコはほかの兵士たちとちがい、ぴったりしたシャツと緩いズボン姿になっている。彼女は自分のテントの裏に人を入れないことにしていて、そこでは完全なプライバシーが保てると思っていた。だが、ダフチェンコは森の縁の陰になったところに、横からの格好の場所を持っている。彼は樹の幹に片手でもたれかかった。ここの気候は圧倒するような暑苦しさだし、森は密集しすぎている――樺の林や、故郷シベリアの凍てつくような気候とは雲泥のちがいだ――が、このときの彼はほかのどこよりもここにいたいと思っていた。

スパルコはラピアーを鼻先に持ち上げて無言の礼をし、腰をアタックラインと平行に向けて肩を張った。そして、足を前に踏み出した瞬間に剣を突き出した。あまりの速さに、剣が本物ではなくて幻覚に思える。彼女はひと息つく間もなく突進し、回転し、跳び上がり、剣を振り下ろした。ロシアで最高のバレリーナの優雅さとバランス、経験を積んだ戦士の猛々しさと狡猾さ、彼女はそのすべてを併せ持っていた。

恐れを感じると同時に彼女に魅了され、ダフチェンコは固唾《かたず》を呑《の》んだ。彼女は一瞬も休まず、次々とよどみなく組み合わせを変えながら、たっぷり十分間練習をつづけた。ダフチェンコはフェンシングについてほとんど知らなかった。彼女が練習相手にするために教えようとしたことがあるが、ダフチェンコはあきらめてしまった。彼は〝止まった状態での突き《クー・ダレ》〟と〝剣を回す《ムーリネ》〟の区別もつかなかったのだ。

だが、いまこのときの彼はこのスポーツを評価していた。

実に高く評価していた。

汗に濡れたシャツが貼り付き、彼女の肌が融けたように光っている。それがあらゆる曲線と膨らみを際立たせていた。彼女の引き締まった筋肉が、細かく波打って震えた。

彼女は誰もいない空間で練習をつづけた。

だがダフチェンコは、そこが本当は無人ではないことを知っている。彼女の過去からやって来た亡霊が満ちているのだ。それは炎のような彼女の目のなかに見えた。だがダフチェンコは、彼女が自分の影に立ち向かっているのだということも知っていた。彼女はそうやってフラストレーションを解消し、自分自身に何かを証明しようとしている。その動機と目的に、肉体的な形を与えているのだ。

ダフチェンコはようやく、彼女が何をしているのかに気づいた。

彼女はこれから起こることのために準備をしているのだ。

ダフチェンコは彼女に背を向け、大規模な隊列とその向こうにある暗いジャングルを見わたした。きっと困難な旅になるだろう。

しかも、彼らには指令が与えられている。

失敗は許されないのだ。

第五部　太古の森へ

32

アマゾン奥地……

イリーナ・スパルコは先頭のジープの助手席に坐っていた。ジープはジャングルのなかを、ガタガタと揺れながら進んでいる。運転手は若いウクライナ人で――黒い髪に黒い目をしている――故郷の小さな山村を逃げ出したときのスパルコと、たいして変わらない年頃だった。

ロシア兵の隊列はすべて彼女のうしろに従っている。隊列は一ダースの車と六十人の兵士から成っていた。彼女の前にいるのは、マルチャーという愛称で呼ばれるジャングル伐採用の車だけだ。キャタピラーをつけたその車はディーゼルの排気ガスを吐いて先頭を進み、その巨大な水平の丸鋸《まるのこぎり》が金属音と煙を出して下草や木の生い茂る多雨林を切り開いていく。操縦者はうしろについた高い運転台に坐っていた。

隊列の通り過ぎたあとには、倒れた木々と踏みにじられた土が残された。だが、ジャングルのことだ、二、三シーズンもすればその痕跡は跡形もなく消えてしまうだろう。ジャングルは生き物だ。その暗い中心部に足を踏み入れるものはひとつ残らず食いつくし、人間の侵入者の足跡などひと呑《の》みにしてしまう。

いや、少なくともイリーナはそう願っていた。

この先のどこかに、蔦《つた》や木の葉に埋もれてアカトルという伝説の都市が眠っている。そこが隊列の目的地だが、もっと重要なのは彼女自身の目的地だということだった。

車はゆっくりと進み、スパルコは膝の上の黄麻布の袋に視線を戻した。ジープの荷台に保管されている、鍵のかかる箱から取り出しておいたのだ。鍵をかけて保管したほうが安全だが、スパルコはそれをそのままにしておけなかった。つねに自分のそばに置いておきたかった。彼女はひもを解いて袋を開けた。クリスタル・スカルをうやうやしく取り出し、両手の手のひらに載せた。

木漏れ日のなかで、クリスタルがグラスの下の雷雨のように明るく輝いた。彼女はスカルを持ち上げ、その目を覗《のぞ》き込もうとした。ジョーンズ博士のEEGの記録を思い出す。予想できないほど強い神経への刺激。彼の頬に流れていた血の混じった涙のことも思い出した。

それでも、スパルコは恐怖などみじんも感じなかった。オックスリー博士もジョーンズ博士も、訓練されていない素朴な精神の持ち主だった。あの力を使いこなして膨大な知識の扉を開けるには、最高の訓練を受けた秩序ある精神が要求されるのだ。

うしろの席から、スパルコの肩越しに誰かの手がスカルに伸びた。彼女はその手を払いのけた。うしろの席にはハロルド・オックスリー博士が、ジョージ・マクヘイルと並んで坐っている。オックスリー博士も彼女同様、スカルの力に魅せられていた。だが、彼女とちがってスカルに圧倒され、破壊されてしまった。

スパルコは目の前にスカルを持ち上げ、その力に触れようとしてもう一度じっと見つめた。エンジンの回転音も、耳障りなブレーキの音も、ギアチェンジの音も、そして絶え間なく聞こえるジャングル伐採車のうなりも、何も耳に入らなくなった。催眠状態に陥りかけていた。彼女はあらゆる瞑想状態と認識訓練を試した経験がある。ヨガ行者といっしょに学んだこともあるし、最高の超心理学者といっしょに訓練を受けたこともある。だが、彼女がスカルの目を覗《のぞ》き込んだとき、見えるのは半透明のクリスタルと揺らめくフラクタルの光の模様だけだった。

なぜわたしには話してくれないの？

トラックが切り株にぶつかって跳ね上がった。クリスタル・スカルが手のなかで跳ね、危うく落としそうになった。慌てて腹に抱き締めたが、心臓が激しく音を立てていた。スパルコは自分の浅はかさを呪いながら、急いでスカルを袋に戻してきちんとひもを結んだ。スカルを傷つけてはならない。もう一歩のところだというのに。いまここでスカルに触れるのは軽率だった――だが、スカルの神秘が彼女を苛《さいな》み、彼女に囁きかけた。

いまでも、もう一度袋を開けたくてしかたなかったのだ。

スパルコの肩先で、うしろから声がした。「スカルには心があるんじゃないか?」

彼女はジョージ・マクヘイルに顔を向けた。イギリス人はジープの後部座席から身を乗り出した。うしろには、兵隊で満員の短い平台型のトラックがつづいている。

マクヘイルは、スパルコの膝の袋に目をやってうなずいた。「そいつは話す相手をやけにえり好みするんだな」

「それほどでもなさそうよ」スパルコは、マクヘイルの隣にいる哀れな骸骨のような教授に目をやった。ハロルド・オックスリー教授はすでにスカルに興味を失った様子で、首を上に伸ばして頭上の枝のあいだから漏れる朝の光が飛び跳ねるのを眺めていた。

スパルコは失望して拳を握りしめた。あまりにも大きな力。彼女は発狂しかけた教授を見つめた。誰が彼を選ぶだろう? スカルが必要としているのはもっと強い人間、訓練された精神を持っている者だけだ。

では、なぜ彼女ではないのだろう?

スパルコには失敗が許されないことはわかっていた——ソヴィエト連邦のためというより、むしろ自分のためだった。迷信に満ちたウクライナの村に育ち、彼女は天賦の才能のために疎《うと》まれてきた。行く先々で投げかけられた数々の侮辱のなかで、〝魔女〟というのはまだいいほうだった。村人たちはスパルコの家族を村八分にした。やがて、彼女が生命や生物学に対する子供らしい興味から小動物の解剖をはじめると、母親までがスパルコを恐れるようになった。彼女は独り立ちできる年齢になるとすぐに、逃げるように山間の村を出た。そういう頑迷な人々のなかにいては、答えなど見つからないと思ったのだ。そこで、彼女はもっと広い世界を目指した。

スパルコは人生をかけて、自分は誰なのか、自分は何なのか、なぜ自分が存在するのか、という疑問の答えを求めてきた。

そして、この南アメリカのジャングルで、スパルコはようやく答えに近づいていた。

誰にも邪魔はさせない。

彼女はシートに深々とからだを預け、正面に顔を向けた。視線の先では、相変わらずマルチャーが鬱蒼《うっそう》としたジャングルの中心に穴を開けようとしている。巨木がすさまじい音を立てて倒れ、小鳥やサルを追い散らした。

だが、マクヘイルの話は終わっていなかった。彼はスパルコと運転手のあいだに身を乗り出したまま、黄麻布の袋を指さした。

「そのスカルだが。なあ、そんなもの、みんな嘘っぱちなんだろ？　そいつを覗《のぞ》き込んだら錯乱状態になる――自己催眠かなんかかもしれない。だが、超能力《ESP》だって？　ばかばかしい」

「なぜ？」彼女が訊いた。「もともと人間にもテレパシーはあるのよ。ただし、未発達な形でだけど」

「冗談だろ？　あんた、本当に自分が霊能者だと思ってるのかい？」

「電話を取ったら、自分がいま掛けようと思っていた相手ともうつながっていた、という経験はない？　これって偶然かしら？　それとも、ほかの伝達形式……バイオトランスミッションなの？」

「そいつを〝運〟と呼ぶんだ。嘘じゃない、それに関しては詳しいんだ。おれの運はたいてい悪い」

「だったら、母親と子どもの結びつきについてはどう？　わたしたちは、一羽の母ウサギが産んだ子ウサギを乗せた潜水艦を沈めてみたの。母ウサギが陸上にいるあいだに、子ウサギを一羽ずつ殺したのよ」

「あんた、ほかの趣味を見つけたほうがいい」

彼女は手を振ってマクヘイルの答えをさえぎった。科学は上品ぶった人間には向かない。

「それぞれの子ウサギが殺されると、まさにその死の瞬間に、母親のＥＥＧの記録が反応を示したわ」スパルコはマクヘイルにちらりと目をやった。「すべての生き物に共通する、生物の心とからだをつなぐものがあるのよ。その集合的な心をコントロールできれば——」

「わかった！」彼は手を挙げた。「言ってるだけじゃなくて、やってみようじゃないか。おれの報酬で、二倍になるかゼロになるか、の賭けをしよう。さあ、おれはいま、何を考えていると思う？」

マクヘイルは顔を近づけ、スパルコの目を見つめた。

いくらか意地の悪そうな彼の表情に、スパルコは片方の眉を上げた。「そんなことを言い当てるくらい、霊能力を使うまでもないわ、マクヘイルさん」

「ほかにもある！　いいじゃないか、おれを楽しませてくれ。おれはひとつの質問を考えている。答えは何だ？」

スパルコはマクヘイルの目の奥を覗《のぞ》き込んだ。彼の額に汗が浮き、瞳孔がわずかに広がっているのに気づいた。欲望、心配、不安。男の恒常的な状態だ。彼女はもっと奥まで見通そうとした。彼の顔に浮かんでいた薄ら笑いがゆっくりと消えていった。彼女はさらに見つめつづけた。彼は顔をそむけようとした。危険に対する動物の反応だった。

スパルコはいきなり手を突き出し、彼の襟首をつかんだ。マクヘイルを引き寄せながら、まじまじと顔を見つめた。彼女が口を開いたとき、もう少しで二人の唇が触れ合いそうになった。

「あなたの質問に対する答えを言うわ。〝わたしがほんの少しでもそうする必要を感じればね〟」

たちまち彼の目に恐怖が浮かび、スパルコはそれを楽しんでいた。彼女がマクヘイルを放すと、彼はひっくり返った。マクヘイルは何かぶつぶつ言いながらシートに戻った。

運転手だけが、ハンドルをぎゅっと握ったまま彼女に目を走らせた。彼はひどいウクライナ訛りで訊いた。「彼の質問は何だったんですか、コロネル・ドクター？」

スパルコは答えた。「彼が知りたがっていたのは、わたしがアカトルに着いたら彼の喉を切ろうと思ってるかどうかということよ」

ハンドルを握る運転手の指に力が入った。彼は顔をそむけたが、その唇が静かに動いてひとつのロシア語を形作るのを彼女は見逃さなかった。

魔女。

33

「冗談はやめてくれ！」マットが叫んだ。

マリオンにはマットがショックを受けることはわかっていたが、いつかは話さなければならなかった。しかも、マットは父親と向かい合って縛り上げられているのだから――そして、二人とも逃げられないのだから――とくに彼らのひどい状況を考えると、いまがいいタイミングだと思えたのだ。

彼女は周囲に視線を走らせた。

三人は隊列の最後尾のトラック、幌のついた兵員輸送車の荷台に閉じこめられていた。彼らはベンチに坐り、トラックの鉄枠にひとりずつ縛りつけられている。彼らのほかにトラックの荷台に乗っているのは、キリル文字のスタンプが押されたいくつかの木箱――そして、膝にカラシニコフを載せた、ダフチェンコという名の大柄なロシア人大佐だけだった。

マリオンはインディの隣に坐り、インディは腹を立てているような居心地の悪そうな顔をしていた。反対側にいるマットも似たようなものだった。

父と息子。

全員がそろった。幸福な小家族が。

マットはまだ怒鳴り散らしていた。「おれの父親はイギリス人だ。英国空軍のパイロットだ。戦争の英雄だ」彼はインディを睨《にら》みつけた。「どこかの学校の教師じゃない」

マリオンは息子がひと息つくのを待っていた。「ちがうわ、マット。コリンはあなたの継父なのよ。彼とは、あなたが三カ月のときに付き合いだしたの。彼はいい人だったわ。でも、あなたの父親じゃないの」

彼女の隣にいるインディが上体を起こし、顔を向けた。「ちょっと待ってくれ。コリンって、コリン・ウィリアムズのことか？　彼と結婚したのか？　おれがきみに紹介したんだぞ！」

マットの隣で、家族のメロドラマに呆れたダフチェンコが目をぐるりと回転させた。マリオンは気にしなかった。「ねえ、インディ、あなたは結婚式の一週間まえに別れることにしたんだから、わたしが誰と結婚しようと、どうこう言う権利はないと思うんだけど」

インディの声からとげとげしさが消えた。「きっとうまくいかなかったよ、マリオン。おたがいにわかっていたはずだ。しょっちゅう留守にする相手と、誰が結婚したがるっていうんだ？」

「わたしはしたかったのよ！」マリオンの声が少しかすれ、そのせいで彼女は自己嫌悪に陥った。マリオンがインディにそういう感情を見せるのは、これがはじめてだった。インディのせいで彼女がどれほど心を痛めてきたか、彼はまったく気づいていなかった。「それに、もしわたしに訊いていれば、あなたにもそれがわかったはずだわ」

ダフチェンコがライフルを持ち上げ、シートの板に床尾を打ちつけた。「静かにしろ！」

三人とも口をつぐんでダフチェンコに目をやった——すぐに、視線をおたがいに戻した。インディはつづけた。「きみに何を訊けというんだ？　人生の大半をひとりで過ごしてくれるか、って訊けばよかったのか？」

「わたしは平和と静けさが好きかもしれない、って考えたことある？」

「きみが？」

「ええ、そうよ。あなたは知らなかったのよ。なぜ、わたしと話そうとしなかったの？」

「なぜなら、きみと言い争って勝てたためしがないからだ」

「それがあなたの言い分なの、インディ？　あなたが勝てないのはわたしのせいじゃないわ」

インディが反《そ》っくり返ると、その拍子にフェドーラ帽が目の上に落ちてきた。彼は帽子を揺すってもとに戻した。「おれはきみを傷つけまいとしていたんだ、マリオン」

「だったら見事に失敗したわ。なぜオックスがあなたと話さなくなったか、何年もまえに考えてみなかったの？　彼はあなたが逃げ出したことが気に入らなかったのよ」

マットがブーツで床を踏み鳴らした。「二人とも、やめてくれないか？」

ダフチェンコがこれに加勢して同感だというようにうなずいた。

インディは顔をしかめ、マットを顎《あご》で示した。「そうだ、マリオン。彼にママとパパの喧嘩を聞かせちゃいけない」

マットのロープがぴんと張った。「あんたはおれの父さんじゃない、わかったな？」

「おれはまちがいなくおまえの父親だ。それで、おまえに言っておくことがある――おまえは学校に戻るんだ！」

マットは驚愕のあまり目をまん丸にした。「何だって！　〝学校をやめたからって別にまずいことはないし、誰にも口出しさせるな〟って話はどうなったんだ？」

「あのときはおまえの父親じゃなかった」インディはまたマリオンに恐い顔を向けた。

「それに、きみは子どものことをおれに知らせるべきだった。おれには知る権利があったんだ」

「覚えてるかしら、あなたは別れたあとすぐに姿を消してしまったのよ」

「手紙を書いた」

「一年後にね。そのときはもうマットが生まれていて、わたしは結婚していたのよ」

「だったら、なんでいまさら言うんだ？」

「なぜって、わたしたちがもうすぐ死ぬと思ったからよ」

ダフチェンコがいきなり立ち上がり、ロシア語で悪態をまくし立てた。マリオンはことばがわからなかったが、それでも耳に焼きついた。彼は叩きつけるようにライフルを置き、ぼろ切れの置かれたところへ行ってそれを拾い上げはじめた。彼らに猿ぐつわをかませる準備をしているのはまちがいない。

インディは最後にもうひと言、口をはさもうとして早口に言った。「心配するな、マリオン。まだ時間はある。おれたちはいつかは死ぬんだ」

ダフチェンコがひと握りのぼろ切れを手に戻ってきた。彼は相変わらず紳士で、まずマリオンに近づき、その上にかがみ込もうと――

インディにとっては格好の角度になった。インディはシートに寄りかかり、両足のブーツでまともに彼の顔を蹴飛ばした。

ダフチェンコはうめき声をあげて回転し、向かい側のマットに倒れかかった。

マットは待ち構えていた。

彼はインディと同じ方法で、カンガルーのようにダフチェンコを蹴った。両足のライダーブーツが彼の顎《あご》を直撃した。「くそったれ」ふたたび反対向きに倒れたダフチェンコに、マットが言った。

動かなくなったダフチェンコを、インディがもう一度両足で蹴った。

「大きくなれば――」インディがつぶやいた。

「――転落もまた激しい」マットがあとを引き取った。

ダフチェンコは意識を失って床に伸びていた。

インディはマットに声をかけた。「墓地でブーツに入れた飛び出しナイフはまだ持っているか?」

マットがにんまりとした。

インディも同じ顔をした。「それでこそいい子だ」


インディは飛び出しナイフを手に、マリオンの上にかがみ込んだ。ロープを切るには、彼女のうしろに手を伸ばさなければならない。ナイフは扱いにくかった。ロープは滑りやすいし、きつく結ばれていた。彼はマリオンと頬を寄せ合い、少しずつロープに切れ込みを入れていった。

なんと、彼女はまだ素晴らしい匂いがする。

ヴァニラとスパイスの香りだ。

彼女が口を開き、その息が彼の耳をくすぐった。「ねえ、別の相手を見つけたのはわたしだけじゃないわ」

「どういう意味だ?」

「あなたのうわさはいろいろ聞いたわ、ジョーンズ。何年にもわたって、大勢の女の人と」

ロープを切る手に力がこもった。「ほんの二、三人だ。だが、みんな同じ問題を抱えていた」

「あら、何なの？」

もう一度ぐいと引っ張ると、ロープが切れて彼女の手が自由になった。彼はベンチに寄りかかり、嘘をつく理由はないと思った。いまなら。彼はマリオンと向き合った。

「彼女たちはきみじゃなかったんだ、マリオン」

マリオンの目が輝き、その表情が何ともいえない魅力的な変化をしてかすかな笑みに変わった。やっと自由になった彼女が顔を近づけ、二人の唇がもう少しで触れそうに――

――そのときインディの目の端に、見覚えのある文字が外側にステンシル印刷された木箱が映った。

完璧だ。

インディは反射的に立ち上がり、その場を離れた。マットは、まだ床に倒れているダフチェンコを見下ろすように立っていた。インディは若者を押しのけるようにして木箱に向かった。

「ジョーンズ？」マリオンがいぶかしげに声をかけた。

箱は長いものだった。インディは空《から》でないことを祈りながら蓋を持ち上げた。

空ではなかった。

彼は麦わらに詰められた、鋼鉄でできた黒い軍用の物体を見下ろした。いくつかの選択肢を秤にかけながら、指で武器の表面をなぞった。たちまち彼の唇にゆがんだ笑みが浮かんだ。これでいける。だが、もっと見晴らしのいい場所が必要だ。

彼は兵員輸送車のキャンバス地の幌を見上げた。
申し分ない。
ナイフの刃が彼の手のなかで飛び出した。
仕事に取りかかる時間だ。

34

マットはジョーンズの下で積み上げた木箱を支えていた。「気をつけろよ、じいさん!」

トラックが跳び上がったり揺れたりするたびに、ジョーンズは木箱の上でしゃがみ込んだ。彼は慎重に立ち上がった。「おれのことなら心配するな」

「心配なんかしていない。おれのナイフの扱いに気をつけろ、と言ってるんだ」

ジョーンズは顔をしかめてマットを見下ろし、すぐに兵員輸送車の幌に手を伸ばした。片手で支柱をつかみ、もう一方の手で上向きにナイフを突き立てた。刃がキャンバス地の幌を突き抜けた。彼は支柱にしっかりつかまり、分厚い生地に長いギザギザの切れ目を入れた。ジッパーを下ろすときのような音がする。それが終わると、インディはナイフの刃を閉じてマットに放り投げた。

「新品同様だ、若造」

「あんたもそうだといいけど」

ジョーンズは彼を無視して手を伸ばし、懸垂をして穴から頭を出した。ジョーンズが上半身を揺すりながら屋根に上がるとマットは身を乗り出し、やはり積み上げられた箱を反対側から肩で支えている母親を見つめた。

「やつが？」マットは訊いた。

彼女はうしろめたそうに肩をすくめた。「彼はあなたを好きになりかけてるのよ。いまにわかるわ」

マットはため息をついた。「教えてくれればよかったのに、母さん」

「そうするべきだったわ。ごめんなさい」

彼は首を伸ばして母親のそばへ行った。彼女は息子のからだに腕を回した。二人はいっしょに屋根を見上げた。男の影が、運転台に向かってキャンバス地の上を這っていく。

ジョーンズ。

おれの父親。

マットは首を振った。

二人はぐったりとしたロシアの巨人をまたぎ、インディの影を追っていった。後部の荷台と運転台とのあいだは、鉄のドアで塞がれている。見張りのライフルは使わないことにした。銃声が彼らの脱出に、無用な注意を惹くかもしれないからだ。

頭上では、ジョーンズの影が荷台の端でためらっていた――そして、見えなくなった。

すぐに何かの裂ける音がした。

マットが鉄のドアにある小窓から覗《のぞ》くと、ジョーンズがキャンバス地の屋根を突き破って運転手の真上に落ちるのが見えた。

「やった——」マットは言った。

トラックが傾き、二人は左へ飛ばされた。

「つかまって！」母親がマットに叫んだ。

つかまれだって？　彼はまだ空中にいるのに！

金属の擦《こす》れる音と木の裂ける音が聞こえ、トラックが急停止した。マットと母親がもつれるように前に転がっていくと、その先にある鉄のドアがいきなり開いた。二人はドアを抜けて運転台に飛び込んだ。

マットはダッシュボードにぶつかった。母親は助手席に落ちた。

フロントガラスに顔をくっつけたマットには、車が木に突っ込んでいるのがわかった。彼はジョーンズがその横で運転台側のドアを蹴り開け、気を失った運転手を放り出した。ジョーンズは空《あ》いたシートに飛び込み、ギアをバックに入れてアクセルを踏んだ。トラックはうしろ向きに飛び出した。ジョーンズは乱暴にハンドルを切ってギアを入れ替え、車は隊列を追って走り出した。

マットは腕を突っ張って起き上がった。

左のジョーンズは、荒々しく決然とした表情をしている。

右の母親が、ジョーンズに笑みを返した。「さっきはよかったわ」

ジョーンズは肩をすくめた。「まだまだこれからだ、マリオン」

マットは驚き呆れて二人を交互に見つめた。
これがおれの両親なのか？

35

　インディはギアをサードに入れ、トラックを弾ませて隊列を追った。多雨林を噛み砕いたり切り倒したりして進む巨大なマシンを先頭に、ロシア人の車列はジャングルのなかに長い弧を描いていた。インディは隊列の最後尾に近づき、敵を観察した。

　ロシア人には脱帽せざるを得ない。ジャングルで遭遇するかもしれない、あらゆる不測の事態に備えているのだ。ジープや人員搬送車のあいだに、二台の奇妙な車が交じっていた。シャシーはがっしりとした船外機付きボートのような形だが、その下に車輪がついている。明らかに水陸両用車として設計されたもので、川を渡るときに使うはずだ。〝ダック〟、マックはかつてそう呼んでいたが、その鳥には歯があった。それぞれの舳先《へさき》にマシンガンが取り付けられているのだ。

　だが、インディが見つめているのは、煙を吐き、金属的な音を立てている隊列の先導車だった。

　ジャングル伐採車だ。

　巨大なマシンに水平に取りつけられた二枚の刃が、隊列が通れるような広い道をジャングルに切り開いていく。ここはもともと植物の生い茂る自然のままの小道で、馬や徒歩に適した道だった。これは広い川に沿って走っている。ジャングル伐採車がなかったら、隊列は進むことはできないはずだ。

それがインディにヒントをくれた。

彼は目を細めて先導車を見つめた。

「どういう計画なの、ジョーンズ」助手席からマリオンが訊いた。

彼はハンドルに覆いかぶさるようにして集中し、計算をしていた。その計画は彼の説明によると簡単なものだった。「オックスを助け出し、スカルを取り戻し、連中より先にアカトルへ行く」

マリオンの口調にはいつもの皮肉がこめられていた。「あら、それだけ？」

隊列は川の湾曲部に近づいていた。激しい流れがU字型に曲がっている。車列はカーヴに沿って延びていくところだった。

成功させなければならない。だが、急ぐ必要があった。

インディは腰を上げた。「マリオン、ハンドルを頼む！」

彼女はからだを運転席に滑らせてハンドルを握った。インディはうしろを向き、助手席に移動しているマットの横をすり抜けた。インディはトラックの荷台へ向かった。床が上下に揺れるが、マリオンは轍《わだち》のある道での最大限の努力で車を安定させていた。

マットがマリオンに話しかけた。「あいつ、今度は何をするつもりなんだ？」

「ねえ、彼はそんなに先のことは考えていないと思うわ」

インディは二人を無視して荷台へ走り、さっき目をとめた木箱に近づいた。横ではまだ意識のないダフチェンコが、うつぶせに倒れて血まみれの鼻からいびきをかいている。

インディは木箱のわらをかき分け、百二十センチほどある黒い鋼鉄製の筒を取り出した。重い武器を手にするとインディの顔に冷酷な笑みが浮かんだ。その重みがいくらかの希望を与えてくれる。バズーカ砲の側面にはソヴィエトの鎌とハンマーのマークが刻印され、一方の端にはすでに六〇ミリの弾頭が装塡されていた。

彼はそれを持ち上げ、破城槌《はじようつい》のように抱えて運転台に引き返した。無理やり運転台に持ち込むと、マットの目がまん丸になった。

インディは弾頭を振って指図した。「ちょっとかがんでくれないか、坊や」

「おれをそんなふうに呼ぶな！」だが、若者はシートに上体を伏せた。

インディは手に余る長さの武器を少し動かし、助手席の窓から外に狙いをつけた。反対側の端はマリオンの鼻先で揺れている。

バズーカ砲を肩に担いでバランスを取り、インディは地形と可能な弾道を考え合わせた。隊列はまだ湾曲部の途中で、ゆっくりと慎重にU字型のカーヴを曲がっていた。彼らの車――隊列の最後部にいる――が湾曲部に差しかかるのはいちばん最後だから、そのころには先頭のジャングル伐採車はカーヴを曲がり終えている。

ということは、その時点で二台の車はU字をはさんで反対側にいることになる。

つまり、ジャングル伐採車はインディの真正面にいるということだ。彼はまっすぐ標的を狙った。彼にあるのはひとつの計画、ひとつの希望、一発の弾だけだった。もしジャングル伐採車が使えなくなれば、隊列は森のなかで立ち往生してしまうはずだ。そういう結末を胸に描き、インディはその巨大な車が照準器の十字線に入るのを待った。狙いを確実にしなければならない。二発目はないのだから。

インディは狙いながら言った。「耳を塞《ふさ》いだほうがいいかも――」

彼の指が偶然に引きつった。爆音が彼の最後のことばをかき消した。フロントガラスにひびが入った。バズーカ砲のうしろから煙が噴き出し、ミサイルは川の湾曲部を越えてまっすぐ矢のように飛んでいった。

インディの耳が鳴り、彼は早すぎる発砲を呪った。いや、かえって好都合かも……

彼が見守っていると、ロケットは川の湾曲部を越えてまっすぐジャングル伐採車に突っ込んだ。車は爆発し、炎と泥と煙の出ている破片を噴き上げた。車の残骸が、回転しながら空中高く飛び上がった。

そのうしろで隊列がブレーキを鳴らして止まり、車が連鎖反応で次々にぶつかり合った。煙を透かして目を凝らし、インディはジャングル伐採車のすぐうしろを走っていた車を見つけた。スパルコのジープだ。後部座席にオックスリーが見えた。

「インディ！」マリオンが恐怖の叫びをあげた。

目の前で伐採車が爆発し、イリーナ・スパルコは呆然としていた。

それはさっきまで川のカーヴに沿って道を切り開いていた――次の瞬間、炎と泥のまん中から跳ね上がった。二枚の刃がちぎれ飛んだ。一枚は前方へ飛んでいき、巨礫《きょれき》にぶつかって大きな鐘のような音を響かせてからジャングルに消えた。もう一枚は、彼らのジープめがけて飛んできた。

彼女と運転手は恐怖に息を呑《の》んで身を伏せたが、うなりをあげる巨大な円盤はジープからわずか十センチほど上をかすめて飛んでいった。

彼女は振り向き、その危険な軌跡を追って隊列の後方へ目をやった。すると、不審なものが目に入った。最後尾のトラックから煙が流れ出している。ロケットの排気のかすかな航跡が、同じ車までつづいていた。スパルコは腹立たしさに拳を握りしめた。この思いがけないミサイル攻撃の原因はあのトラックにちがいない。そうだとすると、説明はひとつしかない。

ジョーンズ博士。

強烈な怒りが彼女のなかに燃え上がった。だが、それはすぐに解けて楽しげな満足に変わった。傾いて飛んでいった空飛ぶ鋸《のこぎり》が、川のあたりで向きを変えるのが目に入ったからだ。それはまっすぐ――

「伏せて！」マリオンが叫び、インディとマットをぐいと引き下ろした。

川のカーヴに沿って弧を描き、まっすぐこちらへ向かってくる銀色の円盤に、彼女は最後にもう一度目を走らせた。それから両腕で自分の頭を覆い、インディと息子をかばうように身を伏せた。

衝撃が頑丈なトラックを揺らし、鋼鉄が耳をつんざく金属的な音を立てた。ずたずたに引き裂かれたキャンバスが、彼らの上に降ってきた。

それはすぐに終わった。

マリオンはキャンバスのくずを顔から払いのけ、運転席で起き上がった。そして、自分の周囲を見回した。明るい日射しがまぶしい。トラックの上半分が、丸鋸《まるのこぎり》ですっかり切り取られているのだ。

「びっくりした、地獄に堕ちたかと思った」インディが言った。

「本当にそうなるかもしれないわよ、ジョーンズ」マリオンがつぶやいた。

36

ジャングル伐採車の鋸《のこぎり》がジョーンズ博士の乗るトラックの屋根を切り取ったときも、スパルコは冷静な表情を崩さなかった。すぐに運転台で人影が起き上がった。ジョーンズと女と若者が目に入った。

彼らはまだ生きている。

剣の柄頭を握りしめ、スパルコはシートから立ち上がった。「進んで！」燻《くすぶ》っている伐採車の残骸の先につづく未開のジャングルの小道を指し、彼女はジープの運転手に命じた。「前進をつづけて！」

彼女の気持ちを反映するようなうなりをあげてジープが加速すると、スパルコは背もたれを乗り越えて後部座席に移った。彼女はマクヘイルとオックスリー博士のあいだに降りた。

「スカルを守って！」スパルコは大声でマクヘイルに言い、そのまま二人のあいだを通り抜けてジープの荷台に入りこんだ。「あなたの命はそれにかかっているのよ！」

荷台にいた兵士たちが彼女に道を空けた。

スパルコは二歩の助走をしてジープの荷台から飛び出した——そして、うしろのジープのボンネットに飛び乗った。ジャングルのヒョウか何かのように、身をかがめて着地した。ジープの運転手が彼女を見てあんぐりと口を開けた。

彼女はフロントガラスを跳び越え、前の座席に立てかけてあった突撃銃をつかんで荷台へ乗り移った。そして、明確な殺意をもってライフルを肩に構えた。彼女を止められるものは何もない。彼女は誰にもスカルを渡すつもりはなかった。

足下のジープが速度を落とすと、スパルコは運転手に叫んだ。「走りつづけて！　前のジープについていって！」


「走りつづけるんだ！」インディがマリオンに叫び、マリオンはエンジンの止まったトラックのスロットルを全開にした。

運転台にはまだロケットの排気が漂い、兵員輸送車は前に傾いている。マリオンがアクセルを踏み込むとトラックが跳ね上がり、玉突き衝突をしている車の方へ動き出した。インディは助手席に移り、はためいている屋根の切れ端をうしろへ押しやった。彼は壊れた隊列の残骸を見わたした。残骸の先では、二台のジープが壊れたジャングル伐採車の周りを苦労して迂回し、自力でジャングルのなかへ入っていった。

スパルコはオックスリーとスカルを連れて逃げようとしている。

インディは別の問題に突き当たった。玉突き衝突している車が行く手を阻んでいるのだ。

彼らの乗っている大きな兵員輸送車では、この残骸のあいだを抜けることはできまい。小さな車のなかには、すでに立ち往生しているトラックを迂回して先を行くジープのあとにつづこうとしている車もある。

これがインディにヒントをくれた。

その隣ではマリオンが、迂回しようとしている奇妙な形の水陸両用車に向かってでこぼこ道を走らせていた。その舳先《へさき》に装備されたマシンガンに、インディは目を凝らした。彼はボートのような車を指さし、大声でマリオンに言った。「あの横につけろ！」

マリオンはうなずき、アクセルを踏んだ。ダックの横に並ぶと、その乗員が騒音に気づいた。

運転手がわめきながらハンドルを何度も拳で叩いた。もうひとりの兵士は腰を上げ、ライフルを手に振り返った。

そうはさせるか。

トラックが並ぶと、インディは屋根の縁を使って開いたままの助手席の窓から振り子のように飛び出し、車と車のあいだを跳び越えた。そして、仰天している運転手と乗員のまん中に飛び込んだ。

インディは兵士のライフルの銃口をつかんで勢いよく引っ張った――次にそれを押し戻し、木製の台尻をロシア人の鼻に叩きつけた。

兵士の指が引き金にかかり、ライフルから自動的に銃弾が飛び出した。その弾はインディの耳をかすめ、トラックの側面に当たって音を立てた。

インディは兵員輸送車を心配してちらりと目をやった。心配するには及ばなかった。マットが屋根のない運転台の窓から身を乗り出している。長い木の棒を手に持ち、それを肩の上に振り上げて運転手に打ち下ろした。

「いいぞ、若造！」インディが声をかけた。

彼は銃声で飛び起きた。

ダフチェンコはうめき声をあげ、ガタガタ揺れるトラックの荷台で上体を起こした。彼は脚の上の木箱を押しのけた。頭の上を木の枝が走り去った。太陽が照りつけている。わけがわからない。輸送車の屋根がなくなっていることに気づいたのは、ぼうっとした頭でひと息ついてからだった。

彼はロシア語で罵《ののし》った。何が起こったのかはわからないが、誰のせいなのかはわかった。ジョーンズ。

勢いよく立ち上がると、頭がふらっとした。ダフチェンコはおぼつかない足どりで、トラックの側面のキャンバス地の破れたところへ行った。生地の垂れ下がったところから、ロシアのダックにアメリカ人が乗っているのが見えた。ジョーンズがぐったりした運転手を放り出し、トラックに手を振った。

ダフチェンコは懸命に理解しようとした。

やがて、ひとつの影がトラックの運転台からダックへ飛び移った。

あの若者だ。

ダフチェンコは踵《きびす》を返して運転台に忍び寄った。緩んだドアが開いたり閉じたりしているので、運転台の様子が切れ切れに目に入ってくる。運転手がハンドルのうしろから転がり出て、急いで助手席側へ移動した。ほっそりとした体型と暗い鳶色《とびいろ》の髪、それが誰かということに疑問の余地はなかった。

マリオン・レイヴンウッド。

運転手のいないトラックは、進路を外れて勝手に曲がっていった。ダフチェンコはトラックの端までよろめき、木箱の山にしがみついた。女の叫び声が聞こえ、彼女が息子のあとを追って助手席の窓から飛び出した。外ではダックがエンジンをとどろかせ、無人のトラックから離れていった。

ダフチェンコは、よろよろしながら運転台の開いたドアに向かった。

ひびの入ったフロントガラス越しに、恐ろしいものが見えた。案内人を失ったトラックが、まっすぐ巨木に突っ込んでいく。心臓が早鐘を打ち、ダフチェンコは入口を突っ切って運転席に飛び乗った。慌ててハンドルをつかんで力任せに引くと、兵員輸送車が片輪で立ち上がって急ターンをした。ダフチェンコは幹から三十センチ足らずのところで衝突を免れ、トラックは叩きつけるように四輪に戻った。

悲鳴のようなブレーキ音とともに、ダフチェンコは大きなトラックの速度を落とした。

これより先へ進むことはできない。隊列の残骸が行く手を塞いでいるのだ。そのうしろで、ダフチェンコは動きがとれなくなっていた。

視線の先を、盗んだダックに乗ってアメリカ人が走り去った。立ち往生しているトラックの周りを、水陸両用車は右へ左へと迂回していく。まるで、障害物の多い海でのレーシング・ボートのようだ。見つめるダフチェンコを尻目に、車はカーヴを曲がって離れていった。

ハンドルを握るダフチェンコの指に力がこもった。

まだ終わってはいない。

37

煙の出ているジャングル伐採車の残骸を、インディはスピードを落とさずに追い越した。壊れた車の先では道が狭まり、植物の生い茂る曲がりくねった小道になっていた。野生の下草が深く、倒れた丸太の危険も潜んでいる。とてつもないスピードでここを突っ切るのは、正気の沙汰とはいえなかった。

だが、インディはアクセルペダルをいっぱいに踏み込んだ。選択の余地はなかった。オックスリーを救出しなくてはならないし、あのクリスタル・スカルをスパルコの手に残していくわけにはいかなかった。

しかもそのうえ――

車の後方で銃声がつづいている。

――ロシア人を詰め込んだジープに追いかけられていた。

彼はエンジンを吹かし、車を傾けてカーヴを曲がった。車が尻を振ったものの、無事に急カーヴを切り抜けた。ただ、次のカーヴが目の前に迫っていた。

「しっかりつかまっていろ！」ハンドルを切りながら、インディはマリオンとマットに大声で言った。

もう一度、今度は片輪走行でカーヴを曲がった。

「船酔いしそうだ」マットが叫んだ。

「いまは止まれない！」

カーヴを曲がり終えると、道が直線になった。疾走するジープが、遠くのカーヴに消えていくのが見えた。

インディはまたアクセルを踏み込んだ。

ダックは車体の脇腹まである下草のなかを突っ走った。それはまるで、緑色の海を疾走しているようだった。スタートでは出遅れたが、インディには先を行くジープより有利な条件がある。彼らは未開の土地に道を切り開いていかなければならないが、インディは彼らの軌跡をたどっていきさえすればよかった。

彼は直線でスピードを出し、次の角で急ハンドルを切りすぎた。弾みで踏み固められた道を外れた。密集した木々に横腹をぶつけないように、インディは必死で立て直した。左舷が木にかすった。

マットが叫び声をあげたが、すでに通り過ぎていた。

インディは道の中央に戻った。

次の角を高速で曲がると、目の前に二台のジープがいた。倒れた木が道を阻み、彼らはゆっくり回り込もうとしている。

インディはスピードを出しすぎて避《よ》けることができず、二台のジープに向かってまっすぐ突っ込んでいった。あわやぶつかりそうになった。

しかも最悪なことに、ジープの荷台に人影が立ち、彼らに向かってライフルを構えている。

スパルコ。

「伏せて！」マリオンが叫んだ。

インディが頭を下げると同時に、フロントガラスが弾丸の雨に打たれて粉々になった。彼はやみくもにハンドルを左に切った。ダックは弾道から外れた。

後方で叫び声が聞こえ、インディは目を上げた。

手当たり次第に撃ちながら追ってきたロシア人を詰め込んだジープが、最後の角を曲がってスパルコの弾道に入ったのだ。ジープのなかに血が飛び散った。車はコントロールを失い、スパルコのジープの荷台に突っ込んだ。彼女はジープのボンネットを跳び越え、フロントガラスに叩きつけられた。

インディは態勢を整え、急いで走り出した。彼はバックミラーを覗《のぞ》いてみた。うしろでスパルコが勢いよく立ち上がり、インディを睨《にら》みつけた。

インディはにんまりとしてエンジンを吹かした。視線の先では、先頭のジープが車体を弾ませていた。すでに倒れた木を迂回し、逃げようとしている。

今度こそ逃がすものか。

インディはダックを右へ振り、相手の車に並んだ。オックスリーは後部座席に坐っているが、うしろの荷台にはロシア兵があふれていた。

「もう一度、ハンドルを頼む！」インディは大声でマリオンに言った。

「これ、悪い癖になりそうよ、ジョーンズ！」

だが、彼はすでに動きはじめ、シートにしゃがみ込んでいた。待っていると、相手のジープが木の低く垂れ下がった場所に差しかかった。木の葉やつるが車体に打ちつけている。その混乱に乗じて、インディは宙を飛んだ。

彼は相手の車のフロントシートにうつぶせで倒れ込んだ。後部座席で両側から兵士にはさまれているオックスリーが、ちらりと目に入った——というのは、男が愛想よくインディに手を振ったのだ。

挨拶を返すこともできず、インディは運転手のところまで転がり、その顔に肘鉄を食らわせた。運転手が手を放すと、彼は片手でハンドルを握り、反対の方向へ拳を突き出した。その拳は、ちょうどからだを起こした助手席の男の顔を直撃した。男はダッシュボードに激突し、足下にうずくまって鼻を押さえた。彼は指のすき間から言った。

「くそっ、また鼻を潰しやがったな」

マックだった。

だが、インディには別の問題があった。運転手が彼につかみかかり、荷台の兵士たちが飛び出してきた。うまいことに、それは彼らがどこにもつかまっていないということだ。

隠れていた丸太にジープがぶつかった。

兵士たちが飛び上がった。

インディはハンドルを切った——兵士たちはジープから転げ落ち、すさまじい悲鳴をあげて下草に突っ込んだ。

片手でハンドルを握ったまま、インディは運転席に腰を下ろした。バックミラーを覗《のぞ》いてみると、シートベルトをしていたオックスリーは無事だった。彼は両手を空中高く差し出した。すると、兵士たちと同じように空中高く放り上げられていた重い黄麻布の袋が、教授の手に落ちてきた。中身の明るいクリスタルが、インディの目の端をかすめた。スカルだ。

助手席の動きが彼の目を惹いた。マックはどうにか足下から這い出してシートに戻った。インディはふたたびマックを殴ろうとして腕を退いた。

マックはシートに身をすくめ、両手を挙げた。彼はインディに向かって怒鳴った。

「インディ！　おまえはどうしようもないゲス野郎だ。おれはＣＩＡなんだぞ！」

ダックのなかでは、マットが水陸両用車を物色して武器を探していた……武器なら何でもよかった。

「うしろを探してみて！」母親が声をかけた。

マットはうしろ向きになってシートから身を乗り出し、後部のコンパートメントを探した。床の上に見覚えのあるローズウッドの箱があった。

彼は腕を伸ばして留め金を外し、ケースの蓋を開けた。ビロードの内張をした箱のなかから、銀色に光るものが現われた。彼はにんまりとしてひと揃いの剣を見下ろした。それは木漏れ日を浴びてきらきらと輝いていた。

「何をしてるの？」母親が運転席から声をかけた。

マットはラピアーの柄に手を伸ばして答えた。

「やるべきことが見つかったところだ」


「CIA？　マック……おまえが？」インディは疑いを隠せない声で言った。

「そうだ、おまえはまったくのゲス野郎だ！」マックは鼻をかばうように手を当て、助手席からインディを睨《にら》みつけた。「実際、おれはテントでそういったじゃないか。ベルリンのときみたいに、って！　覚えてないのか？　おまえがこっちで目を覚ましたとき、テントのなかで！」

インディは眉をひそめた。スパルコがテントに入ってきたとき、マックが身を乗り出していたことは確かに覚えている。マックは陰謀の相談でもするかのように、彼に耳打ちしたのだ。

——ベルリンのときみたいに。わかるか？

そのときはマックが何を言っているのかわからなかったし、いまもわからなかった。

マックは苛々してため息をついた。「おれたち、ベルリンで何をしていたんだ、相棒?」マックは目を見開いてインディを見つめた。「おれたち、二重スパイだったんだろ?」

インディは思い起こした。やがて、彼の目も大きくなった。

そうだ! 彼らはエニグマ・コードを手に入れるために、ナチスを装っていたのだ。マックはさらに自分の立場を弁護しつづけた。「それに、ロス大将がたまたまネヴァダにいて、おまえの保証人になったと思ってるのか? おれが彼を行かせたんだ、インディ! 彼はおれが使っているエージェントなんだ」

インディの頭が回転していた。この耳新しい暴露話をもう一度考え直してみようとしていたのだ。だが、彼が考えを決めかねているうちにスパルコのジープがいつの間にか迫り、下草を踏みしだいて彼の横に並んでいた。スパルコはジープの後部座席に立ち、インディに向かってロシア語で怒鳴った。

インディは眉をひそめた。どうしてスパルコは、彼に向かってロシア語で怒鳴ったのだろう?

そのとき、バックミラーのなかの動きが目にとまった。ジープのリアガードのうしろから、ひとりの兵士の頭の先が覗《のぞ》いた。男はジープのうしろにしがみついていたのだ。どうやら、すべての兵士がジープから投げ出されたわけではないらしい。

兵士はからだを引き上げて前へ突進し、後部座席へよじ登ってきた。彼はオックスリーを殴り倒した。黄麻布の袋がシートを転がり、兵士の手がそれをつかもうとした。

〝ノー！〟

兵士は獲物をひったくり、下手投げで袋ごとスパルコに放った。彼女は勝利の叫びをあげてそれを受け止めた。スパルコのジープがスピードを落とし、ずるずると遅れていった。彼女は望みのものを手に入れたのだ。

兵士は鋸《のこぎり》状の刃をした長い短剣を手に、インディのうしろに立った――だが、その鼻をマックが正面から殴りつけた。兵士はひっくり返ってジープのうしろから転げ落ちた。

「痛いだろ？」マックがロシア人に声をかけた。マックはシートに戻り、片方の眉を上げてみせた。わかったか？

「何で話してくれなかったんだ、マック？」インディが大声で言った。

「おれにどうしてほしかったんだ？　尻のほっぺたにでもペンキで書いておくのか？」

インディは旧友に笑いかけた。「そこなら書く場所は充分あるな！」

38

スパルコはスカルをジープの荷台にしまった——次に剣を鞘から抜き、逃げたジープに目を凝らした。

そして、ジョーンズ博士に。

スパルコはあのアメリカ人にうんざりしていた。彼女は大声で運転手に命じ、車は急にスピードを上げて植物が生い茂る小道を敵に向かって疾走しはじめた。彼女は立ち上がってラピアーを振りかざした。二台の車の距離が縮まった。

すぐに終わるはずだ。

ジープがアメリカ人の車に並ぶと、スパルコは致命的な一撃を与えるために剣を上げた——そのとき、彼女の背に悪寒が走った。彼女は危険を感じ、身を翻《ひるがえ》して半歩下がった。剃刀のような剣の先が彼女のシャツを切り裂き、からだのまん中に血のすじがついていた。彼女は襲撃者を見上げた。

「おまえ！」

大暴れしているダックの後部で、マット・ウィリアムズがバランスをとっていた。水陸両用車が、スパルコの死角を通って猛然と追い上げてきていた。彼女は自分の剣で若者の剣を払いのけた。

マットはガードを下げた——スパルコが剣を突き出した。もうこれ以上の邪魔だては許せなかった。とくに、この若者のような厄介者になど。だが、若者の手首が巧妙に返って攻撃を阻み、スパルコはよろめいた。

あれはフェイントだった……鮮やかだ。

スパルコは体勢を立て直し、弾みながら併走するもう一台の車の上の敵を、新たな敬意をこめて見つめた。彼は剣でスパルコを誘った。挑戦を待っているのだ。

それならそれでいい。

車の間隙を隔て、二人の剣士が疾風《しっぷう》のような戦いを交えていた。攻撃し、攻撃をかわし、フェイントをかけ、反撃する。若者はフレシェと呼ばれる、ダンスのようなフットワークを身につけていた。フランス語で〝矢〟の意味だ。見事だった。まして、動いている車の上だからなおさらだ。彼女は躊躇《ちゅうちょ》し、若者はそれに乗じて後ろ足で床を蹴りながら剣を突き出した。

スパルコは鋭く切り返して剣をかわし、若者を慌てさせた。

生意気な若者。

「あなたの戦い方は、すべての若い男に共通してるわ」スパルコが大声で言った。「はじめるときは熱心なくせに、すぐに終わってしまう。本当の名人というものは、長いゲームの楽しみを知っているものよ」

マットはスパルコを睨《にら》みつけた。「おれたち、まだ剣の戦いの話をしているんだろうな？」

若者は剣をひらめかせて攻撃をしかけ、二台の車がふたたび近づいた。彼は宙を飛び、それぞれの車に片足ずつ乗せてバランスをとった。二人は攻撃をくり返し、たがいの剣をかわした。剣の打ち合う音が鳴り響いた。戦っているうちに若者がバランスを崩した。身をかわす余地はない。すべてが剣の技術そのものにかかってきた。

すり足《グリサード》で進み……

逆に突き返す《リポステ》……

鋭い突き《クーペ》のあと、タイミングよく停止する《アレ・タ・ボン・タン》……

若者はスパルコの剣を封じ込めようとしたが、彼女は完璧に柄を使って《デロブマン》それをしのいだ。スパルコは反撃して剣を突き出した。若者はそれを防ぎ、彼女を押し戻した。だが、彼の尻の下で車が離れはじめ、その脚が引き裂かれそうになった。

スパルコは面白そうな顔で動きを止めた。「若い男の精神は素晴らしいわ。率直で――すぐにエネルギーを出しつくそうとする」

敵のここまで不利な状況で試合を終えるのは不本意だったが、彼女にはもっと差し迫った問題がある。スパルコは若者の心臓を貫くつもりで剣を突き出した。

だが、最後の瞬間、二台の車体が軽くぶつかり合った――若者は跳び上がってからだをひねった。スパルコのラピアーが標的を失い、空《くう》を切った。彼女はバランスを崩して前に倒れた——車と車の間隙をめがけて。激しく回転する車輪の下に落ちたくなければ、隣の車に飛び移るしかなかった。彼女は頭からダックの後部座席に突っ込んだ。

彼女の敵も似たようなものだった。着地のときによろめいた若者は、顔から先にジープの後部座席に倒れ込んだ。二人は居場所を交換したわけだ。スパルコが上体を起こして目をやると、若者が剣を片手に慌てて立とうとしているところだった。彼はすっくと立ち上がり、もう一方の手でスカルの入った黄麻布の袋を持ち上げた。

若者はスパルコの獲物を横取りしたのだ。

〝ノー!〟

マリオンは息子がもう一台の車に転げ落ちるのを見ていた。

「マット!」彼女は大声で叫んだ。「戻ってきて!」

ジープのハンドルを握っていたロシア兵が、後部座席を手探りしてどうにか彼女の息子の襟首をつかんだ。マットは引き倒された。ジープはスピードを緩め、マリオンのダックはそのまま突っ走った。

彼女は息子の命が心配でからだをひねった——それが自分の命を救った。一本の剣がシートの背を貫き、彼女の坐っていた場所から突き出していた。

スパルコ。

マットに気をとられ、彼女はダックに乗っているロシア人の密航者のことを忘れていた。マリオンは力任せにブレーキを踏んだ。ダックはスリップしながら急停止し、ロシア女は後部座席から放り出された。彼女はフロントガラスを突き破り、舳先《へさき》の形をしたダックの平らなボンネットをなすすべもなく転がっていった。

唯一、スパルコが舳先から転げ落ちるのを止めたのは、マシンガンの台座だった。

ロシア女はそのなかに滑り込んで武器を回転させた。

マシンガンの銃口が、正面からマリオンに向けられている。

荒々しい連続音とともにスパルコのマシンガンが火を噴き、残っていたフロントガラスを粉々に砕いた――だが、マリオンはからだを低くしてアクセルを踏み、ダックはふたたび猛スピードで走り出した。

突然の加速にバランスを崩し、スパルコは撃つのをやめて台座にしがみついた。

マリオンは思い切って覗《のぞ》いてみた――すると、ダックはもう一台のジープの尻めがけてまっすぐ突っ込んでいくところだった。驚いて目を丸くしたマットが、彼女を見つめている。マリオンが思い切りブレーキを踏むと、もう一台の車がスピードを上げた。

運転手はまだ彼女の息子ともみ合っていた。衝突を避けようとしてスピードを落とす代わりに、マリオンはアクセルを踏んだ。マットは母親が近づくのに気づき、重い黄麻布の袋を振り回して運転手の後頭部に打ちつけた。兵士はがっくりと崩れ落ち、ジープが急に速度を落とした。とっさのことに、マリオンはなすすべもなかった。

彼女のダックはジープのうしろに激突した。

スパルコはまた前方へ投げ出され、今度はジープの後部座席に着地した。

隣には――

「マット!!」

39

追突でひっくり返ったマットに、母親の叫び声が聞こえた。振り返ったとたんスパルコが剣を突き出した。マットは慌てて立ち上がり、その場を逃れた。黄麻布の袋を背中に隠し、中腰になってもう一方の腕を振りかぶった。彼は威嚇《いかく》するように拳を固めていた。剣はなくしていたが、戦いを放棄するつもりはなかった。

ぼうっとしている運転手をスパルコがロシア語で怒鳴りつけ、運転手はアクセルを踏んでスピードを上げた。彼女は全神経をマットに向け、後部座席をはさんで睨《にら》みつけた。

「スカルを渡しなさい」スパルコは冷ややかな声で警告するように言った。「おまえみたいな子なら使ってみてもいいわね。それだけの腕があれば」

「まあ、見込み薄だな」彼は拳をさらに上げた。

スパルコは威嚇の台詞も吐かずに、キックの雨と指関節《ナックル》を使った水平なジャブで攻撃してきた。マットは全力で防いだが、成功と失敗は半々ぐらいだった。彼女は明らかに武道に通じている。側頭部に耳鳴りがするほどの強打を受け、マットの全身に怒りが燃え上がった。サンドバッグにされるのはもうたくさんだ。彼はひと声吠えて攻撃に転じた。技術で太刀打ちできない部分は、力で埋め合わせるしかない。

マットは袋のスカルをスパルコの横腹に叩き込み、つづけて大きく腕を振って顎《あご》にパンチを食らわせた。彼女はうしろに倒れたが、直前にマットの腹にキックを見舞っていた。マットは咳き込み、手を伸ばして彼女の髪をひとつかみ握り、その顔をフロントシートのヘッドレストに叩きつけた。

いまのところ、二人は互角の戦いをしているようだ。

だが……

スパルコが振り向いてからだを起こすと、上着のボタンが上から二つ外れた。

マットの注意力が散漫になった……ほんの一瞬だったが。心臓が一拍打つあいだだけ彼は視線を落とした。やはり彼も男だった。

スパルコはこのすきに乗じて彼の顔に拳を打ち込んだ。マットは頭をのけぞらせたが手遅れだった。彼女の指関節がマットの目をとらえ、目の下が切れた。

温かい血が彼の頬を伝わった。

マットの呆然とした顔にスパルコは笑みを浮かべた。「はじめてなのね？」いたずらっぽい、誘惑するような表情で訊いた。「傷のことよ」

顔がかっと熱くなり、マットは殴りかかった。怒りが彼の拳に力を与えた。だが、それを予期していたスパルコは、技でマットの荒々しさに対抗した。いま、不利な状況に追い込まれ、マットはジープの端まで後退した。スパルコが迫った。

「こういう戦いに勝つには、バランスが必要なのよ」スパルコが囁いた。「力ではない、技でもない――バランスなの」

彼女は渾身の力をこめてマットに連打を浴びせた。足がマットの胸を直撃し、彼はその力で宙に飛ばされた。マットはうしろ向きに倒れ、腕をぐるぐる回しながら疾走するジープから落ちていった。スパルコの手が突き出された――そして、彼の手から袋をむしり取った。

〝ノー！〟

マットはなすすべもなくスカルを盗まれた。彼は下草に叩きつけられるのを覚悟で落ちていった。ところが、スパルコの車と並んで走っていたジープの鋼鉄のボンネットに、大きな音を立ててぶつかった。

マットがからだをひねって振り返ると、ハンドルの向こうに見慣れた顔があった。

「父さん？」

「面倒に巻き込まれないではいられないんだろ、若造？」

マットは後部座席のオックスリーに目をとめた。落ち着いた表情で、通り過ぎる景色を眺めている。マックという男が助手席から立ち上がり、マットがフロントガラスを乗り越えるのを助けようと手を差し出した。

ジープが速度を落とした。

ところが、マットはくるりとうしろを向いて走り去るスパルコのジープを指した。

「何をぐずぐずしてるんだ、じいさん？」大声でジョーンズに言った。「スカルを持っていかれた！」

「それでこそおれの息子だ」ジョーンズのつぶやきが聞こえ、ジープが急にスピードを上げた。

　マットはボンネットの上にしゃがみ込んだ。まるで生きたフードオーナメントだ。このあたりはジャングルが下の方まで生い茂っている。木の葉がマットに打ちつけた。彼は腕を持ち上げ、つるべ打ちのような木の葉の攻撃から顔を守ろうとした。マットは顔をうしろに向けて目を凝らした。母のダックがうしろから懸命に追いつこうとしているのが見えた。

　マットは母を急がせようと、思い切って少し伸び上がって手を振ろうとした。

　それがまちがいだった。

　低く垂れ下がったつるがマットの挙げた腕に引っかかり、彼をボンネットからすくい上げた。マットは悲鳴をあげながら木の上まで投げ飛ばされた。世界がぐるぐると回り、ぼやけたエメラルド色になった。

　つるの振り子が頂点に達し、マットは落ちて死ぬ覚悟をした――ところが、太い枝の真上に着地した。息も絶え絶え、平静を失っている。マットは立ちすくみ、アドレナリンだけを頼りに、恐怖に手を握りしめながらバランスをとるように腕を伸ばした。

　地上では、ジープが彼のいないまま走り去った。

マットは枝の上で振り返った。

五十もの小さな顔が見つめ返していた。

彼はぎょっとして悲鳴をあげた。

五十の顔が悲鳴を返した。

サルだった。

彼らはちりぢりになってつるに飛びつき、それを振って離れていった。

サルは高い林冠《りんかん》に消えていき、それがマットにヒントを与えた。

郷に入っては……

マットは手近なつるをつかんで力任せに引っ張り、自分の体重に耐えられるかどうかを確かめた。大丈夫だ。彼は満足し、つるにしっかりつかまって枝を蹴った。

マットはサルの動きに合わせてつるからつるへと飛び移りながら、彼らのあとを追って空中を移動していった。

奇妙な仲間の群れといっしょに、走り去るジープを追っていった。

40

「なあ、さっきはこっちが彼女を追いかけていたんじゃないか？」マックが訊いた。

インディは顔をしかめてうしろを振り返った。少しまえ、ロシア女の車に追いついたところだった。すると、植物の生い茂った小道が急に狭くなり、片側が切り立った峡谷へ落ち込んでいるので、インディは谷底へ落ちるのを避けるためにやむなくスパルコを追い抜いたのだ。二台の車はいま、崖縁の曲がりくねった道を疾走している。通り過ぎたあとの崖がところどころ崩れ落ちた。はるか谷底の鋭い岩と泡立つ水が、インディの目の端に映った。

いまはインディに分が悪かった——彼は倒れた丸太や岩のあいだを抜け、新しい道を切り開かなくてはならない。そればかりか、スパルコはうしろから車をぶつけて彼らを崖から突き落とすこともできる。

そして、スパルコがそのことに気づかないはずはなかった。

スパルコはエンジンを吹かして彼らを追い上げた。

「彼女を先に行かせたほうがいいんじゃないか？」マックが言った。

「レディー・ファー

スト、ってことで」

「運転に口出しするな《バックシート・ドライヴァー》」

「おれの席は後部座席《バックシート》じゃないぞ」マックはドアに寄りかかって真下の岩に視線を落とした。「もっとも、そっちのほうがよかったが」

これ以上スピードは出せず、スパルコの追突を避けるのは絶望的になってきた。インディは足場の固いところを通ろうとしてハンドルと格闘していた。ジープが尻を振った。片方の後輪が道からはみ出して空転した。

「頼む、お願いだ……」インディはあせった。

スパルコのジープが、彼らを崖から落とそうとしてまた速度を上げた。車は二台だけだ。残りの隊列は置き去りにしてきた。マリオンはスピードを落として木の上のマットを探している。うまくすればマリオンがマットを見つけ、二人で逃げているかもしれない。インディもそうするつもりだった。

彼はギアを入れ替え、死にもの狂いで車を動かして崖から離れようとした。だが、エンジンが止まった。

何ということだ。

肩越しに振り返ると、スパルコがハンドルのうしろでにやにやしている。彼女のジープが前のめりになり、加速しながら向かってきた。

インディはエンジンをかけ直し、ギアをローに入れて思い切りアクセルを踏んだ。車輪が回転し、崖縁の土を激しくかき回した。ジープがさらにずり落ち、背後の崖が大きく崩れた。おかげで、スパルコは一時的にコースを外れなければならなかった。彼女は速度を落として崩れた場所を迂回し、ふたたびスピードを上げた。もはや止めることはできない。だがそれは、小道の上に張り出した木々のなかから、大きな影が落ちてくるまでのことだった。

それが落ちてきたとき、はためくライダージャケットがインディの目にとまった。若者だった！

マットはイリーナ・スパルコの真上に落ち、彼女を運転席からはじき出した。ジープはコントロールを失って蛇行し、まっすぐ崖縁に向かった。

「マット！」インディが叫んだ。

いったい何事だろうか、今日はみんなが彼を見て叫び声をあげる……

……とくに親と呼ばれる人物が。

マットには自分のやっていることがわかっていた。まあ、だいたいのところは。

彼は片手でハンドルを切り、崖縁からジープを離した。もう一方の手を伸ばし、シートの上に転がっていた黄麻布の袋をつかみ取った。

後部座席にいた兵士が彼に向かってきた——だが、マットはひとりで来たわけではない。木の上から、たくさんのサルがどっと落ちてきた。怒り狂ったサルだ。どのサルも仲間には手を出さない。逆上した叫び声をあげ、兵士たちに嚙みついたり引っかいたりした。

「ありがとう、アミーゴ！」マットは大声で言った。

マットは運転席によじ登り、フロントガラスを跳び越してボンネットに降りた。足下のジープが速度を落とすと、揺れながらボンネットの上を歩いていった。そして、車が充分近づくのを待ってスパルコのジープから飛び出し、いまにも谷に落ちそうなジョーンズの車の荷台に飛び降りた。

スパルコのジープは、そのまま蛇行をつづけて相手のリア・バンパーに軽くぶつかった。その衝撃が、うまい具合にジョーンズの車を固い足場へ押し出した。

車が急に走り出した。

「正気か、若造？」ジョーンズが叱った。

「あんたと同じだ！」

マットは後部座席のオックスリーの横に坐り込み、教授の膝を軽く叩いた。オックスリーはマットが届けた贈り物を見つめた。教授は黄麻布の袋を大事そうに手に取り、なかを覗《のぞ》いて満足げな笑みを浮かべてから、そっとスカルを取り出した。それは木漏れ日のなかで美しく輝いた。

やっと手に入れた。

マットがうしろに目を走らせた——ジープの助手席で、スパルコが立ち上がるところだった。彼女が腕を振り上げ、その手には剣が握られていた——マットがジープに転落したときになくした剣だ。彼女はその剣を槍のように投げつけた。それは、まっすぐ父親の後頭部に向かってきた。

マットは剣を自分のからだで受けとめようとして飛び上がった。

たとえジョーンズが誰かに殺されるとしても、それはスパルコであってはならなかった！

だが、オックスリーはスカルを空中高く掲げただけだった。剣の軌道がそれ――スカルの極端な磁性のせいだ――釣り鐘のような音を響かせてクリスタルの表面にぶつかった。

この間一髪の出来事に気づかないまま、インディがちらりと振り返った。「オックス、誰かが怪我をしないうちに、そんなもので遊ぶのはやめるんだ」

そのうしろで、スパルコのジープが轟音を立てて息を吹き返し、彼らを追ってきた。

まだ、終わってはいなかった。

一キロメートル半ほど手前では、ダフチェンコがカーチェイスの跡をたどりながら上半分を切り取られた兵員輸送車を転がしていた。

ダフチェンコは身を乗り出して、ハンドルを握っていた。唇を真一文字に結び、その目は一対の氷の槍のようだった。

彼は運転しながら道端に取り残された兵士を集め、少しずつ兵力を増強して急襲の第一線部隊のような一団を作り上げていた。そして同じく急襲のように、地形のことも考えずに独自のルートを模索していた。

充分な人員を確保すると、ダフチェンコはくねくねと曲がりくねった小道を外れ、兵員輸送車で未開のジャングルを突っ切ることにした。トラックはまっすぐジョーンズに狙いを定めている。ダフチェンコは唯一の目的を胸に抱き、鼻の下に滴る血を拭った。

あのアメリカ人に思い知らせてやる。

41

　インディは崖縁に沿って飛ばしていた。右手の峡谷の勾配《こうばい》が緩くなってきた。泡立つ水の目に入る頻度が増していく。川の流れは激しく、水底で渦巻いていた。

　行く手の小道が突然峡谷を離れ、急勾配の上り坂になった。インディはジープのエンジンを吹かし、急いで小道を上っていった。丘の向こうに何が待ち受けているかわからないが、うしろから追ってくるもののことはわかっている。ときおり、ライフルの銃声が響きわたった。この小道が曲がりくねっていることだけが、彼らが生きていられる理由だった。

　だが、インディはスパルコが、いくぶん警戒しながら追跡しているのではないかとも思っていた。彼女はあれから、一度も追突してこない。銃声すら、本気ではなくて威嚇のためだった。彼女はジープを崖から落とす危険を冒したくないのだ。川に落とされたくないものを、彼らが持っているかぎりは。

　インディはバックミラーに目をやった。オックスリーは膝に載せたスカルを優しく支え、まるで子どもを身ごもっているようだ。教授は喜びに満ちあふれた満足の笑みを浮かべている。いまはスカルが、スパルコの最悪の復讐から彼らを守っている。だが、盗まれたものを取り返すまでは、彼女は決して追跡をやめないはずだ。

彼らの唯一の希望は、ジャングルのなかで彼女をまくことにかかっていた。

そう思って、インディはアクセルをいっぱいに踏んだ。ジープはスピードを上げて突っ走った。急な坂を上り切ったところで、車が一メートル近くも宙を飛んだ――そして地面に叩きつけられ、みんなをぎくりとさせた。

長い坂を猛スピードで下りながら、インディは前方の不可解な光景に目をとめた。軟らかい土と砂の山が道幅いっぱいにそびえ立ち、その先のジャングルを塞いでいる。まるで、百台ものダンプカーがジャングルのまん中までやって来て、ここに降ろしていったかのようだ。

インディはブレーキをかけたが間に合わなかった。

ジープは上りの斜面に突っ込んで途中まで上がった――すると、タイヤが軟らかい土にめり込んで車の牽引力がなくなった。ジープは車軸まで泥に埋まった。エンジンが止まった。

突然の静寂のなかで、うしろから二台目のエンジンの轟音が聞こえてきた。

インディは振り向いて稜線《りようせん》に目を凝らした。

「出発の時間だ!」インディが怒鳴った。

一行は別々のドアから大急ぎで車を降り、足を滑らせながら斜面を下った。マックはオックスリーに手を貸し、オックスリーはスカルの入った黄麻布の袋をしっかり握りしめていた。インディはマットの肘をつかみ、引きずるようにして丘を駆け下りた。

だが、手遅れだった。

スパルコのジープが稜線を越えて宙を飛んだ。彼女はインディの二倍のスピードで丘を越えたにちがいない。ジープは高く飛び上がり、砂山の頂上に達した——そして、山頂に落ちてバンパーまで埋まった。

足を止めてぼんやり見とれているわけにはいかなかった。インディはみんなを急き立てて先へ進んだ。

マットが足下を指さした。「言っただろ、ここには巨大なアリがいるんだ！」

インディは眉をひそめたが、若者が指さしたところを目で追った。インディの手を広げた長さの赤いファイアーアントが二四、ちょこちょこ走り回りながら自分の仕事をしていた。

インディは巨大なアリの顎《あご》から背後の砂山へと視線を移した。突然、ジープが衝突した相手の正体に気づき、マットを急がせた。インディはマックとオックスリーに向かって狂ったように手を振った。

「走れ！」

丘の頂上では、イリーナ・スパルコが運転席で上体を起こした。衝撃でまだ頭がぼうっとしている。彼女は何とかショックから立ち直り、イヌイットの深呼吸の技法を使って全神経をいまの状況に集中させようとしていた。周囲を見回すと、丘の下の方にアメリカ人のジープが見えた。

ジョーンズ博士たちが逃げていくのも目にとまった。

彼らはいやに慌てているように見える。

まあ、当然だろう。

スパルコは隣の兵士に勢いよく顔を向けた。彼はうめき声をあげて額をこすった。ダッシュボードにぶつかったところに、すでに瘤《こぶ》ができていた。

こうなったら自分でやるしかない。

スパルコは手を伸ばして兵士の武器を取り上げ、逃げていく捕虜の方へ向き直った。そして腕を伸ばし、両手でピストルを包み込んだ。息を凝らし、心を落ち着け、狙いを定めた。

ジョーンズ博士に照準を合わせた。

もはや、うっかり彼を――ひいてはスカルを――激流に追い落とす心配はなくなった。この有利な位置からひとりずつ狙い撃ち、あとからスカルを拾いにいけばいいのだ。

スパルコの視線を感じ取ったかのように、ジョーンズ博士は不意に足を止め、その方向へ目を向けた。二人の視線が絡み合った。

さようなら、ジョーンズ博士。

銃が発射されるより早く、昆虫のクルミ大の頭が銃身の先端に飛び出して視界を塞ぎ、長い触覚を振った。彼女が驚いてのけぞると、その生き物が上がってきて全身を現わした。

巨大なファイアーアントだった。

スパルコは仰天し、引き金にかけたその指が痙攣《けいれん》した。一発の銃弾がジャングルに向かって発射された。その音が彼女を――そして、アリを――驚かせた。

生き物はすばやく銃の上に身を乗り出し、彼女の親指の肉に顎《あご》を食い込ませた。

痛みのせいで彼女の口からあえぎ声が漏れた。

スパルコはアリをドアの側柱に叩きつけ、慌てて運転席の上に立ち上がった。アリが次次に現われた。通気口から這い出し、ペダルの周囲から入りこんできた。アリはどんどん増えてジープに群がり、彼女の方へ上ってきた。

スパルコは高い場所を求めてフロントガラスを跳び越え、ジープのボンネットに乗った。四方の砂のなかから、アリが次々と湧き出してくる。左を見ると、丘の頂に開いた穴から無数のアリがとめどなくあふれ出していた。彼らは渦を巻き、重なり合い、海のように広がり、身もだえしながらジープに向かってくる。彼らが押し寄せてくると、穴から湧き出る強い悪臭がいっしょに漂ってきた。

腐った肉の臭い。スパルコにはそれが何かわかった。

食べ物だ。

この群れは肉食性なのだ。

ジープの助手席でぼうっとしていた兵士が、突然、顔をつかんでわめいた。彼は痛みのせいで完全に目を覚まし、叫びながらスパルコの方に顔を向けた。顔半分がアリに覆われ、血が首を伝い落ちた。彼は死にもの狂いで逃げようとして、ジープから砂の上に落ちた。

ひとつの失敗が彼の運命を決めた。

アリの波が、たちまち彼のからだを呑《の》み込んだ。

彼は悲鳴をあげて必死で這い出そうとしていた。

42

「これは巨大なアリ塚だ！」インディは息を呑《の》み、彼らを斜面の下へ追いやった。

「なんてことだ！」マックがうめき声をあげた。

丘のふもとに近づいたところで、インディは振り向いた。ジープのボンネットの上に、スパルコが立っていた。波打つ赤い海が彼女の周りに押し寄せ、空腹と怒りの火山となって斜面を下ってくる。

「シアフ」インディがつぶやいた。

マットがちらりと目をやった。

「軍隊アリだ」インディは説明し、彼らを急き立てた。「小さなものでも、骨から肉をはぎ取ることができる。川まで行かなくては」

インディはかつて、中央アフリカやアジアのジャングルで軍隊アリに遭遇したことがある。彼らは二千万匹ものコロニーを形成し、いったん移動をはじめると止めることのできない力になる。彼らが食べ物を求めて大群で移動するあいだは、ジャングル中の生き物がその通り道から避難する。頑丈な皮膚を持ったゾウでさえ、その進路からは先を争って逃げ出す。

そしてそれらのアリは、ここにいる巨大なアリの小さな親類にすぎない。

インディはもう一度振り返ってみた。アリ塚の頂から、スパルコはまだ移動していなかった。まったく同じ位置に、彫像のようにひっそりと立っている。死を招く海の向こうから、スパルコはインディの目をじっと見つめた。インディは彼女の憎しみを、彼を殺したいという欲望を感じ取った。それればかりか、彼女は片手にピストルを構え、インディを狙ってさえいる——だが、彼女に撃つ勇気はなかった。

彼女が生きたいと思っているなら。

銃声は攻撃的なアリを彼女に向かわせるだろう。彼女が生き残る唯一の望みは、ありのままの景色に溶け込み、決して敵意や脅威を感じさせないことだ。

そして、それはインディにも都合がよかった。

さしあたって彼女の危険がなくなり、彼は仲間たちを近くの稜線まで連れていった。急がなければならない。マックとマットはオックスリーを両側からはさんで引っ張った。坂を上りきったところで、インディは渦巻く赤い海に目をやった。コロニーはアリ塚のふもとまで押し寄せ、彼らのあとから尾根を登って驚くべき速さで迫ってくる。

インディは振り返った。「急げ!」彼は叫んだ。

彼らが尾根の反対側に逃げると、奇妙なうなりが次第に大きくなってきた。最初、インディは波打ち泡立つ川の音だと思った。だが、それは逆の方向から聞こえてくる。彼は空を見上げた。

あれは遠い雷だろうか？

ふもとまでたどり着くと、答えが見つかった。右手のジャングルから、巨大な車が警笛を鳴らしながら小道に飛び出してきた。

それは屋根の切り取られた、疵だらけのロシアの兵員輸送車だった。

車は甲高いブレーキ音を立てて小道を横切った。峡谷に落ちないように、横滑りして尻を振った。そして最後にもう一度カタカタ音を立ててから排気ガスを吐き、川への道を塞ぐように止まった。

運転席のドアが勢いよく開き、見慣れた野獣が飛び出してきた。

ダフチェンコ大佐。

ロシア人は暴走する機関車のようにまっすぐインディに突進してきた。その顔は怒りと復讐心から冷酷な表情をしていた。

インディは後退りして仲間から離れ、ロシア大佐を引きつけてから叫んだ。「川だ！川の方へ下りろ！」

オックスリーはうなずいたが、すぐに地面に寝そべった。草のまん中で手足を伸ばし、スカルの上に腹這いになった。

マットが彼を立ち上がらせようとした。

教授を見捨てる気になれないのだろう。インディは大声でマックに言った。「若造を川へ連れてってくれ」

マックはうなずいてマットの肘をつかみ、からだごと抱きかかえるようにして峡谷の方へ引っ張っていった。

機関車がインディに衝突した。

「放してくれ！　オックスのところへ行かなくちゃ！」

マットがもがいたが、この年上のイギリス人は見かけより力があった。もっとも、恐怖から生まれた力かもしれないが。だが、マットは抵抗した。オックスリーを残しては、どこへも行く気はない。

ついに、マックが手前の稜線を指さした。あれに呑《の》み込まれるのは時間の問題だ。アリはすでに頂に達し、ふもとに向かって押し寄せてくる。「すぐにやつらが来る。おまえがアリの餌になったら、誰かを助けることなんかできないんだぞ。わかったか？　オックスリーのことはインディアナに任せておけ」

マットは躊躇《ちゅうちょ》していた。

「知らないかもしれんが、おまえの父さんは、これよりひどい窮地を切り抜けたことがあるんだ」

マットが顔を向けると、ジョーンズが腹に拳を食らって持ち上げられるところだった。

マックはマットをぐいっと引っ張った。「わかった、これよりひどくはないかもしれない。だが、この状況からうまく抜け出せるやつがいるとしたら、そいつはインディアナだ」

マットがようやく首を縦に振った。

二人はいっしょに峡谷に向かって突っ走った。だが、ひとつ問題があった。

兵員輸送車だ。

輸送車が行く手を阻み、ライフルがずらりとこちらを向いている。兵士たちは二度と彼らを逃がさないつもりだ。マックとマットは左へ迂回しようとしたが、トラックが重々しいエンジン音を立てながらじりじりと同じ方向に進んで彼らを閉じこめた。

マットはうしろの坂道に目を走らせた。

アリの大群がこっちへ向かってくる。

彼らは逃げ場を失った。

マックはこの苦境に顔をしかめた。「どうやらおれたちも、インディに助けてもらわなきゃならなくなりそうだ」

マリオンはすぐに状況を呑《の》み込んだ。

ダックはエンジンをかけたまま停まっている。兵員輸送車がジャングルから飛び出してきたので、彼女は水陸両用車を人目につかないところに隠したのだ。

連中は最短ルートを通ったにちがいない。共産主義者がルールを守るなどと思ったら大まちがいだ。

マリオンはこれ以上待っているつもりはなかった。

アクセルをいっぱいに踏むと、アイドリングをしていたダックが飛び出した。彼女は矢のような速さで舳先《へさき》を輸送車の前に突っ込んだ——息子とのあいだに。

彼女の望みどおり、ダックの騒音と急な出現がトラックの兵士たちの不意を突いた。しかも、彼女が乗っているのは彼らの車だ。ロシア兵がためらっているあいだに、彼女は息子と銃のあいだに割り込んだ。

「乗って！」彼女はマットとマックに叫んだ。

ロシア兵はマリオンが仲間でないことに気づき、ようやく発砲をはじめた。耳を聾《ろう》する騒音が響きわたった。

マリオンはからだを低くしてうずくまった。弾丸がダックの装甲した脇腹に当たってはね返った。マットとマックはダックの車体を楯にして何とかなかに乗り込み、ばったりと床に倒れた。

「川へ行かなくちゃ、母さん！」マットが叫んだ。

「そのつもりよ。でも、まず——」マリオンはギアをバックに入れた。「——オックスとあなたのお父さんを乗せないと」

マックが口を開いた。「マリオン、インディはおれたちだけで行けと言ったぞ」

マリオンはアクセルを踏んだ。「マック、いつからわたしがジョーンズの言うことを聞くようになったっていうわけ？」

43

インディは頭から爪先まで、傷ついていないところが残っていなかった。これだけ叩かれれば、肉が充分軟らかくなってアリも喜ぶにちがいない。彼とダフチェンコはたがいに殴り合っていたが、ロシア人はインディの拳を、背中をポンと叩かれたくらいにしか感じていないようだった。

少しまえ、インディは銃声にはっとしてあたりを見回した。

やがてマリオンの叫び声が聞こえ、大丈夫だということがわかった。

少し離れたところでは、オックスリーが相変わらず地面に腹這いになっていた。彼は両腕でクリスタル・スカルを抱え込んでいる。そこからそう遠くないところで、ファイアーアントの流れが尾根を越え、しかも教授に向かってどんどん近づいてくる。

インディはダフチェンコのパンチやキックを受けるたびに、少しずつオックスリーに近づくような位置をとった。友人を移動させなければならない。

ダフチェンコはインディを圧倒していた。彼のからだで唯一血がついているのは指の関節だけだが、インディはその大部分がロシア人の血ではないと踏んでいた。

インディがダフチェンコに向かって拳を振った。だが、その腕は近くを通っただけだった。すぐに重い拳が繰り出され、インディの胸骨に命中した。インディはうしろ向きに飛んでオックスリーの隣にひっくり返った。

「ヘンリー・ジョーンズ・ジュニア」そう言うと、オックスは魅力的な笑みを浮かべてインディを見つめた。

インディはあえいだ――それが精いっぱいだった。彼は胸をさすった。いいだろう、つまりダフチェンコは新たに傷つける場所を見つけたわけだ。そのパンチは心臓まで達するかと思えた。

彼はからだを回転させて立ち上がり、咳き込みながら肩越しに目をやった。

どれくらい近くまで――?

――あっ――

横に広がったアリの大群が、ほんの数メートルのところまで迫っていた。逃げ切る見込みはなかったが、やってみるしかなかった。インディはかがみ込んでオックスリーを引っ張り上げた。教授はそれに逆らって身を振りほどき、木漏れ日のなかにクリスタル・スカルを掲げた。

スカルが燦然《さんぜん》と輝いた。

まるでその輝きに臆したかのように、アリの流れが二人の手前で分かれ、そこだけ島のように残して先へ進んでいった。

だが、そこにいるのはアリだけではなかった。

ダフチェンコがひと声吠え、雄牛のように突っ込んできた。

今度はインディにも覚悟ができていた。このロシアの大佐にはうんざりしていた。彼は雄牛に向き合って身構え、ダフチェンコの長い腕をかいくぐった。

インディは思い切りぶつかり、ダフチェンコを肩に載せて跳ね上げた。敵は自分の体重と勢いのせいで吹っ飛んだ。今度は、ダフチェンコが仰向けに倒れる番だった。

アリの流れのまん中に。

ダフチェンコは肘を立てて背中を起こしたが、ものの数秒でアリの大群が全身を覆いつくした。彼はひと声鋭い悲鳴をあげた——やがてアリがその口に殺到し、鼻の穴に入りこみ、耳の穴にもぐり込み、彼の声が途切れた。ダフチェンコは上体を倒して身もだえをし、無言の苦悶に手足をばたつかせながら塊のなかで食べつくされていった。

やがて、ダフチェンコのからだが地面を動きはじめた。

最初、インディはロシア人が這っているのだと思い、その気丈さに舌を巻いた。やがて、彼のからだが地面から五センチほど浮いているらしいことに気づいた。

大きな塊はアリの海に運ばれ、アリ塚に向かっていた。

どうやら、夕食の鐘が鳴ったらしい。

今夜のメニューに載っているのは。

ロシア人。

マリオンはダックをバックさせていた。

バックミラーのなかに、オックスリーを腕に抱えたインディが見えた。教授はクリスタル・スカルを高々と掲げている。インディは男の体重に耐え、ゆっくり彼女の方へ歩いてきた。だが、一歩足を踏み出すごとに彼の足下からアリが離れていく。まるで、紅海を渡るモーゼのようだ。

彼女たちはそれほど幸運ではなかった。

アリは固い塊となって台地を覆いつくしていた。その通り道にあるすべてのものに群がり、ロシアの兵員輸送車ももっと小さいダックも例外ではなかった。

マットとマックはわめきながらアリを叩いた。

数匹がマリオンの脚を上へ下へと走り回っている。

峡谷のそばでは、ロシア兵が立ち往生したトラックから我先に降り、ロープや登攀《とはん》用具や、アリから逃げるための道具を手当たり次第に使って逃れようとしていた。彼らも敵と同じことを考えているのだ。

水のなかへ。

マリオンはやっとインディの傍《かたわ》らにたどり着いた。「あんた、乗っていく？」彼女はそう訊いたが、ことばの裏にある安堵の響きを隠そうと苦労していた。

インディは打ちのめされ、血まみれで傷だらけだった。それでもマリオンは何か気の利いた返事が返ってくるものと思っていたが、彼は笑みを返しただけだった。疲れ果て、見たこともないほど怯えている。彼女はそのことが何より恐ろしかった。

「ありがとう、マリオン」

インディはマックにオックスリーを頼み、急いで助手席に乗り込んだ。

彼がシートに腰を下ろすと、その手が密かにフロントシートを横切り、マリオンの手を探し当てて握りしめた。その人目につかないしぐさが、彼女の心にまといついた冷たい恐怖を芯まで温めてくれる。

「いまはどこの景色がいいんだ？」彼が訊いた。

マリオンはほっとして自信を取り戻し、ワイパーを動かしてアリを払い落とした。そして、アクセルを踏んでまっすぐ峡谷を目指した。

逃走の方向に気づいたインディが、指に力をこめた。「ハニー、やめるんだ。でないと、崖から落ちてしまう」

「そのつもりだもの、ジョーンズ」

インディは彼女に顔を向けた。「そいつはいい考えじゃない！　おれにハンドルをよこせ！」

マリオンは、彼女がいやというほど見てきた表情、インディ独特のあっけらかんとした笑みを浮かべた。そして、その笑みに必ずといっていいほどついてくることばも口にした。

「わたしを信じて！」

マリオンはエンジンを吹かしてスピードを上げた。ロシア兵たちが両側に身を退いた。彼女は兵士たちを無視して断崖へ突進し、崖縁から飛び出した。

44

スパルコは近くの高台を包む悲鳴に耳を傾けていたが、平静を保っていた。ネパールの修道僧が編み出した脈拍と呼吸と体温をコントロールする技法を使い、ジープのボンネットの上で身じろぎひとつせずに待っていたのだ。修道僧たちは、無になる方法を彼女に伝授していた。

スパルコはここで、それと同じ状態になろうとした。

彼女は何ものでもない、注目されるものではない。

これまでのところは、アリは微動だにしない彼女を無視していた。

彼女はアリが巣を空にするのを待っていた。静かに立っていると、アリ塚の頂上からあふれ出る川のような流れが遅くなり、次第に細くなって滴りとなった。コロニーが戻ってくるまでの短いあいだしかチャンスはない、そう思った彼女はついに動いた。彼女は充分注意してそろそろとボンネットから下りた。脚を伸ばして軟らかい砂と土を試してみた――はじめは片脚で、それからもう一方の脚で。

襲ってくるものはない。

満足したスパルコは、そっと足を運びながら用心深く丘を横切った。呼吸をコントロールし、慎重に斜面を滑り降りた。一方、アリの大群からは目を離さなかった。丘の穴から充分離れたところで、足を速めてふもとへ向かって駆け下りた。

固い地面のところまでくると、スパルコは足を止めて最良のルートを考えた。悲鳴はまだ高台にこだましている。そちらの方角はだめだ。彼女は悲鳴に背を向け、別の道を通ってジャングルを目指した。川へのだいたいの方向はわかっているので、そちらへ向かったのだ。スパルコは目標を心にとどめ、恐怖と懸念を押し戻した。

何としても仲間に合流しなくては。

そして、ジョーンズ博士を捜し出すのだ。


ダックが崖縁から離れると、インディは片手でマリオンの腕をつかみ、もう一方の手でドアの取っ手を握った。

空中に飛び出した車は、一瞬その場に止まったかのように思えた——そして、胃が喉元までせり上がるような勢いで落ちていった。ロープにしがみついた兵士が鈴生《すずな》りの絶壁を、猛スピードで通り過ぎた。

インディが絞め殺されるような声で叫んだ。「マリオーーーン！」

ダックはすぐに絶壁の途中の何かにぶつかり、急に止まった。インディは前に投げ出され、ダッシュボードで額をしたたか打った。

いったい何が……？

インディはぼんやりしたままシートに戻ってからだを起こし、ドアの縁から頭を出してみた。断崖の途中の岩棚にでもぶつかったのだろうか？　だが、下を覗《のぞ》いてみると、目に入るのは枝と木の葉と、その向こうの鋭い岩の上で渦巻く水だけだった。彼は呆然として視線を断崖に戻し、それからマリオンに向けた。インディは自分たちがどこに着地したかを悟った。それは葉の生い茂るキャッチャーミットのように、断崖の途中からまっすぐ突き出ていた。

「木か？」彼は唾を飲み込んで言った。「きみはこんな木の上におれたちを降ろしたのか？」

マリオンは肩をすくめてエンジンを吹かした。タイヤが空転し、枝から葉をむしり取った。「この木ならさっき見たわ！　登っていくときに！　ここなら断崖もそんなに高くないわよ！」

インディは首を伸ばして断崖を見上げた。寿命が一年縮まるくらいの高さはある。

しかも、難問がなくなったわけではない。

ロシア兵がロープを伝い、次から次へと彼らの方へ下りてくる。

そして、そのうしろからは――アリの大群が押し寄せ、深紅色の滝となって流れ落ちてくる。

「ここにいるわけにはいかない！」高速回転するエンジンの金属的な音に負けまいと、インディが怒鳴った。

車の重みで木がゆっくりとたわみ、ダックががくんと揺れた。後輪のうしろで、太い根が崖からはがれた。岩の塊が眼下で砕け散った。木がゆっくりと下がり、車が不安定に傾いた。

下へ、下へ、下へ……

五人が息を殺していると、ロシア兵の最初の一団が通り過ぎていった。男たちは落ちかけているダックに見向きもしなかった。いま生き延びることに必死で、積年の恨みは二の次なのだ。アリのコロニーが大群で逃げる兵士を追いかけている。上から、ひとりが落ちた。アリに覆いつくされて悲鳴をあげながら。

そのあいだに、ダックは鼻先からゆっくりと傾いて垂直になろうとしていた。インディはフロントガラス越しに、下を流れる膨れ上がった川の縁に砂浜があるのを見つけた。そこならそう遠くない。実際、彼らの車の鼻先は岸から一メートルほどしか離れていなかった。木は下がりつづけ、車の重心がずれた。ダックは曲がった幹を滑り落ちはじめた。枝が車体に当たって落ちた。木の葉が雨のように砂の上に降った。ダックもあとにつづこうとしている。

「しっかりつかまれ！」インディが怒鳴った。

警告は無用だった。木がそのまま曲がっていき、ダックは滑りつづけてあっという間に前輪を砂の上につけた。軽い衝撃のほかはほとんど何事もなく、車はスムーズに岸へ乗り上げた。

谷底に集まっていたロシア兵は、彼らの奇妙な着陸に口をあんぐりと開けて見とれていたが、ゆっくりとライフルを上げて彼らに狙いを定めた。

だが、ダックが木から離れてその重量が太い枝を外れると、たちまち木が勢いよくはね返って巨大なハエ叩きのように絶壁を叩いた。衝撃で二人の兵士がロープを放した。

なお悪いことに、木は絶壁からアリの大群を払い落とした。

危険な大群が、下で見とれるロシア人の上に降り注いだ。もう武器どころではなかった。砂浜を突っ切って川に飛び込むダックのうしろから、怒声と悲鳴が追いかけてきた。

ダックは水に飛び込むと水陸両用車の本領を発揮し、水面を小刻みに上下しながら猛スピードで広い川に入っていった。速い流れが車をとらえ、二つの敵から彼らを無事に引き離した。アリとロシア人だ。

何とか切り抜けた。

アドレナリンで胸をどきどきさせたまま、インディは満面に笑みを浮かべた。

オックスリーは興奮で身を震わせながら下流を指さした。彼も可能性の低い危険な脱出を成功させたことに浮かれているのだろう。「下流だ！」教授は叫んだ。「下流へ向かえ！」

ボートがくるくると回転した。だが、マリオンはその牽引力や方向をコントロールできないようだった。彼女はハンドルを左右に切った。だが、何も変わらない。彼らはまだ流れに身を任せるしかなかった。

「下流だぞ！　下流だ！」オックスリーはそう言って夢中で腕を突き出し、もう一度指さした。もう一方の腕にはスカルをしっかり抱いている。

インディはオックスリーの指す方向を確かめた。少なくとも、流れは彼らをその方向へ運んでいる。彼は友人の肩を叩いた。「そっちへ向かってるんだ。落ち着けよ」

マックはオックスリーに手を貸してシートに坐らせ、後部座席から身を乗り出してダッシュボードのスイッチを指さした。彼はマリオンに言った。「そいつを上にやるんだ、マリオン。そうすればあら不思議、きみは車の運転手からモーターボートの操縦士に早変わりだ」

マリオンは肩越しに目をやり、男をまじまじと見つめた。だが、言われるままにスイッチを上に倒した。

新しいエンジンが始動した。インディの尻の下のシートが低くとどろいた。彼はダックの右舷から身を乗り出し、車の車輪がボートの横腹に引っ込むのを眺めていた。ボートのスクリューが動き出すと、泡立った水が船尾から噴き出した。

マリオンは片手をハンドルに置き、回転するボートをまっすぐに立て直した。彼女は笑みを浮かべてインディを見た。インディは肩をすくめ、むっつりした顔で感心していた。

マットがうしろから身を乗り出した。「いいぞ、母さん！」

マットがからだを退くとインディは腕を滑らせ、マリオンの空いている手を自分の手で包み込んだ。そして、きつく握った。彼は放そうとしなかった。

今度こそ。

45

ボートは川の平坦な部分をゆっくりと進み、マットはシートの背にゆったりともたれかかっていた。後部座席のドアに脚を立てかけ、足首を交差させている。

マットの目は川に向けられていたが、彼は誰かの視線を感じた。振り返ってみると、インディが助手席からうしろを見つめていた。

「どうしたんだ？」マットは訊いた。

「スパルコと戦っているおまえを見た」ジョーンズは剣を振り回すしぐさをしてみせた。「ああいうフェンシングは学校で習うのか？」

マットは肩をすくめた。「役に立たない体験のひとつとしてね」

「あれを〝役に立たない〟と呼ぶべきかどうか疑問だな」

彼の母親が、流れに沿ってボートを導きながら得意げな声で言った。「彼は二年つづけてフェンシングのチャンピオンになったのよ。でも、試合で賭けをして放校になったの」

彼女は肩越しに睨《にら》みつけるような視線をマットに投げた。

「何だって？」インディが大声をあげた。「何で放校になったって？　とんでもないことだ！」

マットは坐ったまま背筋を伸ばし、親指で自分の胸を指した。「おれは自分が勝つほうに賭けたんだ。ひと財産できた。そいつのどこが悪い？」

マックがマットの背中を叩いた。「でかした！」それからイギリス人は顔を近づけ、もっと真剣な口調で言い足した。「だが、おまえは確かにまちがいを犯しているぞ、若造」

「どんな？」

「必ず反対側にも少し賭けるんだ。負けるといけないからな」

マットはこの助言をじっくり考え、おもむろにうなずいた。それなら筋が通る。あらゆる方面から保険を掛けるということだ。なぜ自分はそのことを考えてみなかったのだろう？

ジョーンズは助手席で目をぐるりと回してみせた。彼は何か言おうとしたようだったが、急にボートがガタガタと音を立てて揺れはじめた。誰もが最悪の場合を予想し、緊張が走った。

「川が荒くなってきたわ」マリオンが言った。

マットは慌ててからだを起こし、川下に視線を走らせて指さした。「先の方に早瀬がある。でも、それほどひどくはなさそうだ。うまく乗り切れるよ、母さん」

母親はマットの腕を軽く叩いて笑みを返した。彼女は流れの穏やかな方へボートを導いたが、流れはやはり速く、ダックは飛ぶように川を下っていった。

ボートが猛スピードで進んでいると、マックがマットに身を寄せてマリオンの方へ腕を伸ばし、握手を求めて手を差し出した。「ところで、おれはジョージ・マクヘイルだ。最初はすまなかった。二重スパイとか、いろいろあってね。実をいうと、おれはむしろ——」

ジョーンズがイギリス人の腕を押しのけた。「いますぐ彼女から手を引いてくれないか？」

「どういうことだ？」

ジョーンズは彼を睨《にら》みつけた。「おれが気づかないとでも思ってるのか？　おまえが彼女の前ではいつもにこにこしてるってことを。まるで唇が歯に貼り付いたみたいだ」

そのとき、さっきマットが見た早瀬にダックが入りこんだ。最初のうねりにぶつかって船首が勢いよく持ち上げられ、すぐに落ちて一瞬水をくぐった。船内が水浸しになった。

マットは水の壁に顔を直撃され、床に叩きつけられた。口に川の水があふれた。もがきながら起き上がり、咳き込んで水を吐き出した。ダックがもとどおりになったとき、マットは自分がボートの底の小さな水たまりに坐り込んでいるのに気づいた。彼は高いところへ移ろうとしたが、不意に刺すような痛みが手に広がるのを感じた。慌てて腕を水から引き上げると、虹色の腹をした魚が一本の指からぶら下がっていた。彼はぞっとして手を振り回した。

「わあっ！」マットはあえぎながら言った。「ピラニアだ！」

ほかのみんなも悲鳴をあげた。

マットはボートの外へ向けて大きく腕を振った。魚は空《くう》を飛んで川に落ちた。彼は血の出ている手を胸に引き寄せた。

それでも、悲鳴は止まなかった。

「何でもない！　おれは大丈夫だ！」マットは安心させるように言った。

ところが、小さなボートの乗員は誰ひとり彼を見ていなかった。全員の目が、前方に釘付けになっている。彼の母親はすさまじい集中力でハンドルを操作していた。

マットは不思議に思い、急いで高いところへ上って川を見下ろした。みんなの恐怖の源に気づいたとき、マットは目を見開いた。川が数メートル先で終わっている――そして、滝に落ち込んでいた。

横でオックスリーが興奮して叫んだ。「三度落下するんだ！」

マットの母親は流れと格闘をつづけたが、抜け出すことはできなかった。エンジンが息の詰まるような排気ガスを吐き出し、厳めしいスクリューが水面に激しく切り込んだ。だが、荒々しい流れにとらわれたまま、ダックは猛スピードで進んでいった。

逃げることはできない。マットは突入を覚悟した。

スパルコはロシア兵の生き残りを伴って川岸に立っていた。三台の車が急な坂道をのろのろと下り、集められた兵士のところへ運ばれてきた。彼女は部下の顔を見回した。いまでは全員が彼女の指揮下にある。追撃の途中のどこかで、ダフチェンコ大佐は姿を消していた。

　残っている者はそれほど少なかった。

　彼女の兵力の四分の三は——ロシアのスペッナズの精鋭だった——女と少年と老考古学者に殺された。ありえないことだ、と彼女は首を振った。だが、同時にその現実を受け入れてもいた。臆せずに先へ進むつもりだった。敵は川にいるのだ。川のルートをたどりながら残りの兵隊を探すしかなかった。

　三台の車がやって来ると、スパルコはもう待たなかった。まっすぐ先頭の車に近づいて乗り込んだ。

「乗りなさい！」彼女は大声で兵士たちに命じた。

　彼らは滝を落ちていった。

　ダックがまたしてもはらわたのねじれるような落下に突入する瞬間、インディは拳を固く握って脚を突っ張った。ボートからほとばしる絶叫が彼らを宙にとどめ、純粋な恐怖の力で空中高く運んでいくようだった——やがてダックは落下し、ふたたび川に突っ込んで沈んだが、すぐに浮かび上がった。

　大したことはなかった。

　インディは水を吐き出しながら安堵のため息を漏らした——だが、すぐ目の前に二つめの滝が迫っているのがわかった。彼らのボートは獰猛《どうもう》な流れの虜《とりこ》となってそこへ向かっている。

「下へ向かっている！」オックスリーが後部座席から叫んだ。

彼らはまた宙を飛んだ。インディは、ボートが尻の下からなくなるような気がした。一瞬、彼はシートを持ち上げた。ボートはすぐに川に衝突した。水が船内に流れ込み、インディはシートに叩きつけられて危うく流されそうになった。

彼はドアの取っ手につかまった。

ほかのみんなの安否を確かめた。誰もが震えているが、まだボートのなかにとどまっていた。

オックスリーが坐ったまま伸び上がった。「下へ向かっている！」

「落ち着け、オックス」インディが言った。「おまえはおれたちを川へ連れてきたかったんだな？　それは三度落下する、って？」

オックスリーは身を乗り出し、狂ったように指をさした。「下へ向かっている、下へ向かっている……」

マックが動いた。「彼が指しているのは川じゃないぞ、インディアナ」

マックの言うとおりだった。オックスは岸を指している。滝のそばのジグザグの小道だった。

下へ向かっている。

インディが目を凝らすと、ひと握りの車が慎重に小道を下ってくるのが見えた。そのトラックやジープには見覚えがある。

ロシア人だ。

「ばかな、狂ってる」

マリオンがインディに目をやった。「なに？」

インディは自分のまちがいに気づいた。「〝下へ向かう〟のは川のなかのことじゃなかった……川の横だ。それに、お客さんがやって来る」

彼はオックスリーを振り返った。教授は全身をがたがたと震わせている。インディはオックスリーが興奮しているものとばかり思っていたが、やっと本当のことがわかった。

それは興奮ではなかった――恐怖だったのだ。

インディのうしろから、音が聞こえた。

遠くの轟音がだんだん大きくなってきた。

三度目の落下。

インディは振り返り、その先の怪物と向き合った。川全体が渦巻く滝口を越えて落ち込んでいる。その先に川がつづいているかどうかもわからない。

あるのは空、そしてまた空。

「無理だ」インディがつぶやいた。「ボートに乗ったままでは」

「インディ？」マリオンの声が不安で張りつめていた。インディは何を言い出すつもりだろうかと怯えていた。

インディは全員に顔を向けた。「滝を越えたら、みんなすぐに船を捨てるんだ！　ボートから飛び出すんだ！　チャンスはそれしかない！」

どの目もインディを見つめるばかりだった。だが、インディには彼らが理解したことがわかった。彼は前を向き、ボートが奈落へと突っ込んでいくときに備えた。

悲鳴はなかった——次にやって来るものは悲鳴などですむようなものではなかった。ほかに頼るものはない。ボートは滝口を越えて空中に飛び出し、彼らは一斉に息を詰めた。ダックが船首を下に向けた。ふたたび目に飛び込んだ川は、信じられないほど低いところを流れていた。

インディには、彼らの希望はひとつしかないのがわかっていた。

「飛べ！」

第六部　失われた神殿

46

インディは水を足で蹴り、腕でかき、水面に浮き上がろうとしてもがいた。方向感覚がまったくなくなり、直感的に暗いところから出て明るい方へ向かった。肺が焼けつくようで、筋肉が痙攣を起こした。最後にもう一度力任せに水を蹴ると、ようやく顔が水から出た。インディは水面を思い切り叩いて伸び上がり、胸いっぱいに息を吸った。

ふたたびこの世界に戻ってきたインディを、万雷の拍手が迎えた。

インディは立ち泳ぎでゆっくり回りながらあたりを見回した。音の出所が見つかった。数メートルと離れていないところで、巨大な滝が水を叩いている。すさまじい水の勢いを恐れ、インディは泳いで滝から離れた。幸い、滝の下流に深い淵ができている。

水流に引っ張られるのを感じたが、それに逆らって水を蹴った。

立ちこめる靄《もや》を透かして水しぶきが見えた。声がしている。自分の名前が聞こえた。

「インディーーー！」

マリオン！

インディは声のする方へ泳いだ。近づいてみると、マリオンとマットが見えた。母と息子は岸へ向かって泳いでいる。

彼は二人に手を振った。「マリオン！」

彼女は振り向いて目を凝らし、その顔にほっとした表情が広がった。

「岸に上がるんだ！」インディは大声で言った。

彼は両岸とそのあいだに広がる水面を見わたした。

マックとオックスリーはどこへ行ったのか？

彼の不安が呼び寄せたのだろうか、すでに岸に上がっていた二人の人影が滝の端からよろよろと現われた。まるで溺れたドブネズミのようで、たがいに肩を貸し合っている。

インディは、マリオンとマットが川から上がろうとしているところへ向かった。二人は崩れ落ちるように苔の生えた岸辺に上がった。

水を含んだ服と格闘しながら二人に向かって泳いでいるあいだに、インディは周囲の様子を観察した。ここの空気は涼しいようだが、滝のせいで湿気が多い。ジャングルの木々や花の咲いたランが水際に迫っている。コンゴウインコが炎のような羽毛を輝かせて飛び立った。森の奥では、サルが侵入者を怪しむような鳴き声をあげている。

インディはようやく水際にたどり着いて川から這い上がった。体重はいつもの四倍に感じ、力は半分しかないように思えた。彼は肩を揺すってカバンを岸辺に下ろした。疲れ果てて立っていられず、知らないうちに四つん這いになっていた。彼はマリオンのところまで這っていった。マリオンは頭を上げて彼を迎えることすらできなかった。インディは彼女にすり寄り、腕をそのからだの下に差し入れて抱き寄せた。まるで家に帰ったような懐かしさだった。

インディはマリオンに顔を向けてその目を覗《のぞ》き込んだ。彼女のまつげの縁を親指の腹でなぞった。ずぶ濡れで、疲れ果て、溺れかかってはいたが、マリオンはいままでいちばん美しく見えた。

マリオンはインディの視線に気づき、温かい笑みをかすかに浮かべてようやく口を開いた。「疲れたわけじゃないんでしょ、インディ？」

「ベイビー、きみは知らないんだ」

「知ってるわよ。あなたの生き方のことなら。世界中の神に見捨てられた場所へ何度も行ってきたんでしょ？」

彼はため息をつき、優しい笑みを返した。「距離の問題じゃないよ、ハニー。年齢の問題なんだ」

二人は見つめ合った。インディも今回ばかりは疲れ果て、喧嘩をすることも言い返すこともできなかった。「マリオン……」

インディの口から発するその名は誓いのことばであり、祈りのことばだった。

先をつづけようとすると、下草のなかでカサカサという音がした。

うとうとしかけていたマットが跳ね起きた。髪の毛をあちこちに逆立て、半狂乱で周囲に目を走らせた。「いったい何だ、あれは？」

インディは仰向けになって肘を立てた。「落ち着け、若造。たぶん、シカかバクだろう」

オックスリーとマックが川辺のキャンプに到着した。

マックは三人のそばへ来てぺたりと尻をつき、すぐにひっくり返った。「あんなことはもうこりごりだ」彼は空に向かってつぶやいた。

びしょ濡れになった黄麻布の袋を抱え、オックスリーがうろうろと通り過ぎていった。長い落下のあいだも、教授はクリスタル・スカルを放さなかったのだ。

インディが眺めていると、オックスリーは水際まで歩いていき、川に背を向けて腰を下ろした。膝に載せた袋の口を開け、クリスタル・スカルを取り出して小石だらけの岸辺に置いた。

インディは興味を惹かれ、うめきながら立ち上がってふらふらと友人のところへ行った。マリオンとマットがついてきた。

スカルはオックスリーと同じ方向を見るように置かれた。インディは何かが聞こえたと思った。いや、空気の振動を感じただけかもしれない。それは次第に大きくなっている。

「見ろよ！」マットが声をあげた。

小さな小石や砂が震動をはじめた。やがて跳び上がってスカルの周りにゆっくり円を描きはじめた。

マリオンがインディに腕を絡ませてきた。「とてもきれい――でも、怖いわ」

インディは片手をかざした。彼はスカルの視線を追い、その方向を腕で示した。多雨林の外れ、その先に黒い断崖がそそり立っている。岩肌がごつごつとして、苔の生えた部分とランの花の咲く小道が縞のように見える。だが、スカルの視線の先にある断崖には、巨大な石の頭のレリーフが刻まれていた。レリーフの目は、顔と釣り合わないほど大きかった。

クリスタル・スカルのように。

隣で、オックスリーが歌うように言った。「あの日涙に濡れて見たその目を通して……」

金色の景色がふたたび現われる……

オックスリーの傍らでもじもじしていたマットが、覚えていた詩の行の後半を口にした。彼はその詩を知っていた！

「T・S・エリオットの引用だ！」マットが声に出して言った。

誰もが彼を見つめた。

マットは彼らを無視して歩き出し、オックスリーの隣にかがみ込んだ。「オックス、あんたがおれにあれを読ませたんだ、覚えてるかい？〝あの日涙に濡れて見たその目を通して、ここ死の夢の王国で、金色の景色がふたたび現われる〟」

オックスリーに、マットの言ったことが聞こえた様子はなかった。

だが、聞いていた者がいる。

マックがこの騒ぎに引き寄せられて近づいてきた。「金色の景色だって？　その響きが気に入った！　おれも仲間に入れてくれ」

マットはがっかりしたが、あきらめなかった。彼はからだを起こしてスカルの前に立った。スカルの目と同じ方向を見つめ、目を細めて神経を集中させた。ジョーンズも同じ表情でマットに並んだ。

断崖に刻み込まれた顔を見つめていたマットが、ゆっくりと腕を上げた。「よく見ると、左目から細い滝が流れ落ちている。涙みたいだ」

ジョーンズは断崖に向かって目を細めたが、結局、あきらめて首を振った。「おまえのほうが目がいいんだ。そのことばを信じるしかないだろう」

「〝涙に濡れた目を通して〟」マットはつぶやいた。

パズルの答えを考えながら、マットはジョーンズに見つめられているのを感じた。マットに解けるかどうか、見守っているかのようだ。マットは、この男がどう思っているかなど気にしたくはなかった……だが、本当は気にしていることが自分でもわかっていた。

マットはようやくジョーンズに顔を向けた。「つまり、あの滝をくぐり抜けなくちゃならないってことか……涙を通るって？」

ジョーンズはマットの肩を叩いた。「正解だ、若造。それがおれたちの目的地だ」

「あんな高いところへ？　道具もないのに？　あんた、正気か？」

ジョーンズは川縁に放り出してあったカバンのところへ歩いていった。「みんなは来なくてもいい。だが、あのスカルは返されるべきなんだ」

マットはジョーンズについていった。へとへとに疲れ、いくらか怯えてもいた。「誰が「返す《リターン》」っていうんだ？　そんなものトラブルを運んでくるだけだ」彼はオックスリーを気にするってオックスリーがオウム返しに言った。

指した。「ほら、彼を見ろよ」

ジョーンズはカバンを肩にかけた。「やらなくてはならないんだ」

マットの母親がマットのからだに腕を回した。「でも、なぜあなたなの、インディ？」

インディは肩をすくめた。「スカルがおれに頼んだからだ」

マットは信じられないというように首を振った。「スカルがあんたに頼んだって？　生命のない石の塊が？」

ジョーンズは歩きだした。「これに生命がないって、どうしてそう思うんだ？」

47

立ちこめる靄《もや》でびしょ濡れになり、インディはじっとりした岩に取り付いていた。からだ中が痛い。ジャングルを横切ってこの地点まで崖をよじ登るのに、半日かかっていた。道はどんどん険しくなり、足場が不安定になっていった。すべての足掛かりをいちいち確かめなければならない。滑りやすい苔や葉の茂った羊歯《しだ》や崩れ落ちてくる石は、全員を下のジャングルへ放り出す危険がある。

インディは沈みゆく夕日を見つめて息を呑《の》んだ。傾いた光が眼下の谷を、銀色に輝くヘビのような川に分断された影とエメラルドの世界に変えている。低い靄が幽霊のように立ちこめ、鳥のけたたましい声、獣の遠吠え、小動物の泣き叫ぶ声がジャングルに響きわたる。ここには原始の世界があった。

「おれの手から足をどけろ！」

まあ、完全なる原始の世界とはいえないかもしれない。

インディは視線を落とした。岩壁にしっかりとしがみつき、マリオンがすぐ下から登ってくる。マリオンの下で、マットとマックが言い争っていた。若者は小さな足掛かりの上でバランスをとりながら指を振っていた。

マックはまっ赤な顔をして汗だくになり、傷ついた表情をしている。「すまない、足が滑ったんだ」

「ぶつくさ言うんじゃない！」インディは自分でも思いがけない気迫で怒鳴った。彼はマットの不安定な足場を指した。「それに、覚えておけ、若造、つねに三点で岩に接触するんだ。安全第一だからな！」

マットは呆れた顔でぽかんとインディを見上げた。「これのどこが安全なんだ？」若者は首を振ったが、しっかりつかまり直してからぼそぼそとつぶやいた。「あんたも、あんたのしゃべるスカルもくそ食らえだ！」

「黙って歩け！」

インディはふたたび上を目指した。これよりまえ、ジャングルのなかを歩いているとき、スカルはただのクリスタルの塊ではない、というインディのことばの意味を仲間たちが訊きたがった。だが、インディは詳しいことを言わなかった——言えなかった。スカルが実際に話しかけてきたわけではないが、彼をここに向かわせる何かをスカルから感じ取り、それが次第に強迫観念のようなものになったのだ。いまでも、それは胸骨を引っ張られるような感覚として残っている。

リターン……

インディはスカルを覗《のぞ》き込んだことも覚えていた。彼はスカルの光に魅せられ、その光がまるで生きているかのように彼を駆り立てた。あのとき、もっと時間があれば……

マリオンが下から大声で言った。「インディ！　見て！」

彼女は上を指さした。

インディは頭を上げた。一行のもうひとりのメンバーが、上の方の岩によじ登っていた。オックスリーは朝の公園の散歩でもする調子で絶壁を移動している。足を止めて、岩の上のオウギワシの巣から帽子の予備の羽根を数本抜き取ろうとしたほどだ。

教授の上では、レリーフの巨大な目が峡谷を見わたしていた。目となるトンネルから水が湧き出ているせいか、真面目くさったストイックな表情がもの悲しくも見える。水は垂直の滝となって断崖から落ち、それがひと続きの銀色の瀑布となって岩肌を流れ落ちていた。

彼らはその涙をたどって断崖を登ってきた。インディはオックスリーの足掛かりや手掛かりをそのままたどっていった。教授はまえにもここへ来たことがあるので、インディは喜んで先頭を譲ったのだ。

マリオンに言われてオックスリーに目をやると、彼は小さな岩棚から飛び出してレリーフの目の下にある滝をくぐり抜けた。

マットの言うとおりだった。

涙をくぐり抜ける。

これを見て元気づけられ、インディの登るスピードが上がった。彼は岩棚にたどり着き、すさまじい水の流れに目を凝らした。入口はどこにも見あたらず、通路や洞窟があるようにも見えない。だが、オックスリーが〝教え〟の最後のステップを見せてくれた。

インディは腰をかがめ、水の向こうをめがけて跳び込んだ。

あまりの冷たさに、インディは全身を震わせた――やがて、半ば流されるようにトンネルの入口に入った。彼は驚くと同時にほっとして立ち上がった。

「インディ！」滝の轟音の向こうからマリオンの声がした。水の幕を透かして彼女の影がかろうじて見分けられる。

「大丈夫だ！」インディは彼女に叫んだ。「跳ぶんだ！　おれが受けとめてやる！　きみはただ――」

マリオンは終いまで聞かずに滝を抜け、ずぶ濡れになってまっすぐインディの腕に飛び込んできた。彼女はインディを見上げ、全身から水を滴らせながら笑みを浮かべた。「何て言ってたの？」

「何でもない」彼はそう言い、マリオンをトンネルの奥へ導いた。

マックが叫んだ。「行くぞ！」

もう二、三回、叫び声と跳び込みをくり返し、すぐに全員がトンネルの入口に集まった。

インディは、コパリの木の樹液を使ったたいまつを用意していた。アマゾンの原住民はこれを怪我の手当や風邪の治療に使う――だが同時に、これには可燃性の高い炭化水素が多く含まれていた。マッチを触れると、たいまつの端が勢いよく燃え上がった。薬のような刺激臭のある煙が、渦を巻いて天井まで立ち昇った。

インディはたいまつを掲げてトンネルを照らした。

「オックスリーはどこ?」マリオンが訊いた。

インディは眉をひそめ、たいまつを大きく振って見回した。さっきまでインディのそばにいたのだが。だが、もう姿を消している。通路のずっと先で、針の先ほどの太陽の光がトンネルの終わりを示していた。

インディが指さした。「あそこだ」

光のなかで、人影が腕を振りながら踊っていた。「ヘーーーンリー・ジョーーーンズ・ジューーーニア!」

「おれたちも行ったほうがいい」インディが言った。「彼を見失わないうちにな」

マットはすでにぶらぶらと歩き出していた。彼は手にしたたいまつを壁に近づけた。

「おい、こいつを見てみろよ」

インディは若者のところへ行った。

手の込んだ洞窟絵画が、壁いちめんの岩肌を覆っていた。いくつものパネルに分けられ、それぞれ独立した絵が描かれている。

「こっちもよ!」マリオンが正面の壁から叫んだ。彼女はたいまつを掲げた。

そちらの壁もやはり古代芸術で覆われている。インディはかつてフランスのラスコーの洞窟に行ったことがあるが、そこには紀元前一万五千年の有史前の洞窟絵画があり、ウマやウシやサイや巨大なネコが描かれていた。太古の昔から、それぞれの文化は彼らの生活のなかでいちばん大切なものを、芸術を通して記録し、記憶しようとしているのだ。

ここでも同じことが言えそうだ。

インディは左右の壁をたいまつで照らしながら通路を進んだ。絵画はトンネルのなかをずっとつづいている。それは完全に左右対称で、複雑で精密だった。それに加えて、このトンネルが実際には独立した部屋の連続で、まるで原始的なアートギャラリーのように次次と並んでいることもわかった。

それぞれの部屋には精巧な装飾が施されていた。

だが、誰によって？


スパルコは腰に手を当てて川岸に立っていた。水際の残骸を見つめていたのだ。でこぼこになり、ぐちゃぐちゃに潰れ、水浸しだったが、それが隊列のダックのうちの一台であることはわかった。部下の話によると、捕虜たちが川へ逃げるのに使ったという。彼女は水に浸かったダックをまじまじと見つめた。

ジョーンズ博士とその仲間は死んだのだろうか？

スパルコは深いため息をついた。

どうでもいい。彼女の部隊は前進をつづけるのだ。

だが、どこへ向かって。

スパルコは川に背を向け、その場に集まった部下の点呼をとった。前進をつづけられるのは、六十人いた部下のうちわずか一ダース《は》だった。しかも、その彼らさえ傷に包帯を巻いたり、アリに咬まれて顔や手足を腫らしたりしている。全員に崖登りができるわけではないだろう。だが、登れる者たちは精鋭中の精鋭だった。彼らは炎も恐怖もいとわずにここまで来た。彼女と同様、彼らは自分の価値を証明してきたわけだ。兵士たちはすでに登山用のハーネスとロープを分け与えられている。車はやむを得ず最後の滝の上に置いてきたが、装備はすべて運んできたのだ。

銃も含めて。

スパルコはジョーンズ博士がまだ生きていることを神に祈った。なぜなら、もし彼が……

目の裏に、燃えるような光が瞬間的に広がった。一瞬、目が見えなくなり、彼女は川岸に膝をついた。深い水に潜っているときのように、頭に痛いほどの圧力を感じた。いままで経験したことのない圧力だった。それは怖いような、浮き立つような気持ちだった。

やがて、その感覚が治まった。

ノー……

「コロネル・ドクター？」彼女の副官が気づかうように訊いた。

スパルコは首を振って立ち上がった。自分の感じた、精神的な落雷のように押し寄せる力の正体を悟り、スパルコはよろめきながら川から離れた。「彼らが……彼らが見つけたんだわ！　彼らはアカトルを見つけたのよ」

理由は説明できないが、スパルコにはそれがわかった。副官は彼女に手持ちの受信機を渡した。彼女は受信機を見つめ、おもむろに四方へ向けた。だが、針はひとつの方向を指しつづけていた。

スパルコは針の示す方向に目を凝らした。靄《もや》の立ちこめる断崖が連なる方向に。

そうだった……

ジャングルの向こうに、絶壁にうっすらと刻まれた巨大な顔がそびえ立っていた。その石のような表情を、彼女は見つめた。その目が彼女だけを見つめ、彼女に挑み、彼女を試しているように思えた。いまも頭がどきどき脈打っている。スパルコは心のなかで、この先に待ち受けているもののことを思った。

彼女はようやく見つけたのだ。

アカトルへの門を！

48

たいまつの明かりが揺らめき、パネルの絵を照らし出した。

マットの目の前で、ジョーンズは鼻がつきそうなほど洞窟絵画に顔を寄せた。壁の上では六人の人物が一列にひざまずき、太陽に向かって腕を差し上げている。ジョーンズは表面に軽く指を走らせた。そして、指の匂いを嗅いだ。

「黄土……木炭……酸化鉄」

マットはすでに独自の調査をはじめていた。壁に開けられた、たいまつを差し込む穴を見つけていた。彼は穴のひとつに燃えているたいまつを差し込み、その下の石を調べた。石は煤《すす》でまっ黒になっている。マットがジョーンズを真似て油じみた汚れに指を走らせると、煤は簡単にはがれた。それを嗅いでみると、彼らがたいまつに使った樹液と同じテレピン油のような匂いがした。

「新しい」マットがつぶやいた。「誰かがこの穴を使ったんだ。しかも、そう昔のことじゃない」

誰もマットの話に注意を払わなかった。

ジョーンズは絵から顔を離して背筋を伸ばした。「これはウグア部族が描いたにちがいない。アカトルの最初の住人だ」

たいして感心した様子もなく、マックが別のパネルに顔を近づけた。「どれくらい古いものなんだ？」

「一部は中石器時代のものだろう。ことによると、六……いや、八千年くらいまえのものかもしれない」

たいまつで絵画を照らしながら、一行はひとかたまりになってトンネルを進んだ。別のパネルの前で、ジョーンズが足を止めた。今度のパネルに描かれているのはもっと大きな集団で、やはりひざまずいて上の方を見つめている。だが今度は太陽の代わりに、空に浮かんで両腕を広げ、光を放っている人物が描かれていた。

「誰かがやって来たんだ」インディが自分の解釈を話して聞かせた。

彼らは奥へ足を進めた。炎が揺らめく影を壁に投げかけた。マットは恐怖で鳥肌が立った。

奇妙な背の高い人々はそのあとのパネルにも登場しつづけたが、今度は人々に交じって長い腕を突き出していた。絵の場面は様々で、彼らの日常生活の進歩を説明している。家の建築、金属の加工、土地の耕作。最後のパネルでは、ひとりの人物が腰巻きをした集団のまん中に足を組んで坐り、綿密に描かれた頭上の星空を指さしていた。

インディはパネルをひとつずつ説明していった。「訪問者たちがウグアに教えたんだ…

……建築、冶金《やきん》、灌漑《かんがい》、農耕、天文学……」

マットの母親が奥から大声で呼んだ。彼女は大きな絵の上にたいまつを掲げた。今度は等身大の絵だ。全員が彼女の周りに集まった。淡い色調で、横を向いた訪問者の上半身が精魂込めた精密さで描かれていた。その肌は滑らかで、白っぽく塗られている。みごとな芸術的技巧で、その不思議な表情のなかに知恵と安らぎの感覚が描き出されている。だが、それは明らかに人類ではなかった。

ジョーンズが手を伸ばして細長い頭蓋骨に指を這わせ、端が細くなっている大きな目の周りをなぞった。「スカルと同じだ」彼はつぶやいた。

次の部屋では、すべてのパネルに不思議な背の高い人物が描かれていた。彼らはひとかたまりになり、ローブをまとって民衆のなかで光を発している。それぞれの絵は、同じひとつのテーマを場面を変えて描いたものだった。

ジョーンズは絵画に目を据えたまま、壁に沿って一歩ずつ足を運んだ。片手を挙げたが触れようとはしなかった。「ここでは、彼らはいつもいっしょにいる。十三人だ。どの絵でも輪になっている。つねに、ひとかたまりになっているんだ」

「どういう意味だろう?」マットが訊いた。

ジョーンズは肩をすくめ、トンネルの奥を指した。

一行はつづけて隣の広い部屋に足を踏み入れた。ジョーンズは部屋の中央へ歩いていった。彼はその場で一周してから、手を振って仲間を呼んだ。マットとほかの仲間はジョーンズのそばに集まった。彼らは肩と肩をくっつけ合うようにして輪を作り、壁に向かってたいまつを掲げた。

この部屋にあるのはたった一枚の絵で、それが洞窟の周りをぐるりと取り囲んでいた。誰ひとり口を開く者はいない。ここに描かれているものに、畏れと恐怖を覚えたのだ。マットはパブロ・ピカソの描いた『ゲルニカ』という絵を見たことがある。ピカソの不朽の芸術作品には、攻撃を受けたスペインの村が描かれている。それは戦争の恐ろしさを露骨に描き出していた。悲鳴、苦痛、流血、暴虐、すべてが人間のむき出しの残忍性を含んでいた。

この部屋では、それと同じテーマが巨大な規模で描かれていた。

描かれた村のあちこちで、人々が走り回り、逃げ回っていた。深紅色のしぶきが散り、濡れているようにさえ見える。ひとりの女が赤ん坊を天高く掲げている。苦悶する女の腕から血が流れ出していた。村のそこかしこに死体が横たわり、積み重なっている。それより多くの者がロープに吊され、あるいは忍び返しに刺し貫かれていた。その血なまぐさい混乱のまん中で、流血と恐怖の根源である黄金色の鎧《よろい》を身につけた光り輝く人物が、胸当てと兜《かぶと》をつけた戦士に囲まれていた。

「征服者《コンキスタドール》だ」マットが言った。

スペイン人の周りでは、ウグアの原住民が侵略者を槍で攻撃し、腕を突き上げて奇妙な道具をくるくる回している。だが、侵略者はマスケット銃と角《つの》製の火薬入れを持っていた。

「コンキスタドールはエル・ドラードを探しにきたんだ」ジョーンズが静かに言った。「彼らは町で略奪をした。手当たり次第に奪ったんだ。スカルもその一部だ」

それは屈辱的で身の毛のよだつ話だった。ジョーンズが最後の部屋へ導いたとき、誰ひとり文句を言わなかった。流血から逃れられるのがうれしかったのだ。マットの頭のなかでは、悲鳴がまだ聞こえるようだった。

最後の部屋はすべてのなかで最も大きい、巨大な円形の部屋だった——そのドームはあまりに高く、たいまつの炎も天井に影を躍らせるだけだった。一行はのろのろと部屋を横切った。ここには絵は一枚もなかった。

骨だけだ。

壁には、まるで飛び出そうとしているかのような、古代の生物の化石が埋め込まれていた。一方の壁で、角を生やしたシカが驚いて首をのけぞらせ、跳び上がった姿勢のまま固まっている。そのうしろから、サーベルのような犬歯をしたピューマの骸骨が追いかけていた。永遠に岩に閉じこめられた、捕食者と獲物の戦いだ。

頭上のドームには骨になった鳥が舞い、羽ばたいていた。地上付近では、ヘビが岩に絡みつくようにしてとぐろを巻いている。岩の奥にはもっと大きな生き物がいるらしいが、それを示しているのはかぎ爪のかけらや骨だけになった片目の眼窩《がんか》だけだった。

だが、部屋のなかで何より印象的なのは、床から二メートル半ほどの高さに埋め込まれた十三個の骸骨の顔だった。それは部屋を囲むようにしてすべての壁に埋め込まれ、どことなく威嚇するような様子で侵入者を見下ろしている。

マットはまた鳥肌が立ち、悪寒が走った。

彼が顔のひとつの下に足を踏み入れると、何かが肩に滴り落ちたような気がした。振り向いて手を出してみると、水ではなくて砂と小石だった。彼はぽかんと骸骨の顔を見上げた――

――すると、その目が動いた。

よろけるように部屋の中央まで戻り、半分は警告のため、半分は恐怖のため、マットは叫んだ。

骸骨の顔が砕け、そのうしろから何かが身をくねらせて出てきた――泥にまみれたぬるぬるとしたものが、のたうつようにして出てきた。部屋のあちこちで、何かの砕ける音がした。残りの骸骨が粉々になった。泥まみれの影がまた這い出し、裸足で飛び降りた。そのまたあとにもまた別の影が、虫の穴から生み出されるように次々と這い出してきた。

マットは震え上がり、日の差している出口に向かって走り出した。

一匹の生き物が立ち上がるのが目の端に映った。それは拳ぐらいの大きさの石を通したひもをぐるぐると回しはじめた。ふと、ウグアの部族が回る道具でコンキスタドールを攻撃している、あの洞窟絵画を思い出した。

マットはすぐにその武器が何なのかに気づいた。〝ボラ〟、原始的な狩猟道具だ。しかも、上手に使えば――

それは原住民の手を離れた。破壊力のあるボラが回りながらマットに向かってくる。彼は身をかがめようとしたが間に合わなかった。ボラはマットの首に当たって巻きつき、その重さと衝撃で彼は床に投げ出された。

マットは狼狽して息を詰まらせ、転がって仰向けになった。泥まみれの襲撃者のひとりが跳び上がり、ごつごつした石を頭上に振り上げた。

マットは次に来るもののことを思って身をすくませた——頭上では誰かの拳《こぶし》が原住民の鼻に炸裂し、彼を殴り倒した。

ジョーンズがかがみ込み、マットを引っ張って立たせた。「出発の時間だぞ、若造」

49

部屋のなかは大混乱になった。

インディは若者の肘をつかんでうしろを向いた。回転する物体が目に入り、頭を下げるとその上をボラが通り過ぎた。前方では、マリオンとマックが出口に向かって全力で走っている。日光を背にしたオックスリーが、羽根のついた帽子を握って楽しげに彼らを手招きしていた。

まったく、あいつときたら……

「来い、若造。からだを低くして、おれのあとにつづくんだ」

インディはかがんだまま出口へ突っ走った。ボラが頭上を通り過ぎ、足下に当たって石と石が火花を散らした。

インディは飛び跳ねるようにして部屋を横切った。

マットは遅れないようについていった。

吠えるようなときの声が二人を追ってきた。

次の瞬間、二人は太陽の下に飛び出した。

インディはまぶしさに目をしばたたき、気がつくと二人は長い階段の上に立っていた。マリオンとマックは別の戦士に追われ、すでに緑の渓谷に向かって石の階段を転げるように駆け下りている。オックスリーは二人の先に立ち、屈託のない様子でぴょんぴょんと下りていった。インディはマットを彼らの方へ押しやり、自分はうしろを向いてトンネルの出口に立ちはだかった。

彼は肩に手をやり、革製の持ち手をつかんで牛追い鞭《むち》を下ろした。それを一振りし、階段の下に向かっていっぱいに伸ばした。ほかの仲間を逃がすため、劇的な抵抗をするつもりだったのだ。

やがて、ウグアの戦士がトンネルの出口に殺到し、口々に金切り声をあげてインディに襲いかかってきた。

インディは思い直し、踵《きびす》を返して階段を二段ずつ駆け下りた。別の戦士がトンネルから飛び出し、階段の両側に広がった。ボラがそこかしこでぶつかり合い、階段のあちこちでカチャカチャと音を立てた。まるで降りしきる雹《ひょう》のまん中にいるようだ。

逃げるインディの目に下の渓谷が飛び込んだ。

渓谷のなかに広大な台地が広がり、半ばジャングルに浸食された古代都市の遺跡が台地の上に不規則に延びている。遺跡の向こうに、まるで町の上に浮かんでいるような巨大な湖が見えた——それは太陽の光を浴びて鮮やかなブルーに輝き、水面は靄《もや》に煙っている。たぶん貯水池だろう——自然のものではなく、人工の湖だ。

危険や恐怖のなかでも、インディはやはり考古学者だった。町のなかを螺旋《らせん》状に走る銀色がかった青いすじを見つけると、その正体に気づいた。送水路だ——貯水池から流れ込んでいる。彼は螺旋状の送水路を目でたどった。遺跡のまん中までたどると、そこには石の神殿がそびえ立っていた。それは巨大な階段ピラミッドで、いくつかの層から成っている。あれが有名なアカトルの大神殿にちがいない。

インディは目を細めた。

そのてっぺんにあるのは——

インディはうしろから不意打ちを食らって前に倒れた。二人の小さな戦士が組みついている。ひとりがインディの背中に跳び乗り、首にボラを巻きつけて頭をうしろに引っ張った。

観光などしていた罰だ。

叫び声が聞こえ、インディは右側に目をやった。マットが両腕を広げて突っ込んできた。若者は腕で二人の喉をなぎ払い、彼らを階段から転がり落とした。

マットはインディを引き起こした。「出発の時間だぞ、じいさん」

二人は同時に走りだした。父と息子は階段を二段ずつ駆け下り、そのうしろではボラが火花を散らしていた。

「インディーーー！」

階段を下り切る手前に、マリオンが倒れていた。ひとりの戦士が彼女の胸にまたがり、髪の毛を引っ張って石を振り上げている。

「母さん！」マットが叫んだ。

遠すぎる。だが——

ピシッ！

インディは牛追い鞭《むち》を振り出した。革がいっぱいに伸び、原住民の細い首を一周した。上出来だ。

インディは鞭をぐいっと引っ張って戦士を宙に放り出した。

インディとマットは並んでマリオンのところへ駆け下りた。二人は走りながらマリオンを抱き上げ、両側からはさんで運んだ。

ふつうの幸せな家族がまたひとつになった。

だが、まだ二人のおかしなおじさんがいる。

先へ進むと、マックが一歩も引かずにパンチを出したり、相手の目をえぐったりしていた。股間を肘で打ったり、足で蹴ったりもしている。この男は卑劣な戦いを恥じていない。

インディとマットとマリオンはマックのところへ駆けつけ、彼も家族に加えてそのまま先へ進んだ。もうひとりのメンバーはディズニー映画にでも出ているかのように、帽子を振りながらスキップで進んでいた。

一行はオックスリーに追いついた。いまのところ戦士たちの先を行っている。

石畳の道の両側に並ぶ巨大な彫刻や彫像にはつるが絡まり、いちめんに苔が生えていた。そのひとつは竜かへビらしい。まるで地面から出ようともがいているようだが、つるや根に閉じこめられてゆっくり地中へ引き戻されているように見える。

そのまた先では、古代の建造物や家もジャングルの容赦ない浸食に屈服していた——逃れられない時の流れに浸食されていることは言うまでもない。

ただひとつの建物だけが何ものにも侵されていないようだ。

それは原始のままの姿で一行の前にそびえ立ち、石の階段が上までつづいていた。混沌のなかから秩序を生み出すことのできる、古代人の能力の証として。

アカトルの石の大神殿。

だが、うしろから聞こえる金切り声や叫び声が、いまは観光などしている場合ではないことをふたたびインディに思い起こさせた。まず生き延びることが先決だ。

しかも、そこへの鍵を握る者はひとりしかいない。

インディはハロルド・オックスリーに追いついて肩を並べた。「オックス！　おまえ、ここへ来たことがあるんだろ！　やつらのところを通り抜けたわけだ！」彼はうしろから殺到するウグアの戦士を手で示した。「どうしたらいいんだ？」

教授はまるで気づかない様子でスキップをつづけている。

インディは彼の肩をつかんで引き止めた。走りつづける理由はない。いったいどこへ行けるというのだ？

「ハロルド！」彼は注意を惹こうとして大声を出した。「おれたち、このままじゃ死ぬぞ！」

オックスリーはインディの口調に眉をひそめ、気分を害した顔で戦士たちを振り返った。彼は足を踏み出した――戦士たちの方へ。

教授はベルトにつけた黄麻布の袋に手を入れ、スカルを取り出した。猛り狂う原住民の前に立ち、両手でスカルを高く差し上げた。

ひとすじの日光がスカルに差し込み、光が分散してスカルが燃え立つような虹色に輝いた。影が退《しりぞ》き、太陽までいくらか明るくなったように見える。インディには、光の粒を震わせるかすかなうなりが聞こえるような気がした。

先頭の兵士たちが急に足を止めた。ほかの者はうしろから折り重なった。ボラの回転が遅くなって動かなくなった。畏れによる低いつぶやきが、彼らのあいだに広がっていった。恐怖はなく、安っぽい崇拝すらなく、あるのは一種の共感だけだ。それがインディには不思議でもあり興味深くもあった。

泥まみれの腕がオックスリーを指した。首が縦に振られ、戦士たちは侵入者を残して断崖へ向かってゆっくりと退却していった。

いや、もしかすると、成すべきことをさせるために手を引いたのかもしれない。

マックがインディに近づき、スカルに目をやってうなずいた。「おれも、あんなのがひとつ欲しいな」

インディはおもむろに向きを変え、アカトルの石の大神殿と向き合った。神殿はその奥に不吉な謎を秘めた、永遠の番人としてそびえ立っている。彼は目の上に手をかざして巨大な建物を眺めた。

「マック、考え直したほうがいいかもしれないぞ」

50

「おい、入口があるはずだろう！」

マックは見るからに機嫌の悪いピリピリした様子で、神殿のピラミッドの平らな頂上を歩き回っていた。彼は帽子を取り、薄くなった頭のてっぺんをハンカチで拭ってからもう一度かぶり直した。

マットは不満の多いこの男に取り合わなかった。彼はジョーンズについて歩き、彼のすることをじっと眺めていた。ここへ上がってからの時間は充実している。ひとつの層から次の層へと上りながら、神殿の入口を探して石段をひとつずつ調べていく。そのあいだジョーンズはほとんど口をきかなかった。階を上がるごとにますます口数が少なくなり、没頭していった。その集中が頂点に達したのは、頂上にたどり着いてピラミッドの入口が見つからなかったときだ。神殿の側面に並んでいる長方形の穴はただの装飾で、階段のあいだで行き止まりになっているらしい。

ピラミッドの内部への入口はこの平らな頂上にあるはずだ。だが、どうすればなかへ入れるのか？　その答えは、神殿の上にある奇妙な構造物と関係がありそうだ。

ジョーンズはその周りを回ってみた。マットも彼に従った。

ピラミッドの平らな頂上の中心に、巨大な石の箱が置かれていた。それは神殿の上のかなりのスペースを占めている。外見は巨大なプランターボックスといったところで、両側は粗く切り出された黒い天然の御影石の一枚板でできていた。高さは肩まである。箱の底部に沿って石板にいくつか穴が開けられ、その穴はどれも石の栓で塞がれていた。

ジョーンズは腰に手を当てて眉を寄せ、この見たこともない構造物を眺めていた。やがて、何か決心したように足を踏み出し、箱の縁に手をかけた。そして、からだを持ち上げて箱の上によじ登った。

マットもあとにつづいたが、よじ登るのは容易ではなかった。

プランターボックスに蓋はないが、土の代わりに砂が上までいっぱいに詰まっていた。

〝巨大なネコのトイレ〟、最初に頂上にたどり着いてこの妙な構造物をざっと調べたとき、イギリス人はそう表現したものだ。

マックは感服するどころか苛立ちを募らせ、ピラミッドの頂上の縁に立って町の方を示した。「金なんてどこにあるんだ？　ここを見てみろよ！　ゴミ捨て場じゃないか！」

マットは箱の上に立ち、もっと眺望のきく位置から渓谷を見わたした。町は半分ジャングルに浸食されて荒れ果てているが、彼の目から見ると、この場所にはまだ色あせた栄光が残っていた。かつては美しい生気あふれる大都市だったにちがいない。彫像、建物の広がり、野外の円形劇場。それは驚くべき都市工学だった。何世紀もの年月が経ったいまでも、その送水路にはまだ水がちょろちょろと流れている。この高みから見下ろし、マットは庭や噴水や笑いさざめく子どもたちにあふれた町を思い浮かべた。

もうひとりの男は別の見解だった。

「瓦礫《がれき》の山ばかりだ」マックがぶつぶつ言った。

少し離れたところに、マットの母親とオックスリーが坐っている。彼女は穏やかな笑みを浮かべ、ときおり砂の箱の上にいるマットとジョーンズに視線を投げかけた。マットには彼女の考えていることが推測できた。

父と息子がいっしょに仕事をしている。

ジョーンズは膝をついてひと握りの砂をつかみ取り、集中した顔で指のあいだから砂粒を落とした。そしてまた立ち上がり、砂箱のなかから芽を出しているものを見つめた。四つの御影石のオベリスク——どれも三角形で、長さは四メートル半ほどだ——が、砂から斜めに突き出していた。外側に傾き、四つの基本的な方角、北、南、東、西、を指す石でできた指のようだ。オベリスクの台座は砂箱に埋まっていて、先端はピラミッドの頂上の四隅に立つ四角い石の柱に載っていた。

下から見ると、その構造物はピラミッドの上に載った王冠のように見える。マットはそれに重要な意味があると思った。だが、いったいどういう意味だろう？

ジョーンズは砂箱の中央に立ち、ゆっくりと円を描きながらそれぞれのオベリスクをじっと見つめた。そして、無言のままやっとうなずいた。彼は両腕を上げ、からだの前に突き出して重ねた。まるで計器の針のパントマイムでもしているかのように、そろそろと片方の腕を上げ、もう一度円を描いた。彼が目を見開いた。

「四本が一本になる」ジョーンズがつぶやいた。

その奇妙な行動を見てマットは眉をひそめた。「いったい何を——？」

ジョーンズは彼を無視して一本のオベリスクを叩き、振り返った。その目が日射しを浴びて輝いた。ジョーンズは何かに気づいたのだ。彼は箱の縁まで歩いて飛び下りた。

マットも彼につづき、ピラミッドの頂上の石畳に飛び下りた。「何かわかったんだな！」マットは言った。「そうだろ、ジョーンズ？」

男はマットを無視してオックスリーのところへ行った。マックが騒ぎに惹かれて寄ってきた。彼の顔の退屈な表情が、好奇心に取って代わられていた。

オックスリーの横でマットの母親が立ち上がった。「どうしたの、インディ？」

ジョーンズは教授を指さした。「ハロルドはここまで来た。この渓谷にたどり着いたんだ。だが、神殿の内部には入れなかった」

「冗談はよしてくれ」マックが口のなかで言った。

「だから、オックスは自分にできる唯一のことをしたんだ」ジョーンズは説明した。「スカルを墓地に持っていって、見つけたところに隠したんだ」

マットは地下にあったコンキスタドールたちの埋葬室と、二組の足跡のことを思い出した。ジョーンズは何かに気づいたのだ。男の目は燃えるような興奮に輝いている。マットの動悸も激しくなった。

もじもじしていたオックスリーが、低い聞き取りにくい声でしゃべりだした。「彼らの正しき手をその黄金の鍵に置け……さすれば永遠の宮殿の扉が開かれるであろう」

ジョーンズが納得したようにうなずいた。彼はオベリスクの突き出た部分に近づき、すべすべした表面を指さした。「このオベリスクは、昔はぴかぴかに磨かれていたにちがいない」ジョーンズは太陽を指さした。「日の出と日の入りのときに、太陽の光を反射させるためだ。明るく輝かせるためだ」

「黄金の鍵だ」マットが言った。

ジョーンズはうなずいた。「おれたちはその鍵を見ているんだ。だが、それは壊れている」

「壊れている？」マックがおろおろした声で訊いた。

ジョーンズはオベリスクを指さした。だが、彼が説明をはじめるまえにマットも気づいた。それは明白だった。「四本の柱だ！」マットは息を呑《の》み、三角形の御影石の柱を見つめた。「これをまとめて立てたら、一本の本当に大きなオベリスクになる！」

「黄金の鍵だ」ジョーンズはマットの肩を叩きながら言った。「おれたちは四つの部分を繋《つな》ぎ合わせて、その鍵を作り直さなくちゃならない」

マットの興奮が薄れていき、困惑の表情になった。「でも、どうやってこいつを持ち上げるんだ？　一本で四トンぐらいあるはずだ」

「いや、五トンはあるだろう、若造」

マットはため息をついた。「オックスがなかに入れなかったのも無理はない」マックが鼻を鳴らした。「もしそれが本当に鍵だというなら、それに合う鍵穴を見てみたいものだな」

「おまえはその上に立ってるじゃないか、相棒！」ジョーンズは急いでその場を離れ、頂上の片隅に積まれた瓦礫《がれき》に近づいた。彼はあたりに視線を走らせた。

マックが箱に近づいた。天を仰いで首を振った。「この石を持ち上げられると本気で思ってるならどうかしている」彼はつぶやいた。「最初はオックスリー、今度はインディアナか」

少し離れたところで、ジョーンズが重い瓦礫《がれき》を抱えてすっくと立ち上がった。彼は瓦礫《がれき》を頭の上に持ち上げた——そして、全力を振り絞ってマックに突進した。

イギリス人は慌てて飛び退いた。「何するんだ？　おれを殺す気か？」

だが、ジョーンズは彼に見向きもせずにそのまま箱に向かった。底に沿って並んだ石の栓のひとつに、その石を叩きつけた。衝撃で栓が緩み、栓の外れた穴から砂が流れ出した。

「何やってるんだ？」マックがジョーンズを怒鳴りつけた。明らかにまだ震えが治まっていない。

「ネコのトイレを空にするのさ、マック……ネコのトイレを空にしているだけだ」ジョーンズがにやにやしながらマットに顔を向けた。「手を貸してくれ、若造」

マットはすぐに意味を理解し、ジョーンズに笑みを返した。計器の針のパントマイムをしているジョーンズを思い出した。

そうだったんだ！

マットは重い石の塊をつかみ、ジョーンズに協力して並んだ栓を抜いていった。それぞれの穴から砂が流れ出て山になった。

「母さん！　オックス！」マットは声をかけ、手招きをした。「穴から砂を出す手伝いをしてくれ！　流れが止まらないようにするんだ！」

ジョーンズがマットの肩を叩いた。「冴えてるぞ、若造！」

全員が仕事に取りかかった。マックまでも。

彼らは先を争うように作業を進め、マットは途中で一度うしろへ下がってみた。箱の砂が少なくなるにつれ、四本の柱の土台が下がった。箱の縁でバランスを取り、柱の先端が跳ね上がった。先端はピラミッドの四隅の四角い柱から浮き上がり、天に向かってどんどん高く上がっていった。

すぐにすべての栓が外れ、砂が四方から流れ出した。

彼らはひとかたまりになってうしろへ下がり、二十トンもの石が重力の助けしか借りずに、目の前でまっすぐ立ち上がるのを呆然と眺めていた。

「まさか、そんなバカな」マックが言った。

最後の砂が箱から流れ出ると、四本の柱が揺れながらひとつになった――一本のオベリスクとなり、完全に直立してまっすぐ天を指した。

マットの母親がインディに抱きついた。「やったわ！」

まもなく、低くとどろく音が床を揺らした。大きな歯車の回る音がした。足下で、ピラミッドの頂上全体が割れはじめた。割れた床が彼らの前で虹彩のように開き、オベリスクを残してしまい込まれた。一行はうしろへ下がるしかなかった。

「それにしても、どうやったんだ？」マックが後退しながら訊いた。

ジョーンズは彼らが足を止めないように急き立てた。「二十トンの石が圧力キーの役目を果たしたんだ。重さが一点にかかって、それが引き金になって機械が動いた」

床がさらに大きく開き、その下に巨大な洞穴のような空間が現われた。

「ピラミッド全体が空洞だわ」マットの母親が、縁からおそるおそる頭を出して言った。

「全体じゃないよ」マットが母のまちがいを正して指さした。「ほら！」

中央を見ると、新しくできたオベリスクが兄貴のような大きなオベリスクの上に載っている。四メートル半のオベリスクは、三十メートルもあるオベリスクのほんの先端の部分にすぎなかったのだ。だが、それがすべてではなかった。

「階段だ！」ジョーンズが叫んだ。

マットもすでに気づいていた。巨大なオベリスクの周りに石のらせん階段がついている。それはオベリスクの表面にまっすぐ突き出した、小さな石板からなるものだった。

だが、開いていく虹彩が一行をオベリスクからどんどん遠ざけていく。

「いますぐ飛び移らないと！」ジョーンズが言った。「さもないと、離れすぎる！」

マットの母親が首を振った。マットは母親が高いところに弱いことを知っていた。そこで、彼女の許しを待たずに助走して飛び出した。彼は揺れ動く割れ目を跳び越え、オベリスクのいちばん上の階段に着地した。

マットの母親は自分のつま先を指さした。「マット！　ここへ戻ってきなさい！」

だが、マットは下へ向かいながら手招きをした。「頼むよ！　このためにここへ来たんだ！」

ジョーンズとマットの母親は顔を見合わせた。二人は同時に言った。「まちがいなくきみの子だ！」「まちがいなくあなたの子だわ！」

やむを得ず全員が助走をつけて跳び越えた――オックスリーまでが興奮し、小さな叫び声をあげてあとにつづいた。一行は階段の上で集まり、三十メートルの転落に注意して下へ向かった。

「ゆっくり、確実に下りるんだ」ジョーンズが階段を下りながら言った。

「なあ」マックが言った。「あれはなかなか悪くなかった」

ジョーンズはマックに、苦々しげなうんざりしたような顔を向けた。「マック、おまえってやつは、決して――」

階段が柱のなかに引き込まれはじめた。

マックが悔《くや》しそうな顔をした。

ジョーンズはただ下を指さして叫んだ。「走れ！」

渓谷の向こうでは、スパルコが暗いトンネルから太陽の下に足を踏み出した。目の前に階段の降り口があり、それは広大な渓谷へとつづいている。彼女は荒廃した町と湖に目をとめた。彼女のうしろで、鈍いピストルの音がトンネルから響いてきた。

副官が彼女の隣に並んだ。まだ煙の出ているライフルを抱えている。スパルコはうしろを振り返った。トンネルのなかには、小さな褐色の戦士の死体が散乱している。そして、数人の部下の死体が。

「残りはトンネルに逃げ込みました、コロネル・ドクター」

「よろしい」

「命令は？」

スパルコは敵の足取りを求めてトランシーヴァーを持ち上げた。それが明滅し、すでにわかっていることを再確認した。彼女は渓谷の中央にある石のピラミッドを指さした。

下すべき命令はただひとつしかない。

ロシアの精鋭である三人のえり抜きの部下を従え、スパルコは階段を下った。彼女は剣の柄頭に手を置いた。

いよいよ、ついに……

「我々の手でこれを終わらせるのよ」

51

インディは巨大なオベリスクの周りをぐるぐる回り、引っ込んでいく階段を駆け下りていった。彼は古代の技術者を呪った。どうしてこういう場所には必ず罠が仕掛けられているのだろう？　入れてもらうには、オベリスクの謎を解くだけでは足りないというのか？　ブーツの下で、階段は相変わらずオベリスクに引き込まれていく。階段の幅はもはや三十センチ足らず、しかも確実に縮んでいた。

「急げ」彼は叫んだ。

インディは息を切らして階段を駆け下りた。膝が刺すように痛んだが、スピードを緩めようとはしなかった。彼らはまだ石畳の床から四階分の高さにいる。マットとオックスリーはインディより一周先に進んでいた。彼らは大丈夫だろう。うしろからマリオンとマックのあえぎが聞こえる。ときおり、マリオンの甲高い悲鳴が耳に入った――いや、いくつかはマックのものかもしれない。マリオンが高いところを苦手にしていることは、インディも知っている。インディのヘビと同じだ。

ひたすら回りつづけた。

階段がますます狭くなり、いつの間にか両手を広げてピラミッドの壁を見ながら横向きに回るしかなくなっていた。インディは横歩きで急いだ。そして、次の一周ではつま先立ちになっていた。

彼は危険を冒してマリオンとマックを振り返った。二人の姿はどこにもなかった。単にオベリスクの反対側にいるならいいのだが。インディは二人がバランスを崩して落ちたわけではないことを祈った。

すると、想像したことが自分の身に起こった。

インディは足場を失った。つかまるところを探して壁を引っかいたが、何もなかった。彼は墜落した——だが、着地する直前に何とか脚を下にした。落ちた距離は三メートルしかなかったが、それでも激しく床に叩きつけられた。もはや、かつてのように敏捷《びんしょう》ではない。衝撃が歯まで届いた。

マットとオックスリーが駆け寄ってきた。オックスリーは黄麻布の袋を大事そうに胸に抱いている。二人は無事に下まで下りていた——だが、残りの二人はどこに？

心配になったインディはマックとマリオンを探してオベリスクの周りを回り、マットとオックスリーがすぐうしろにつづいた。叫び声と落ちてくる人影に気づき、三人は足を速めた。マックが痛そうな顔で尻餅をついていた。

「マリオンは？」インディが訊いた。

マックは頭上を指さした。

四メートル半ほど上の階段に、彼女が指だけでぶら下がっていた。

インディは彼女の真下へ急いだ。「手を放せ、マリオン！」

「いやよ！」

「受けとめてやる！」

「ここで充分よ！」

インディは階段の収縮がつづいているのを見て取った。じきにつかまるところがなくなる。

「ベイビー、たまにはおれを信じたらどうだ！」インディが怒鳴った。

マリオンはインディを睨《にら》みつけた。「いま？　こんなときに信頼について話そうっていうの？」

インディは腕を突き出した。「黙っておれを少しは信頼しろ！」

彼女は顔をそむけ、石に頬をつけた。「インディ……」

「マリオン、ぜったいに落とさない……今度こそ」

心のなかで、これは唯一守らなければならない約束だと思っていた。

マリオンは目をつぶった――そして、彼にすべてを任せるつもりで手を放した。

インディは彼女の下に入って無事に抱きとめた。疲れ果て、満身創痍の状態かもしれないが、ぜったいに彼女を落とすまいとした。

二度とごめんだ。

マリオンは腕のなかでからだをひねり、インディに微笑みかけた。「こんなこと、まえにもあったわね」

「きみを受けとめたことが？」彼はうなずき、エジプトの墓地のことを振り返りながらそっとマリオンを下ろした。「だが、あのときはヘビがいた。数え切れないほどのヘビが」

彼女はにやりとした。

これまで、マリオンがエジプトの墓地の話をしようとしたことはなかった。

インディは彼女に笑みを返した。彼もそのときのことは覚えていた。

マットがオベリスクの向こうから大声で言った。「こっちに廊下か何かあるぞ！」

インディはマックに向き直って助け起こした。友人は足を引きずっていたが、先に行けというようにインディに手を振った。「おれなら大丈夫だ」マックはオベリスクを見上げた。階段は尖塔の内側にすっかり引き込まれている。「この道を戻るのは無理だな」

インディはうなずいた。ピラミッドから出る別の道を見つけなければなるまい。

いっしょにオベリスクを回ると、洞穴のような廊下の入口にマットが立っていた。近づいてみると、トンネルはずっと奥までつづいていた。ことによると何キロメートルも。

「きっと町の下へ向かっているんだ」マットが言い、一行はなかへ入った。

トンネルは薄暗いが、まっ暗ではなかった。うまい具合に点在する亀裂や立坑《たてこう》から差し込む自然光が通路に漏れ、水晶のような光沢のある岩の表面に反射している。

水の流れる音が彼らの足音をかき消した。トンネルの片側に沿ったむき出しの送水路にたたえられた水が、何かの圧力で激しく流れている。渓谷に入ったときに目にした、大きな貯水池から流れ込んでいるにちがいない。

行く手にぼんやりとした影が現われ、それは送水路に沿って置かれた巨大な青銅の水車だった。何十もの水車が、送水路の水流で回っていた。

「タービンだ」インディが驚嘆するように言った。

彼は水車からつづく、低いうなりを立てている銅管のところへ行った。手のひらを持ち上げて銅管に近づけてみた。手の甲の毛が逆立った。オゾンの匂いが鼻をついた。

「電流だ」インディが説明した。「ここ全体が巨大な発電プラントなんだ」

「何のための発電なんだ？」マットが訊いた。

インディは肩をすくめたが、それはいい質問だった。

先へ進むと、別の通路が交差し、外側に枝分かれした通路は文字通り迷路になっていた。すべてを調査するには何年もかかるはずだ。

インディはどんな些細なことでも見落とすまいと、目を皿のようにして歩いた。誰がこの建物を造ったのか、なぜ、何の目的でこれが設計されたのか、それを考えてインディの頭がタービンのような速さで回転した。無数の疑問が、銅管を流れる電流のように頭のなかを駆け巡った。

少し離れたところで、マットが岩棚から何かを取り上げた。ルビーをちりばめた日輪形の銀の一片で、若者はそれを割れ目から差し込む光にかざして何度も裏返してみた。インディには若者の好奇心が理解できた。それは素晴らしい芸術品だった。その歴史的価値は――

だが、マリオンもマットの関心に気づいた。彼女はマットの手首を叩いた。「それを置きなさい！　いけないことだってわかってるはずよ！」

マットは無邪気に目を上げた。「戻すつもりだったんだ」そう言ってもとに戻してから、インディの方を見つめた。「おれは墓泥棒じゃない」

インディは黄金のコンキスタドールの短剣のことを思い出し、渋い顔で若者を見た。彼はマリオンを示した。母さんの前ではやめろ、若造。

マットは笑みを隠し、一行は前進をつづけた。

マリオンがインディと肩を並べた。「どこへ向かっているのかわかってるの？」

インディは青銅の水車から天井に沿ってつづいている銅管を指さした。「電力がどこかへ向かって……」

マックは足を引きずりながら仲間のあとを追っていた。彼は岩棚に残された宝石をちりばめた日輪のそばを通った。誰も見ていないうちに、こっそり取ってポケットに落とした。

「さて、これでよし」

52

「おい、この先に部屋があるぞ！」マットが大声で言った。

彼は脇目もふらずに駆け出したが、ジョーンズと母親が同時に叫んだ。

「ちょっと待て、若造！」

「そばを離れないで！」

マットは従ったものの、それには意志の力をすべて注ぎ込む必要があった。これまでたどってきた廊下がこの先の部屋で終わる。好奇心でぞくぞくした。ピラミッドのなかには何が隠されているのだろう？　鍵を外すための複雑なメカニズムや罠のことを考えれば、何か価値のあるものにちがいない。

近づくにつれて何かの焦げる臭いがし、足を進めるごとにそれが強くなった。薪の燃えるような快い香りではなく、マットがタバコの吸いさしでレザージャケットを焦がしたときのような臭いだった。

マットはほかの仲間たちに目をやった。母親が鼻にしわを寄せた。みんなもその臭いに気づいていたのだ。廊下の端まで来ると、ジョーンズはほかのみんなを手で制して下からせ、自分が先頭に立った。そして、ゆっくりついてくるようにという合図を送り、慎重に足を進めた。

マットはジョーンズにつづいたが、そのうしろを離れなかった。万一に備えたのだ。用心するに越したことはない。

部屋は半円形だった。突き当たりに、まるで鉄鉱石の塊を刻んで作ったような、ひと組のがっしりとした赤い金属のドアがあった。マットがもう一歩足を踏み入れると、焦げ臭い臭いのもとが判明した。

さえぎるもののない床一面に、乾燥した死体が列を成して並んでいる。列はドアを中心にして同心の半円形に広がっていた。どの死体も、恐怖と苦痛を表わす様々な姿勢で立っている。最悪なのは、どの頭も肉が焼け落ち、歯を出して笑っている黒こげの骸骨がむき出しになっていることだ。

まるで、たくさんの蠟燭《ろうそく》の燃えさしのように。

マットは気分が悪くなり、吐き気を抑えようとして唾を飲み込んだ。

一方、ジョーンズは怯《ひる》んだ様子を見せなかった。いかにも興味深げに近づいていった。マットはしかたなくついていった。父親のそばを離れたくなかったからだ。

ジョーンズは一体の死体に近づいた。死体はローマ時代のものらしい青銅の鎧《よろい》を身につけているが、中身は乾燥した骨と皮だけだった。そしてほかの死体と同じように、頭はすっかり焦げて骨しか残っていなかった。

ほかの仲間がおそるおそる部屋へ入ってきたとき、マットはジョーンズにぴったりとくっついていた。ジョーンズはローマ戦士の頭蓋骨に顔を近づけた。最もひどく焦げた部分は目の周りに集中している。うつろな眼窩の周りの骨まで焼け落ち、死体は目を見開いた驚愕の表情をしていた。

マットは身震いをし、ついに目をそむけずにはいられなくなった。

すると、マックが死体のあいだを歩き回り、ときどき立ち止まっては、金の指輪や宝石のついたブレスレットを眺めているのに気づいた。そのうち、いくつかなくなるのではないだろうか。ずっと手前の方では、彼の母親が死体から充分な距離をとっている。彼女は壁に沿ってゆっくり歩いてきたが、その壁に開いた数百もの壁龕《へきがん》には数え切れないほどの古代人の遺物が詰め込まれていた。ゴブレットや剣、兜《かぶと》や頭飾り、文字を刻んだ銘板や石器。

マットはゆっくりと一周してみた。

列を成す死体はあらゆる種類の衣装を身につけていた――様々な時代の様々な国のもの――まるで、どこかの悪趣味な仮装パーティーで浮かれ騒ぐ人々のようだった。マットはヴァイキングの角のついた兜に目をとめた。古代の戦士のくたびれた鎧《よろい》や、騎士の光沢のある衣装にも。なかには、ローブを着た者、腰巻きを身につけた者、上等な服を着た者、二人の正装した中国の兵士まで交じっていた。

だが、すべての者にたったひとつ共通点があった。

「燃えている」マットは独り言を言った。重苦しい沈黙を破りたかったし、ここにある恐怖のもとに答えが欲しかったのだ。「ひとり残らずだ。何があったんだ？」

「いい質問だ」ジョーンズがからだを起こし、ふたたび死体のあいだを歩きはじめた。彼は腕で壁龕《へきがん》を指し、次に死体を指した。「ここには人類の歴史の、あらゆる時代の工芸品がそろっている。マケドニア……シュメール……」

ジョーンズが話しつづけているあいだに、マットはコンキスタドールの墓を思い出した。コンキスタドールとともに埋葬されていた、金貨の詰まったチェストが目に浮かんだ。様様な時代の様々な文化の金貨。マットは部屋のあちこちに視線を走らせた。コンキスタドールも、かつてここに来たのだ。

「そして、主鉱脈を掘り当てたんだ」彼はつぶやいた。

マットのつぶやきがジョーンズには聞こえなかった。ジョーンズはつづけて様々な文化を挙げていった。「エトルリア……バビロニア……」

マックは目を輝かせてこの部屋の考古学的財宝を見つめていた。「一日ここにいるためなら、世界中の博物館が魂だって売り渡すだろうな」

ジョーンズは畏怖と敬意をこめた口調でつづけた。「石器時代……有史前……」

マックの表情がますます貪欲になった。「一ダースの博物館、いや、百の博物館だ」

ジョーンズがようやくことばを切った。ふと何かを悟り、顔を輝かせた。彼はマットやほかの仲間に向き直った。

「彼らは収集家だったにちがいない……あるいは彼ら自身が考古学者だったのかもしれない！」ジョーンズはがっしりとしたドアに目を向けた。「だが、彼らは何者なんだ？　どこから来たんだ？」

このやりとりのあいだ、ひとりの人物だけはこのコレクションに関心がないようだった。オックスリーは部屋の入口に立ち、苦しそうな表情を浮かべて全身を震わせていた。

マットがようやく彼の苦痛に気づいた。「オックス、おい、どうしたんだ？」

オックスリーが呪文が解けたかのように部屋へ入ってきた。両手を前に突き出し、黄麻布に包まれたスカルを運んでいる。袋がとれて床に落ちた。オックスリーはそれをまたいで進んだ。

むき出しのクリスタル・スカルを持ったまま、教授はまっすぐドアに向かって歩いていった。彼が一歩進むごとにスカルが輝きを増し、その周りの空気が震えているように見える。不思議なことが起こりはじめた。

赤みを帯びた細かい砂が宙を舞い、スカルにくっつきはじめた。それは床や壁からはがれていった。

「鉄鉱石だ」ジョーンズが言った。

オックスリーは歩きつづけた。彼が巨大なドアに近づけば近づくほど、それだけ多くの鉱石の粒やくずがクリスタルを覆った。一歩ごとに皮膜が厚みを増し、解剖が逆に行なわれているかのように層を重ねてスカルの表面に積み上がっていった――筋肉、脂肪、皮膚。

まるで、失われた肉体がふたたびスカルの上に形作られていくように。オックスリーがドアにたどり着いたときには、顔つきの大まかな形が出来上がっていた。

マットは、トンネル内にあった絵の人物だと気づいた。訪問者のひとりだったのだ。

オックスリーはドアに歩み寄り、スカルを掲げた。

一行は固唾《かたず》を呑《の》んで待ち構えた。

何も起こらなかった。

ついにマットが息を吐き、全員の胸にある質問を口にした。「どうやったら開くんだ？」

53

ほかのみんなが待ち構えるなか、インディは鉄のドアの前をゆっくりと歩いていた。ドアの表面には、とくに目立った印も、銘も、装飾もなかった。断崖の石の顔と同じくらい不可解だった。

だが、開ける方法はあるはずだ。

彼らは力を合わせて押してみた。マックまで古い剣を見つけてこじ開けようとした。効果はなかった。鉄のドアはびくともしない。オベリスクのときのように、先へ進む新たな方法を見つけなければならない。

インディはドアに背を向け、部屋の配置に目を配った。まず、死体だ。死体をそこに並べたのはウグアの原住民にちがいない。だが、死んだのは十中八九別の場所だろう。死体は、ドアを開けようとする侵入者への警告のために置かれたのだ。

インディは視線を進め、突き当たりの壁にある壁龕《へきがん》に目をとめた。百二十センチより高いものはひとつもなく、どれも小さなウグア原住民向けの高さだ。

だが、待てよ……

インディはさっき目にしたもののことを思い出した。慌てて振り向いた。ドアを調べるのに夢中で、危うく見落とすところだったのだ。どっしりしたドアの右の少し離れたところに、ひとつの壁龕《へきがん》がある。彼はそこに歩み寄り、自分の腕の長さを利用してその高さを測った。壁龕は空だったが、その高さは床から二メートル半以上あるにちがいない。背の低い原住民にとってはあまりにも高すぎる。

だが、ほかの者のためではない。

「彼らは背が高かった」インディがつぶやいた。トンネルのなかにあった絵を思い出した。訪問者はウグア人を見下ろしていた。

顎《あご》をこすりながら、インディはチャウチージャ墓地を思い浮かべた。コンキスタドールの埋葬室への秘密の入口は、壁の壁龕《へきがん》のなかの骸骨に守られていた。クリスタル・スカルでさえ、オレジャーナの死体のうしろの窪みに隠されていた。

それが答えだろうか？

インディはオックスリーのところへ行った。顔を近づけ、教授の目をじっと覗《のぞ》き込むと、友人の顔に不安と恐怖の表情が浮かんだ。インディは伸ばした手をそっとスカルの両側に置いた。その手の上を、鉄鉱石のくずが生きた組織のように這い回った。彼は優しくオックスリーに言った。

「そいつは必ず返す」インディは約束した。「だが、試してみたいことがあるんだ、オックス」

教授は頭からつま先まで震えていたが、のろのろと手を放した。「ヘンリー・ジョーンズ・ジュニア」

「そうだ、オックス」インディは壁際まで戻り、マットにうなずいた。「若造、力を貸してくれ」

マットは急いで近寄り、両手を組んであぶみの形にした。そして、スカルを見つめてから壁龕《へきがん》に視線を移した。「チャウチージャ？」彼は訊いた。

インディは驚いて眉を上げた。胸に燃え上がったプライドの火花を消すことができなかった。「当たりだ、若造」

インディはマットの手に足を載せ、からだを持ち上げた。充分な高さになると、オックスリーが持っていたときのように、顔を奥に向けたままスカルを壁龕に押し込んだ。スカルは鋳型《いがた》のようにぴったりと収まった。

床へ下りる直前、インディはルビー色の閃光に気づいた。光はスカルをなぞっているようだった。ふと、〝網膜スキャン〟ということばを思い浮かべた。スカルはすぐに光りはじめた――最初はぼんやりと、やがてどんどん明るさを増し、終いには鉄鉱石の粒を透かして輝いた。

マットとインディは後退りした。

「どうなる――」マットが口を開いた。

答えはすぐにやって来た。鉄くずがスカルから弾け飛び、それと同時に軋《きし》るような重い音がドアから聞こえた。

「逆帯磁だ！」インディが肩から鉄くずを払い落としながら叫んだ。ドアが開きはじめると、彼は全員に場所を空けさせた。

すき間から、目映《まばゆ》い光が部屋に差し込んだ。

「下がれ！」インディが怒鳴った。

ドアは轟音とともに開いていった。ひとすじの目映い光が広がり、さらに多くの光が流れ出した。インディはまぶしさのあまり目の上に手をかざしたが、敷居の向こうにあるものの姿をとらえることはできなかった。

炎に飛び込む蛾のように、彼は近づこうとして光に足を踏み入れた。

「インディ！」マリオンが大声で呼んだ。

「わかってる！　気をつけろ！」

「だめ！　待って！」目の眩《くら》むような光のなかで、インディは誰かの手が自分の手のなかに滑り込むのを感じた。マリオン。

ほかのみんなも二人のうしろにつづいた。

ドアが完全に開き、音を立てて止まった。

インディは彼らを待ち構えているものを目にした。「マット、そのまえにスカルを持ってきたほうがいい」

インディはすぐにスカルをオックスリーに返した。スカルが選んだ後見人である教授が、スカルをこの最後のステップに導くべきだと思ったのだ。

さあ、準備はできた。一行はひとかたまりになって敷居を越えた。

鉄のドアの向こうの部屋は完全な円形で、石の塊を積み上げて造られていた。壁は壁龕《へきがん》で埋めつくされ、そこには崇拝の対象物が収められていた。彫刻を施したトーテム、豊穣《ほうじょう》祭祀《さいし》の偶像、石の甕《かめ》や壺、ひもに通した光沢のあるビーズ、ブロンズの小立像、骨でできたドラム。礼拝のためのあらゆる品々だ。

そして、これらの崇拝の象徴が誰に向けられたものかは疑いようがなかった。礼拝所全体を取り巻く一段高い台座に十三の巨大な玉座が置かれ、それぞれの玉座には入り組んだヘビの像が刻まれ、絡みついている。玉座には優に二メートルはある死体がまっすぐ背筋を伸ばして坐っていた。その生気のない肉体は乾燥して骨と皮ばかりだし、どの衣装もとうに朽ち果てて塵《ちり》と化している。王冠はないが、細長く飛び出した頭蓋骨は申し分なく堂々としていた。

オックスリーが進み出て、手のひらのスカルに優しく話しかけた。「もうすぐ、永遠に待たなくてもよくなるからね」

インディは十三体のうちの一体が、ほかの死体とちがっていることに目をとめた。頭がなくなっていた。

マットはインディの視線の行方に気づいた。「当ててみようか。そいつは彼の頭だ」

オックスリーは頭のない死体に向かってゆっくりと歩いていった。

彼らはゴールにたどり着いたのだ――そのとき、鋭い声が銃声のように響きわたった。

「そこまで！」

54

ジョーンズ博士のがっくりとした表情に、スパルコは大いに満足していた。

彼女は副官と二人の兵士を従えて敷居をまたいだ。兵士たちはカラシニコフのライフルを部屋のなかの者に向けている。スパルコはラピアーの柄頭に手を置いていた。

彼女はぞっとするような笑みを敵に向けた。「ありがとう、と言わなくちゃいけないわね、ジョーンズ博士。ここまでの道を見つけてくれたし、アカトルの秘密も解き明かしてくれた。でも、ここから先はもっと経験を積んだ人間に任せるべきだと思うの」

「どうやっておれたちを見つけたんだ？」インディは当惑していた。

スパルコは答える代わりに腕を突き出し、手のひらを開いた。最初は誰ひとり動かなかった。やがて、ジョージ・マクヘイルがジョーンズ博士の輪からゆっくりと離れていった。彼はばつの悪そうな顔をして足を引きずりながら歩いていき、スパルコの手に小さな黒い箱を置いた。

「追跡ビーコンよ」彼女は説明した。「この信号を追ってきたの。科学技術も、たまにはそれなりに役に立つわね」

「すまない、インディアナ」マクヘイルが言った。

ジョーンズはため息をつき、手のひらを額に当てた。「くそっ。覚悟しろよ、マック?」

マリオン・レイヴンウッドはいきり立った顔で首を振った。「その男にはまったく嫌気がさすわ」

ジョーンズは渋い顔でマクヘイルを見つめた。「つまり、こういうことか、マック。おまえは三重スパイだってことだな?」

「いや、インディアナ。二重スパイというのが嘘だっただけだ」

ジョーンズは呆れたように目玉を回した。

スパルコはそのやりとりにうんざりし、オックスリー教授の方へ向かった。この男に対して悪感情は持っていない——かわいそうな狂った男。そこで、彼の手からそっとスカルを取り上げた。勝利を手にすると、人は寛大になれるものだ。

彼女のうしろでマクヘイルの声がした。「マリオン、心配することはない。おれたちといっしょに来ればいい。ここにある財宝——」

ミス・レイヴンウッドがけたたましい笑い声でさえぎった。「見込みはないわ、おバカさん!」

こんな愚にもつかない会話を無視し、スパルコはスカルを持ち上げた。重要なのはこれだけだ。彼女はスカルの目を自分に向けた。まちがいなくこの部屋のなかで、スカルはようやく彼女とことばを交わすのだ。

「話しなさい」スパルコは命じた。「いますぐ話しなさい！」

スパルコの両手のあいだでスカルが震え、本物の肉体をつかんでいるように温かくなった。何かが起ころうとしている。ついに！　心臓の鼓動が速くなったが、彼女は懸命に自分を落ち着かせようとした。頭蓋骨の奥深くにあるオパール色の光の源から、不思議な輝きが現われてクリスタルに満ちた。

ついに……

彼女はスカルを掲げた。目の前に光があふれ、まるで深い水に潜ったときのように頭のなかが締めつけられた。彼女はそれに逆らわなかった。こういう力に逆らうと、永久に精神をそこなう恐れがある。そういう事実ならいやというほど見てきた。離岸流《りがんりゅう》から逃れるには、それに逆らって泳いではいけないのだ。

力を抜いて光に身を委ねると、彼女は理解しはじめた。無言の指示に導かれ、スパルコは目を上げてそれぞれの玉座を見つめた。

彼女は口を開き、理解したことを話しはじめた。「彼らを見てごらん。彼らは故郷へ帰ることができたはずよ。けれど、いまも待っている。ほかの者たちが彼らを捜しにきたわ。もっと小さな偵察隊が」

スパルコは、51番格納庫から盗まれた小さなミイラ化した死体を目に浮かべた。

「この十二人はここに隠れて待ちつづけていたのよ――いなくなったひとりの帰りを」

彼女の手のあいだで、スカルがますます明るく輝いた。「彼らは集合精神《ハイヴマインド》なの。ひとつの精神を十三の肉体が共有している。集合意識なのよ。ひとつになってこそ強力なので、分かれることはできないのよ」

スパルコの足が自然に、頭のない死体のところへ上がる階段に向かった。

彼女の口調が鋭くなった。「彼らがわたしたちに何を語ろうとしているのか、想像してみなさい！」

「おれにはできない！」ジョーンズ博士の口からこの否定的なことばが飛び出し、スパルコの呪縛《じゆばく》を破った。彼は部屋全体を手で示した。「この神殿を建てた人間にも……あんたにもな」

スパルコはジョーンズの精神の小ささに眉をひそめた。「信じるということは、ジョーンズ博士、あなたがまだ持っていない才能ね。同情するわ」

彼女は目の前の仕事に注意を戻し、自分の行くべき台座への階段を上った。

「いや、信じてはいる、お嬢さん」ジョーンズが言った。「だからこそ言ってるんだ」

スパルコは玉座の下の階段を上り切り、坐っている死体の方へスカルを差し出した。彼女の手のひらが、クリスタルのなかで火が燃えているのを感じた。それは炎を上げ、持っていられないほど熱くなった。彼女が手を放すと、スカルはその指を離れて宙を飛び、頭のない死体の肩の上にぴったりと収まった。

誰もが息を凝らした。誰ひとり口を開かなかった。

足下からゆっくりと轟音が湧きあがった。それはしだいに大きくなった。床や壁が揺れ出した。一方の壁際で、壺が床に落ちて粉々になった。ほかの品々が壁龕《へきがん》のなかを跳ね回った。

何が起ころうとしているのかわからず、スパルコは階段を下りて部屋の中央に戻った。

死体もまた玉座のなかで震えはじめ、揺れ動きはじめた。動きはどんどん速くなった。死体の輪郭がぼやけた。スパルコの目の前で、ひからびた肉体が塵《ちり》となって振り落とされ、骨を残して流れ落ちた。

いや、骨ではない。

クリスタルだ。

震動が次第に治まり、ほこりまみれの肉体の下に隠されたものが明らかになった。玉座の上には十三体の疵ひとつないクリスタルの骸骨が坐っている――生きている骸骨が。骨のあいだから、液体と固体の中間くらいの粘りけのある物質が輝いているのが見えた。

スパルコはまだ頭のなかに奇妙な圧力を感じていた。いまだに集合精神と繋《つな》がっているのだ。圧力が増すと、彼女の理解も深まった。恐怖と驚嘆が半々に入り混じり、スパルコはうめき声をあげた。彼女は何が起こっているのかを悟り、それを口にした。

「彼らが目を覚ましたわ……！」

55

この騒ぎのあいだに、インディはもっと近くに移動していた。上の台座で、スカルの戻った死体がもぞもぞと動いた。その骨がハチドリの翼のように震えている。この震動から肉が生まれた——ものを見ることのできる目や動くことのできる手を含む、軟らかな生きている肉体が。たちまち、完全な肉体が無からふたたび創り上げられた。

何世紀ものあいだ誰も見たことのない顔を最初に目撃することを思い、インディは畏《おそ》れを抱いてその顔を見つめた。その人物も彼らを見下ろし、同じくらい一心に見つめ返しているように思える。その大きな目は知的で穏やかな光を放っているが、同時に、インディの血を凍らせるような別の何かを感じさせた。

この世界のものではないということだ。

インディのそばにいたオックスリーも、瞬きもせずに一部始終を見つめていた。教授が、出し抜けに低い早口で話しだした。だが、英語ではない。インディはオックスリーに向き直り、信じられない思いで耳を傾けた。

「マヤ語だ」インディにはわかった。「彼はマヤ語をしゃべっているんだ」

スパルコが彼らを振り返った。「何て言ってるの？」

インディは顔を近づけたが、この変性状態にあるオックスリーに触れるのは怖かった。どうなっているのだ？　彼は古代言語を流暢《りゅうちょう》に話す旧友のことばに耳を傾けた。彼の口から、決壊したダムの水のようにことばが湧き出していた。

インディにはこの奔流の原因が想像できた。彼は坐っている人物を肩越しに見つめた。相手はその奇妙な目でインディを見つめ返してきた。

一方は他方を知っている。二人は話したことがあるのだ。

その人物はゆっくりと両手を挙げ、白い二つの手のひらをXの形に合わせた——それから、それを一回ひねって逆のXにした。

インディは意味がわからず、オックスリーを振り返った。説明を、つまり通訳を求めたのだ。インディはマヤ語で話すオックスリーのことばに耳を傾け、それを訳した。

「彼は感謝していると——」インディは玉座を指さした。「彼というのは、つまり、あれのことだ。あれは感謝している。おれたちに贈り物をしたがっている。大きな贈り物だ」

スパルコはその場を離れて玉座に向き合い、意志の堅い者にありがちな確固たる信念をもって訴えた。「話して——あなたの知っていることを何もかも。すべて知りたいの。わたしは知らなくてはならないのよ！」

その人物は、引きつけられるようにスパルコに顔を向けた。

オックスリーは話しつづけ、インディがそれを訳した。「あれにはちゃんと聞こえてる」彼はスパルコに言った。インディは、その声に失望の響きが混じるのを抑えられなかった。

マットも一部始終を見ていた。彼は進み出た。「彼らは知っていることを何もかも話すつもりなのかな?」

若者はオックスリーの前に出ようとしたが、インディが肘をつかんで引き戻した。「ちょっと待て、天才」

インディは首のうしろがちくちくするのを感じた。彼は顔を上げてあたりを見回した。最初の一体と同じように、あとの十二体が震動をはじめている。今度も、あっという間に肉が骨の上に盛り上がった。

何かがはじまっている。

「こいつはいやな予感がするな」インディはつぶやいた。

玉座の足下で、スパルコはまだ十三体のうちの一体に突き刺すような視線をじっと向けていた。だが、彼らの目が光を帯びてきた。インディの髪の毛が逆立った。坐っている者たちのあいだに力が通っているのを感じた。十三個のスカルのあいだで増幅した、純粋な精神エネルギーだった。

マリオンがインディに寄り添ってあたりを見回した。「インディ! 彼らの目……なんて美しいんでしょう!」インディが答えないので振り向くと、彼はマリオンを見つめていた。マリオンはにっこりとした。「見ないつもりなの？」

インディはマリオンと視線を合わせた。「おれは探していたものを見つけたんだ」

床がふたたび揺れだした――今度はもっと激しかった。一メートル近くある彫刻を施した豊穣《ほうじょう》の神のトーテムが壁龕《へきがん》から転げ落ちて床に当たり、それを豊穣の神たらしめている肝心な部分が折れてしまった。

インディはたじろぎ、周囲に視線を配った。壁にひびが入ってぽろぽろとはがれ落ち、壁の外側の層が薄いことがわかった。見せかけの石の層の下から、光を放つ奇妙な面が現われたのだ。滑らかで、銀色で、金属性の面。インディは、コンキスタドールのミイラを包んでいた銀色の埋葬布を思い出した。ここでは分厚い塊の形をしているが、同じ物質だった。

天井の一部がはがれ落ち、滑らかな丸天井が現われると、マットは息を呑《の》んだ。「どうなってるんだ？　こいつら、宇宙人か？」

ハロルド・オックスリーが若者に顔を向けた。「それどころか、マット、私は異次元人だと思っている」まったく理にかなっているとでもいうように、オックスリーはうなずいた。

インディは呆気にとられ、友人の顔に見とれた。三人ともオックスリーの顔をまじまじと見つめた。教授の目は鋭く輝いていた。男は顔をしかめて頭の上から羽根飾りのついた帽子を取り、心の底から湧き出る嫌悪感をこめて見つめてから、さも不快そうに身震いして投げ捨てた。

インディはオックスリーの顔を見て満面に笑みを浮かべた。「お帰り、オックス！」

会話のつづきは、揺れがだんだん激しくなってきたので打ち切った。天井がまた砕け、ぱらぱらと落ちた。

「ねえ、インディ……」マリオンが大声を出した。「何かあったわ！」

彼女は一段高い台座の方を指さした――いまは台座が動いている。

回転しているのだ。

ラスヴェガスのルーレット盤のように、台座が彼らの上で回りはじめていた。最初はゆっくりと、やがてどんどん速くなった。玉座と坐っている者たちがかすんで見えなくなった。まだ見えているのは彼らの目の光だけだが、いまではそれが繋《つな》がって部屋を取り囲む一本のすじになっていた。

超音波ともいえるような号泣の声があがった。

それでも、台座はますます速く回りつづけた。

銀色の丸天井が頭上で明るく輝き、その下に光を帯びた渦巻く雲ができた。まるで、その雲が盛り上がって入道雲になったかのように、インディは雷雨のときのようなオゾンの匂いを嗅いだ。

雲は彼の心を察したように黒ずみはじめ、不吉な何かに姿を変えて下りてきた。だがそれは何度も崩れ、インクのようになって回転しつづけた。高い台座の上に散らばった残骸のなかから石の壁の細かいくずが浮き上がり、薄暗い丸天井のなかをぐるぐる回ってから、まっ暗な中心に向かってゆっくりと吸い込まれていった。

不意に、下の壁の一部がはがれて高々と飛び上がった。

インディは身をすくめた。よくない徴候だ。

「からだを低くしろ！」インディが怒鳴った。

彼はマリオンを引きずり下ろし、マットがオックスリーを引き下ろした。四人は床の上で抱き合った。

インディは首を上げた。まるで、浴槽の排水口から上を覗《のぞ》いているようだ。

ただ、この排水口は大きくなっていった。

マリオンが叫んだ。「あれはいったい何なの？」

「通り道だ！」オックスリーが畏れを抱いて見上げながら答えた。「入口だ！」

「厄介のタネだ！」インディがオックスリーのあとを引き取った。

もうたくさんだ。ロシアの衛兵が頭上に気を取られているすきに、インディは無防備な出口を指さした。彼はみんなを集めると、からだを低くして急いで部屋を横切り、出口へ向かって駆け出した。

スパルコとその一団は彼らに見向きもせず、いまも畏怖の念に打たれたまま湧き上がる入道雲を見つめていた。

オックスリーは逃げながら何度もうしろを振り返った——回転する目の光を追っていた。

彼の足の運びが遅くなりはじめた。首を大きく回し、この世のものとも思えない知性の輝きに目をやった。

インディは顔を曇らせた。だめだ、行くんじゃない……もう二度と。

彼はオックスリーの肘をつかみ、彼を引っ張って鉄のドアを通り抜けた。

彼らは一団となって次の部屋へ跳び込み、集められた死体を押し倒したり叩き壊したりしながら強引に進んでいった。

オックスリーは逃げながらしゃべりつづけていた。「多重次元だ！　考えただけでぞくぞくするじゃないか。ミニョン・ソーンは興味深い観点から書いている。彼は可変的物理学という概念を引き出した――」

「いまはそんな話をしている場合じゃない、オックス！」

「――水のなかの小さな流れみたいなものだ。冷たい部分と熱い部分の。私が何について話しているかわかるか？」

前方からマットが叫んだ。「トラブルが起きた！」

インディはため息をついた。

そうだろうとも。

56

マックは四つん這いになって玉座の部屋を這い回っていた。瓦礫《がれき》のなかで光るものを見つけると、手当たり次第に集めていた。銀のお守り、金貨、ルビーをちりばめた宝飾品。それらをすべてポケットに詰め込んだ。あとで外に出てから選り分ければいい。いまはえり好みしている暇はなかった。

彼はインカの王を象《かたど》った小さな金の像に手を伸ばした。大きさは彼の親指ぐらいだが、ブライトンのビーチハウスほどの価値がある。もうすぐ指が届くというそのとき、像が床から浮き上がった——そして、急に勢いよく上に向かって飛んでいった。

マックが逃げる王を追いかけて目を上げると、渦を巻く頭上の黒い穴に、夢のブライトンのビーチハウスが消えていった。さらに悪いことには、彼の腕時計が手首を離れて上がっていった。マックは慌てて手を引っ込め、床に伏せた。部屋中の小さな金属がガタガタと揺れ動き、丸天井に向かって飛び上がった。

時計のなくなった手首をさすり、マックは嫌な予感がして巨大なドアの方へ戻りはじめた。そろそろ外に出たほうがいい。

ドアにたどり着いたところで、マックはうしろを振り返った。

弾薬のベルトと鋲《びょう》を打ったブーツを身につけたスパルコの副官が、床から浮き上がっていた。マックは仰天し、動きを止めて見入った。彼は手足を振り回したが、空気のほかにつかむものはなかった。

仲間のひとりが彼をつかまえようとした。精いっぱい伸び上がったものの、手は届かなかった。突然、スパルコの鞘からラピアーが飛び出した。格納発射台《サイロ》から発射されるミサイルのような勢いで、突風のように飛び出していった。それは上を向いて飛んでいき、浮かんでいる副官の腹に深々と突き刺さった。血が飛び散ったが、それはヘモグロビンのなかの鉄分で浮き上がって空中に留まった。剣と副官はどちらもくるくると回りながら、深紅色の渦を残して上がっていった。

それからいくらもしないうちに、死体も剣も血液もすべて渦のなかに吸い込まれていった。

まずい。

もうたくさんだ。マックは這ったまま出口へ急いだ。別の兵士の悲鳴が聞こえたが、今度は動きを止めなかった。兵士が親しい同志のあとを追ったことは、容易に想像できた。

だが、マックが玉座の部屋の敷居を越えようとしたとき、誰かの声が響きわたった――大きな、耳をつんざくようなその声に、マックはもう一度だけうしろを振り返った。

スパルコは、あの目から発せられる光の渦を浴びて部屋の中央に立っていた。何も聴くまいとするかのように、両手を耳に押し当てている。彼女の顔は内側からの光で輝き、彼女自身の頭骸骨《スカル》が透けて見えそうだった。

歓喜と恐怖の入り混じった叫び声が漏れた。

「見えるわ！　何もかも見えるわ！」

インディはオックスリーを引きずるようにして走った。巨大な青銅の水車が並んでいる長い廊下で、マットとマリオンに追いついた。若者の言うとおりだった。行く手に横たわっていたのは、確かにトラブルの範疇《はんちゅう》に入るものかもしれない。大きなトラブルの範疇《はんちゅう》に。

足下の地面が揺れている。遠くの爆発が、地面の下から響いてきた。もっと手近なところで、彼らはもっと深刻な問題に直面していた。

長い廊下を全速力で走っていくと、タービンが狂ったようなスピードで回っていた。玉座の部屋へ行くときにたどった頭上の銅管が、目の眩《くら》むほどの電弧《アーク》でパチパチと音を立てている。まるで、海で船のマストに見られる〝セント・エルモの火〟のようだ。銅管を伝ってきた目映《まばゆ》い炎が燃え上がった。玉座の部屋で何が起こっているのかはわからないが、そこから発しているのだ。

オックスリーは相変わらず走りながら問答をつづけ、いま起こっていることについての自説を展開していた。「ソーンはそれを〝ポストインフレーション・バブルズ〟と呼んでいる。むろんその前提条件として普遍的な拡大が必要で、したがって付帯的物理学を任意に受け入れる必要が――」

廊下の端まで来ると、放電が広がって稲妻のようになっていた。強力な電弧《アーク》が牛追い鞭《むち》のような音を立てた。

オックスリーはこの〝エレクトリカル・ショー〟に感心することもなく、ひたすら大声でしゃべりつづけた。「――同じ時刻の同じ空間に別々の現実が存在していて、しかも、たがいの存在にまったく気づかない。むしろ、まったく単純なことなんだ」

稲妻がさらに大きくなっていた。空気中にオゾンの匂いが立ちこめた。電弧《アーク》がトンネルのなかで交差し、火のついたクモの巣のように張り巡らされていた。そこを通り抜けようとするのは至難の業にちがいない。

「別の道を探さなくちゃ！」マリオンが言った。

雷鳴がとどろき、彼らを慌てさせた。トンネルの先の部分が壊れて崩れ落ちた。稲妻は彼らの方に向かっている。トンネルを壊しながらどんどん近づいてくる。

「引き返せ！」インディが怒鳴った。

彼らは踵《きびす》を返して廊下を駆け戻った。水タービンがF1のレーシング・カーの車輪のように回転し、電気を吐き出している。前方では青銅の水車が支柱から飛び出し、彼らに向かって転がってきた。退くことはできない。雷がすぐうしろに迫っている。

「止まるな！」インディが叫んだ。彼は視線の先にある交差した通路のひとつを指さした。

それは迷路につづいている。

青銅の水車がまっすぐ向かってくると、彼らは曲がり角に向かって全速力で走った。マットはマリオンを引きずって曲がり角にたどり着き、姿が見えなくなった。

インディとオックスリーは間に合いそうもなかった。インディは教授を片側に引き寄せてたがいに向き合い、腕を広げて壁に貼り付いた。巨大な水車が二センチほどのすき間を残して横を通り過ぎるあいだ、オックスリーはインディの顔を見つめていた。「で、きみの説はどうなんだ、ヘンリー？　あの者たちについてだが？」

インディは呆れたように目をぐるりと回した。「いまはそれどころじゃない、オックス」

彼は壁から離れ、教授のからだをつかんでマリオンとマットのあとを追った。そこらじゅうで爆発が起こり、建物が寸断された。全体が崩れ落ちるのも時間の問題だった。

彼らは脱出しなければならない――だが、どこへ？

57

スパルコには部下たちの悲鳴が聞こえた――だが、彼女の耳には蚊の羽音ぐらいにしか聞こえなかった。いまでは取るに足りないことだ。ましてや、彼女自身のことなどどうでもよかった。もはやそんな小さなことに関心はなかった。

彼女の目の前で、塵《ちり》のなかから銀河が生まれようとしている。ふたたび炎を上げて崩れ落ち、闇に戻るために。

スパルコはもっと見ようとしてさらに目を見開いた。上の台座は見えなくなるほどスピードを上げ、次元を超えていた。残っているのはその者たちの光る目だけだった。光が彼女の頭《スカル》を満たし、激痛を伴う圧力となった。彼女は鼻から息を吸い、口から吐き出した。インドのヨガ行者の古い瞑想《めいそう》の技法を使ったのだ。ネパールの修道僧のように、無に身を委ねた。全身の力を抜き、すべてを受け入れようとした。

彼女は逆らわなかった。

光に満たされ、その燃えるような栄光を抵抗なく受け入れた。誕生には苦痛が伴うが、最後には暗黒から抜け出して生命を得られる。さあ、もうひとつの形の誕生がここにある。

彼女はその新たな壁を突き破り、さらに偉大な存在となる最初の人類になるのだ。

そうなれば何もかもわかるはずだ。

圧力が高まり、頭蓋の縫合線がはじけそうな気がした。彼女は息を荒らげ、激しくあえいで痛みをこらえた。まるで自分のからだから十センチほど浮き上がっているかのように、視界が広がった。あの目から一度も視線をそらせていないのに、視野が広がって周りが見えるようになっていた。

その新しい目に、頭を抱えてよろめきながら部屋を横切る部下の姿が映った。もしかすると、彼女の視線を感じて近づいてきたのかもしれない。片方の腕が伸び、手探りをしている。苦痛を超えたもっとひどい感覚に、口を大きく開けて声にならない悲鳴をあげている。彼の頬を血が流れ落ちた。眼窩から煙が上がった。

スパルコはぞっとしたが、哀れみは感じなかった。その男は経験を積んでいなかった。ここでの栄光にふさわしくなかったのだ。渦巻く目の光から発する太陽風に従わなければいけなかったのに、彼は抵抗したのだ。

兵士は足を引きずりながら彼女の方へ歩いてきた。訴えるようでもあり、警告するようでもあった。

やがて、彼は顔から倒れ込んだ。

死んでいた。

だが、彼が床に叩きつけられることはなかった。兵士は半旗の位置に浮き上がり、床の上を漂った。死体が引っ張られるように上がりはじめた。驚いたことに、気がつくと彼女の片手が兵士の方へ上がっていた。

やがて、彼のぐったりとしたからだが回りながら昇っていった。

肉体の目は光る目に釘付けだったが、スパルコは広がった視野で兵士の行方を追っている。彼女の内なる部分が首をもたげた——そして、身もだえしている暗黒は死んだ星のあいだにしかないことに気づいた。未知のもの、不可知のものの冷酷な猛々《たけだけ》しさで、暗黒が彼女に向かって叫んだ。

その恐ろしさに、彼女の新しい目が見えなくなった。彼女は恐怖に駆られて自分の頭のなかに戻り、頭の骨がばらばらになりそうな苦痛が戻ってきた。ようやく自分のからだに収まったとき、スパルコはあの者たちのひとりと向き合っていた。

それは巨大な炎で目を輝かせ、彼女の面前に立ちはだかっていた。

どうやってここまで下りてきたのか？

彼女にはそれが玉座を離れるところが見えていなかった。

視界の端で、玉座の部屋の台座が回転を止めていることに気づいた。いまにも何かが起ころうとしている。

スパルコの前に立ちはだかる背の高い者の目から、燃え立つ光がまた彼女の目に入ってきた。光と同じくらい鮮明に、頭の圧迫と同じくらいの苦痛を伴って、スパルコは理解しはじめた。不意に、真実がわかった。この光は贈り物ではなかった。この生き物は知識を短剣のように使い、彼女を破壊しようとしているのだ。

ノー……！

精神と肉体の力を同じくらい使ってからだをひねり、スパルコは燃え立つ目の光から頭を引き離した。彼女は生き物に背を向けた――ところが、別の生き物がどこからともなく現われて目の前に立っていた。それは彼女の目を見据え、太陽の一千倍もの炎で燃え上がった。

ノー……！

スパルコは瞬きさえできなかった。光の奔流が彼女のまぶたを押し広げた。彼女にできることといえば、顔をそむける――

――すると、彼女の左に別の生き物が立っていた。

――右側にも。

――彼女を取り囲んでいた。

もうやめて……！

彼らはスパルコをまん中に、肩と肩をつけて完全な円を作っていた。十三対の目から発する光が一斉に彼女に照りつけた。

「それを隠して……それを隠して……」心の底では誰ひとり部屋に残っていないことを知りながら、彼女はあえぎながら言った。

さらなる光と知識が彼女を満たした。いまでは求めていなかったが、彼女の感覚がふたたび拡大した。こめかみがズキズキと脈打った。エネルギーの奔流が脳のひだを駆け巡り、通った跡の膜組織を結晶化させていくのを感じた。

もっと多くの力を彼女に送り込むのに都合がいいから。

それを止めることはできない。

彼女の唇から異国のことばが漏れてきた。

どんどん速くなった。

まるで容器の縁からあふれ出すように、彼女の口からこぼれてきた。

人類を超える拡大した感覚で、スパルコは自分の脳組織が次々に固まってクリスタルになるのを感じた。彼女の頬を熱い涙が伝い、火傷の痕を残した。

涙ではない。

血だった。

スパルコの感覚がまた拡大した。さっきと同じように、気がつくと宙に浮かんで自分の頭の上に立ったまま世界を眺めていた。彼女は臨死体験の話を思い出した。その経験者たちの感じた、自分のからだから浮き上がって上から見下ろしているという感覚。彼女はいま、同じ経験をしていた。彼女はくるくる回りながら高く浮き上がる――火のような苦悶のなかで宙づりになっている。いまでは自分の顔を見下ろすことができるほど高く舞い上がっていた。

彼女の目から血が流れ出し、その目は震えて煙を出していた。

それがまっ黒になるのが見えた。

それを眺めていた。

下にいる彼女の唇が動いた——恐怖の叫び声をあげようとして。

「わたしにはまだ見えるわ！」

その目はなくなっても、光はまだ彼女のなかに流れ込んでいた。

それを感じながら、彼女は高く浮き上がった。

最後の爆発でスパルコの脳が純粋なクリスタルに変わり、はね返された力が大爆発を引き起こした。彼女の眼窩から、炎が間欠泉のように噴き出した。熱い炎は骨を焼き、彼女の眼窩を煙の残る空洞に変えた。

下にいる彼女のからだが崩れ落ちた。吹き消された蠟燭《ろうそく》のように、すべての繫《つな》がりが断ち切られた。だが、兵士と同じように、そのからだが床に叩きつけられることはなかった。

それは彼女のあとから浮き上がり、自分の死体が彼女を追ってきた。

まるで彼女の方へ手を伸ばすかのように、死体が腕を振り回した。

スパルコは恐怖の叫びをあげ、身をよじって逃れようとした——

——だが、彼女を待ち受ける無の、ありえない次元の、邪悪なエネルギーの大きな渦に直面しただけだった。

スパルコは自分の死体に追われ、その渦のなかに入っていった。

そして、いなくなった。

58

宇宙の果ての地獄の力に養われ、震える原子のエネルギーに育まれ、渦は成長する。それは楕円形に膨張し、次元を破壊する。その通り道にあるすべての物質を食い尽くす。その中心では、次に来るものに備え、邪悪なエネルギーと邪悪な物質が激しく回っている。

だが、それが起こるまえに、もっともっと強力にならなければならない。

そうなるためには。

食べなくては。

59

マックは何かに追いかけられているような気がした。背すじがぞくぞくする。

心臓が早鐘を打ち、足を速めて騒々しい音を立てながら廊下を次々と走っていった。爆発が足下の床を揺らした。地中のずっと深いところから、遠い音が響いてくる。空気が電気を帯びているのを感じる。まるでハリケーンの目のなかを走り抜けているかのようだ。見たかぎりでは脅かすようなものはないが、何かが彼を狙って追いかけてくるのはわかっていた。

それに、もうひとつ認めなければならないことがある。

完全に道に迷ってしまったのだ。

だから、彼はスピードを上げた。

ほかにすべきことが思いつかなかったからだ。

特別に長い廊下を逃げていると、ひび割れがその横を進んできた。彼と並んで走りながら壁や床や天井を壊していく。まるで、周囲が割れていく薄い氷の上を走っているようだ。うしろで、石の砕けるような大きな音がした。振り返ってみると、廊下の端の黒い影が目に入った。

マックは瞬きをして目を細めた。何だかわからないが、ちらちらしてよく見えない。彼は放っておくことにした。

ただの光のいたずらだろう。

だが、速度を落としていた足の運びは思わず速くなった。突き当たりは行き止まりになっていて、別の廊下につづいている。

素晴らしい。

ここから出られる者などいるのだろうか……

インディは廊下を逃げていた。足取りがおぼつかなくなり、腰も痛くなっていた。オックスリーはまだ、インディよりましな状態を保っている。視線の先で、マリオンとマットが次の角を曲がって見えなくなった。ここには、いやというほど曲がり角がある。

大きな震動があり、床が激しく上下した。

とっさのことにインディは膝をついた。前方から叫び声が響いてきた。いまのは大きな揺れだった。渦とそのエネルギーが、町の土台を分断したにちがいない。このままつづけば、建物全体が彼らの上に落ちてくる危険がある。唯一の望みは、そうなるまえにこの地下の迷路から抜け出す方法を見つけることだ。

インディは無理やり立ち上がり、生還を誓って走りはじめた。ともかく、マリオンや見つかった息子に再会しなくては。二度と彼らを失うわけにはいかない。彼は先を急いだ。

だが、二歩も進まないうちに、誰かが肩を叩いてインディを震え上がらせた。

「やったぞ、インディアナ!」聞き覚えのある声が叫んだ。

インディは心のなかでうなった。冗談だろ。だが、驚くほどのことではなかった。

「ネズミと沈みかけた船だな」インディはつぶやき、苦々しげにマックに目をやった。

逃げているあいだ、インディは奇跡が起こればいいと祈っていた。といっても、こんな奇跡ではなかったが。ところが、インディはあまりに疲れていて睨《にら》みつけるのが精いっぱいだった。だが、インディはすでにマックの鼻を二度潰している。よく言われるように、三度目の幸運ということもある。

インディは身構えた。

マックが手を挙げた。「待て! おれは最初からおまえの味方だったんだ、わかってるだろ?」

インディはひと言も信じていなかったが、それでも腕を下ろした。殴ったところで何になる。彼は顔をしかめた。「そいつは部屋にいる連中のことだろ、マック?」

友人は悪びれた様子もなく、弁解せずに微笑んだ。マックが卑劣な戦い方をするのは、いまにはじまったことではない。彼のそういうところを、インディは昔から知っていた——だから、いまさら驚きはしなかった。しかも、インディは昔から下劣な連中に対して甘いところがある。それに最近のマックには裏切られたが、長年のあいだにはこの男に二、三度命を助けられてもいた。

　インディはついに折れて前を指さした。「さあ、マック。ここから出よう」彼らはしばらく昔のように無言で走った。インディは仲間を追い越しはじめ、それが彼の傷ついた自負心を慰めてくれた。

　マックがうしろから声をかけた。「インディ？」

　ただならぬ声の調子にインディは振り返った。マックは足を止めていた。片足を前に出して身を乗り出しているが、進むことはできなかった。赤みを帯びた顔が引きつり、大きく見開いた光る目に狼狽の色が見えた。

　マックのうしろの廊下の端に黒いものが湧き上がり、引力のエネルギーで渦を巻きながら移動している。

　渦がマックを見つけたのだ。

　インディもいまではその力を感じていた――彼を押し戻そうとして確実に強度を増して吹きつける風に、顔を直撃されているようだ。

　マックは廊下のずっと手前で、その力から逃れようとしてもがいていた。腕をインディの方へ差し伸べ、何かにつかまろうとして宙を掻いている。インディはマックのジャケットが、うしろへ伸びていることに気づいた。重たげに膨らんだポケットに引っ張られている。

　ポケットのなかで、金色のものが光った。

インディは友人をとらえているものの正体に気づいた。

「マック！　金属を捨てるんだ！」

影は引力によってまっ黒な渦を巻きながら忍び寄ってきた。緩んだ岩がガタガタ鳴り、渦の黒い穴に向かって転がりはじめた。床のあちこちに割れ目が走り、彼らを追いかけてくる。廊下の奥で壁が崩れはじめ、暗くて狭い通路を進んできた。

その手前で、マックのジャケットのポケットが縫い目からちぎれた。金製品や宝石が飛び散り、渦に向かって空中を飛んでいった。

中身の出ていくポケットに、マックの片手が伸びた。

「マック！」

友人は自分の愚かな行為に気づき、インディに視線を戻した。「試してみたって罰は当たらないだろ」

はち切れそうなズボンのポケットに引っ張られ、マックが足を滑らせた。彼は激しく倒れ、腹這いのままうしろに引きずられはじめた。その手がすべすべの石畳を掻きむしったが、つかまるところは見つからなかった。

「インディ！」

助けを求めて叫んだものの、マックには自分の運命がわかっていた。

暗闇と恐ろしいエネルギーに身もだえする運命だった。それに抵抗しようと仰向けになって足でブレーキをかけたが、止まるどころかますます速くなるばかりだった。岩はもはや転がるのではなく、マックをかすめて飛び交っていた。暗闇が広がり、壁が割れて飛び散った。

マックは手のひらとかかとを突き立てた。

まだ滑っていた。

その力には誰も抵抗できない。

ピシッ！

腕を伸ばしたマックの手首に何かが食い込んだ。彼は目を上げた。革が手首にきつく巻きついていた。それを胸に引き寄せ、手首を返して鞭《むち》の端を握った。

鞭が鋼鉄のようにぴんと張った。カジキを引っ掛けた漁師のように両足を広げて突っ張り、うしろに思い切り体重をかけて立つ男の方へ引き戻された。

懐かしのインディアナ！

やがて、インディのかかとが床を滑り、マックといっしょに引きずられはじめた。友人はとっさに片腕を突き出し、近くの柱につかまって急場をしのいだ。

だが、いつまで持つのか？

マックはインディの顔に浮かんだ緊張を見て取った。彼のからだは拷問台にかけられたかのように伸びていた。そしてマックのすぐうしろでは、死にかけた星の飽くことを知らない食欲を持って奈落が口を開けていた。渦はひと呼吸ごとに圧力を増し、彼の方へ着々と近づいてくる。

マックは真実に気づいた。

「おれを放せ、相棒！」マックが叫んだ。

インディの声は弦を張りすぎたヴァイオリンの音色のようだった。「よせよ、マック！おれたちは、もっとひどい状況も切り抜けてきたじゃないか！」

「いや、インディ。今度ばかりは無理だ」

インディはマック自身のことばを本人にぶつけた。「出口はつねにあるものだ、マック！」

「最後はないんだ、相棒……」

暗闇が彼を迎えにきた。それは彼自身の心の鏡だった。彼は生きているあいだ、インディの良き友人ではなかった。だが、もしかすると死んでからは、もっとましな友人になれるかもしれない。

マックは指で鞭《むち》を外し、手首をひねって革をほどいた。

「やめろ！」インディが叫んだ。

マックは釣り針から外れて廊下を滑っていった。その目に、いまは重荷がなくなって尻餅をつくインディが見えた。

旧友よ、幸運を祈っている。

もうやり残したことはない。マックはインディから顔をそむけて暗闇と未知のものに向けた。その運命にもかかわらず、彼の唇にかすかな笑みが浮かんだ。
ポケットを金でいっぱいにして。
そして、彼の前には偉大なる未知のものが。
さて、どうなることか！

60

マックが暗闇に消えていくと、インディは慌てて立ち上がった。マックのあとを追って一歩踏み出したが、その短い距離のあいだに、立ち向かう相手の恐ろしい力が十倍にも膨れ上がっているのを感じた。彼のからだを引っ張る力としてそれを感じただけでなく、それが彼の理解を超える力をこめて、この世のものでないエネルギーを使って、無言の叫びをあげているのが聞こえたのだ。

インディはあの暗い奈落の前に立ちつくした。

そして、一歩うしろへ下がった。

怖くなったのではない、単にそうしなければならなかったからだ。

マックを救うことはできない。

今回ばかりは。

背後の曲がり角から叫び声が聞こえた。「インディーーー!」

マリオンだ。

一歩ずつ足を踏みしめ、インディは力に逆らって懸命に引き返した。自分を包む空気が甘いシロップとなって奈落の入口へ向かって流れていくように思えた。彼は気力を振り絞ってそれと戦った。それは、単純に生き延びたいという欲望ではなく、むしろもっと大切な何かに突き動かされたからだ。

「インディーーー！」

インディには生まれてはじめて生きる理由ができた――世界を呑《の》み込む渦であろうと、インディを止めることはできない。一歩進むごとに、彼は奈落からの力が弱まっていくのを感じた。気持ちが焦ってつまずきながらも、彼は足を速めた。

廊下のうしろの方で壁が崩れ、建物の基礎となる構造が壊れて大きな亀裂がインディに迫ってきた。建物全体が崩れようとしている。

インディは全力で突き当たりまで走り、大急ぎで角を曲がって次の廊下に飛び込んだ。壁の亀裂がインディを追ってきた。

視線の先にマリオンがいた。果てしない迷路の交差点に立ち、もう一方の通路を指さしている。

「インディ！」マリオンのほっとした声が響いたが、そこにはいくらか怒りが含まれていた。「やっと現われたわね！　こっちへ来て！　明かりが見えるわ！」

インディはマリオンのところへ駆けつけ、そのウエストに腕を巻きつけて次の通路へ急いだ。

トンネルの壁が崩れ落ち、太い石英の縞目が入った黒い御影石が露出していた。ところが、走っていくにつれて石英の縞目が広くなった——壁や床や天井を取り巻くほどになった。さらにもう少し進むと、トンネル全体が純粋な水晶になっていた。

半透明の壁越しに、水が高い水圧で滝のように流れているのが見えた。インディは町の上にある巨大な貯水池を思い浮かべた。二人は町の大規模な灌漑《かんがい》システムに水を供給する、主要な送水路を通り抜けているにちがいない。

不意に、二人の足下で地面が揺れた。二度目の大きな揺れだ。

インディはうしろを振り返った。

廊下の突き当たりで壁が砕けた。渦の黒い手が逃げていく獲物をつかまえようとしているかのように、亀裂が二人に向かって伸びてきた。

「急いで、ジョーンズ!」マリオンが叫んだ。

「命令に従おう!」

二人は足を速めた。

二人のうしろから、何かが砕けるような低くとどろく音が聞こえてきた。不思議な引力に引き裂かれ、岩が粉々に砕け散った。やがて、別の音が加わった。

水が噴き出し、飛び散る音だった。

インディが肩越しに目をやると、背後の水晶に亀裂が入っていた。割れ目からトンネル内に水が噴き出している。うしろの通路が大音響とともに崩れ落ちた。天井から大きな水晶の塊が落ち、ダムの水門のように大量の水が流れ込んできた。

「急げ！」新しい危険を察してインディは叫んだ。

二人の背後で別の部分が崩れた。

インディは振り返らなかった――ひたすら全力で走りつづけた。だが、町の上にある巨大な貯水池の水圧で、彼らのうしろに水の壁が盛り上がる音が聞こえた。

水晶のトンネルのカーヴを曲がると、明かりが目に入った。出口は近いはずだ！　マットとオックスリーが待っていた。

「走れ！」インディは二人に叫んだ。

「どこへ？」マットが叫び返した。

そのとき、マットの目が恐怖に見開かれているのがわかった。若者が後退《あとずさ》りした。インディは振り向くのが怖くなった。彼はマットとオックスリーのところまで走っていき、そこで同時に二つのことを知った。

出口はあった。

だが、それは高さ三十メートルの垂直の立坑だった。

太陽の光が上から差し込み、彼らを照らしている。

逃げることはできない。

インディが振り向くと、貯水池の重さで勢いづいた水の壁が轟音を立てながら迫ってきた。

インディは仲間に駆け寄った。「しっかりつかまれ！」

四人はたがいに腕を絡ませてひとかたまりになった。インディがマリオンを抱き、マリオンはマットにしがみつき、三人でオックスリーを押さえつけた。

すぐに水が立坑になだれ込んだ。渦を巻きながら四人を足下からすくい上げ、トンネルに引っ張り込んだ。

だが、インディは洪水の力を過小評価していた。彼らはどんどん速くなる流れに揉《も》まれ、息もできずに回転しながら流れていった。壁が猛烈なスピードで目の前を通りすぎる。残骸が彼らといっしょに回っていた。インディは骸骨の燃えかすが追い越していくのを見つけた。

やがて、急にまぶしい太陽の光が差し込んだかと思うと、四人は噴き出す水の柱に乗ってトンネルから飛び出した。水は丘の中腹に撒き散らされた。彼らは斜面に叩きつけられ、四人ばらばらに転がっていって平らなところで止まった。

びしょ濡れの上に目が回り、インディは立ち上がることができずに四つん這いになった。彼は残った力をかき集めて帽子を拾い上げ、しっかりと頭にかぶせた。

四人は町を見下ろす高台に着地し、渓谷を取り囲む稜線の頂上付近にいた。マリオンが全身ずぶ濡れになってインディのところまで這ってきた。マットは若者の体力で立ち上がり、マリオンのあとから歩いてきた。もっとも、それなりに足下はふらついていたし、気分は悪そうだった。オックスリーは着ていたポンチョが水を含み、倒れた場所に呆然として横たわったままだった。

インディは教授に手招きした。「これを見てごらん、ハロルド」

オックスリーはしぶしぶからだを起こしてにじり寄った。

高台から見下ろすと、盆地に廃墟が広がっていた。中央に石の大神殿がそびえ立っている。これまで、ピラミッドは時代の流れに逆行するモニュメントだった――だが、もはやそうではない。

彼らの目の前で、神殿が崩れはじめた。よくある時計の針のように、土台の上でゆっくりと回りながらばらばらになった。壁が粉々になり、古代の角石が転がり落ちた。回転は次第に速くなり、残骸がゆっくり積み重なっていった。亀裂は町の中心から外に向かって広がり、古代都市アカトルを分断した。

インディはこの亀裂が下の方向にも広がり、渓谷全体の地盤を揺るがすのではないかと思った。インディの予想どおり、神殿の崩壊の渦が外側に広がり、渓谷盆地全体が水のように渦を巻いた。

家々が倒れて瓦礫《がれき》となり、道路はねじれて寸断され、古代の彫像が渦の動きに運ばれて地表を歩き回った。

町の中心では、石の大神殿の残骸が地中に沈みはじめ、やがて巨大な穴を残して姿を消した。

渓谷盆地はまだ渦を巻いていた。穴の回りではますます速く、周辺では遅くなった。あっという間に、町全体が動いていた。

インディはかつて神殿が建っていた穴を見つめた。彼には自分が何を見ているのかわかっていた。あの渦の新しい顔が、引力の形で地表に現われたのだ。渓谷全体が、奈落へ引きずり込む穴となっている。

「見ろよ！」マットが叫んだ。

今度も視力のいい若者が最初に見つけた。

渦のまん中で銀色のものが光っていた。それは渦の奥から上がってきた。天気がいいので、目を焦がすような日光の反射が滑らかな銀色の表面を包んでいるように見える。その物体はまっ黒な窪みから現われ、暗い奈落とは逆の上の方向へゆっくりと移動していった。だが、それは渦のように回転し、下の残骸を運びながら上でまた残骸を吸収していた。歩き回っていた彫像のひとつ——石のヘビの像の一部だ——が、銀色の球体を囲む残骸に加わった。

飛行物体はもっと高く舞い上がり、いまは四人の真上でホバリングをしている。その正確な形を肉眼でとらえるのは難しく、ときには垂直、ときには水平のあらゆる軸で回転する輝く輪が中央の丸い部分を取り巻いていた。

インディは岩棚の上に立ち、マリオンとオックスリーを引き寄せた。三人とも、残骸に囲まれて回っているものに目を凝らした。それは彼らの見ている前で、瞬く間に次元を失って写真のように平らになった。

そしてもう一度ゆっくりと回ると、インディにはちょうど写真の縁のような銀色に輝く一本のすじしか見えなくなった。やがて、最後にもう一度だけ回ると、それも見えなくなった。

消え失せた。

浮いていた残骸は支えを失い、何もかも一瞬にして落ちてきた。ヘビの形をした彫像の一部が四人のいる岩棚に落ち、その頭がインディを睨《にら》みながら石の舌を突き出した。どこの宇宙にもユーモアのセンスはあるらしい。

とどろくようなすさまじい音が渓谷から響いてきた。

インディが慌てて顔を向けると、高い貯水池の水を堰《せ》き止めていた壁が砕け散るところだった。渦が通り過ぎたせいで弱くなっていたのだろう。貯水池の水は大きな津波となって一気に流れ出し、町に押し寄せて跡形もなく流し去った。

オックスリーがため息をついた。「彼らの足跡を消す箒《ほうき》みたいだ……」

渦を巻いていた水が鎮まり、太陽が地平線に傾くと、インディは足を引きずりながら丘の斜面の乾いた場所まで行って倒れ込んだ。マリオンが彼の隣に身を横たえた。オックスリーは丸石に腰を下ろした。マットだけが崖の縁にとどまっていた。

「で、彼らはどこへ行ったんだと思う？」マットが訊いた。彼は空を指さした。「あそこか？」

オックスリーは首を振った。「宇宙《スペース》じゃない。空間《スペース》と空間《スペース》のあいだだ」

オックスリーは説明するために手のひらをXの形に重ねた――不思議な生き物がしたの

と同じことだ――そして、それを一回ひねって逆のXにした。

別の次元だ。

インディが口を開いた。彼自身、ひとつの疑問に頭を悩ませていたのだ。ただし、こちらはもっと実際的な疑問だった。「ハロルド、スカルを見つけたチャウチージャ墓地で、どうやってあの骸骨みたいな番人のところを通り抜けたんだ？　おれたちは危うく殺されるところだったんだぜ」

「はて？　ああ、私は彼らが眠っている昼間に行ったからな。まともな頭の持ち主なら、誰も真っ昼間に墓泥棒なんかしないだろうが」

インディは敬意を表して微笑んだ。「そのことは考えるな」

マットが彼らに加わり、母親の隣に腰を下ろした。「おれにはわからない。何で黄金の都市の伝説なんかできたんだ？　あそこには黄金なんかたいしてなかった。ほかのところから持ってきたものばかりだ」

インディは金貨や宝石類や死体の装飾品を思い出した。だが、ウグアの原住民自身はそういう宝で身を飾ってはいなかった。

「解釈がまちがっていたんだ」インディが言うと、マットが目を向けた。「ウグア語の〝金〟に当たることばは〝財宝〟と訳される。スペイン人はそれを〝黄金〟の意味だと思い込んだ。だが、本当は〝知識〟という意味だったんだ。それがウグア人にとっての本当の財宝だったんだ」

マリオンはマットの頬の深い傷に触れた。スパルコとの戦いで負った傷だ。「ひどい傷痕になるわ」

からだ中が痛み、インディはうめきながら言った。「相手はそれ以上だ、若造」

インディが目の上に手をかざして西の方角を見つめると、太陽がちょうど稜線に届くところだった。一日の終わりだ。インディは草の生えた斜面で大の字になり、帽子を目の上に下ろしてひと眠りする体勢を整えた。

マリオンはかがみ込み、ひさしの下のインディを覗《のぞ》いた。

彼はかすかな笑みを浮かべ、片方の腕を差し伸べた。

おいで、ベイビー。

マリオンはインディの腕にもぐり込み、その肩に頭を載せてぴったりと寄り添った。彼女の温かさがインディに溶け込み、彼はマリオンをいっそう引き寄せた。二人はまるで同じ型で創り上げたかのように、ぴったりと合っていた。

マットはうんざりした顔で二人を見下ろしていたが、それは母やインディのせいではなかった。彼は断崖の方へ腕を差し伸べた。「なあ、ここにずっと坐っているつもりか?」

「ジャングルでは日暮れが早いんだ、若造。暗闇を下ることはできない」

「おれならできる、じいさん」マットは立ち上がり、断崖に向かった。

インディは帽子のつばを押し上げた。「何でじっとしていられないんだ、ジュニア?」

「さあね……あんたはなぜだったんだ、父さん?」

インディはため息をついて空を見上げた。「どこかでじいさんが笑ってるぞ」

オックスリーは怪訝《けげん》な顔で振り返り、マットとインディを見比べた。「父さん？」

61

忘れるはずはなかったんだが。

マーシャル・カレッジの学部長、チャールズ・スタンフォースは、管理オフィスの並ぶ廊下を急いでいた。磨き立てられたオクスフォードシューズが、大理石の床に大きな音を響かせている。彼は神経質そうにネクタイを直し、濃紺のスーツの上着のしわを伸ばした。このことは決して忘れられないだろう。

しかも、よりによってこの日に。

廊下の先の、あるオフィスの磨りガラスのドアのそばに、ひとりの塗装工が膝をついていた。男は熟練工らしい注意深さで、丹念にガラスに文字を書いている。

塗装工に近づくと、スタンフォースの歩みが遅くなった。彼はドアのいちばん上に、ステンシルで刷り出されたばかりの名前を読んだ。

ヘンリー・ジョーンズ・ジュニア教授

塗装工は、下の行の最後の文字を書き終えるところだった。彼は不審そうな顔で学部長を振り返った。

スタンフォースは彼に手を振り、邪魔をするつもりのないことを示した。「いや、つづけて、つづけて。ぜひともつづけてくれ」

塗装工は仕事に戻り、刷毛で最後の文字を書き入れて行を完成させた。

副学部長

満足したスタンフォースは笑みを隠して自分のオフィスへ急ぎ、ひょいと頭を下げて室内に入った。彼はしばらく心を落ち着けた。壁をじっと見つめ、大学の前学部長マーカス・ブロディの写真に目をとめた。

スタンフォースは足を止め、二本の指で額縁に触れた。「あんたこそここにいるべきだったがな、マーカス」彼はため息をつき、ちらりと天井を見上げた。「ひょっとすると、いるのかもしれないな。心からそう願っているよ」

だが、スタンフォースには自分の務めがある。彼はオフィスの書庫へ行って棚を探した。二段目に聖書があった。表紙の革がすり切れている。大学そのものと同じくらい古い聖書だった。あのエイブラハム・リンカーンその人が、この聖書で就任宣誓をしたと言われている。だが、もっと大事なのは、これがブロディ家に代々伝わり、マーカスの遺言によって大学に遺贈されたものだということだ。

これがなくては式ははじまらない。

聖書を片手に、スタンフォースは精いっぱいの慎みを持ってオフィスを飛び出した。学部長が日曜日の晴れ着を着てキャンパスを疾走するところなど、見られた姿ではないはずだからだ。

というわけで、彼がマーシャル・カレッジのチャペルに着くまでにもう二、三分かかった。チャペルは緑の芝生のまん中に建ち、その壁はこの地域の石切場で採掘された灰色の石でできている。ステンドグラスの窓が、明るい日射しを浴びてきらきらと光っていた。正面の歩道を縁取るハナミズキの木は、すでにピンクと白の花をつけていた。だが、遅れて走ってきたスタンフォースは、チャペルの横の入口へ向かった。

急いでなかへ入ると、何もかも彼が出たときのままだった。

牧師はまだ幸せなカップルの前で待っていた――もっとも、ヘンリーがもどかしそうに眉をひそめたところをみると、〝幸せ〟というのは適切な表現ではなかったかもしれない。きれいに髭《ひげ》を剃って垢を洗い落としたヘンリーは、上品なスーツを着てボウタイを締めている。その横では、彼の妻となるマリオン・レイヴンウッドが、その美しい青い目を引き立てるシンプルな白いドレスに包まれて輝いていた。ヘンリーの右に立つ残るひとりの当事者も上品なスーツに身を包んではいるが、残念なことにすり減ったライダーブーツを履いてその装いを台無しにしていた。

いまどきの若者は……

「やっと現われたか、チャーリー」ヘンリーが小声で言った。

「マーカスがこれを望んでいたことはわかってるだろ」スタンフォースは主張し、聖書を

牧師に渡した。

ヘンリーの目から苛立ちが消えていき、彼はスタンフォースに感謝をこめてうなずいた。

務めを果たして一件落着し、スタンフォースは妻と二人の子どもが待つ会衆席へ戻った。

子どもたちは前の晩からこちらに来ている。誰もが結婚式を見逃すまいとしているのだ。

ぜひとも自分の目で確かめたいものだ。その可能性だけで、世界中から客が集まってきた。

インディアナ・ジョーンズがついに結婚するのだ。

スタンフォースはハロルド・オックスリーの隣に身を落ち着けた。オックスリーは遅れ

のことでぶつぶつ言っていた。「ああ、〝人生のどれくらいの部分が、待つことで失われ

ているんだろう〟」

インディはこの瞬間をもう充分待っていた――実際、生まれてこの方ずっと待ちつづけ

ていたのだ。

牧師が聖書を開き、結婚式がはじまった。

インディは少しのあいだ、うしろを振り返って出席者たちを眺めた。友人や親戚、長い

付き合いの人々だ。ロス大将までがはるばるネヴァダからやって来て、礼装用の軍服の脇

にサーベルを下げて出席していた。

これほど幸せな瞬間がいままであっただろうか。

牧師がつづけた。「――しかし、これもまた愛の告白であります。みなさん、『コリント人への手紙』で、パウロが愛について書いている部分を読んでいただきたいのです。パウロは――」

コリント人？　インディはコリント人について知りつくしていた。授業でコリント人について講義しているのだ。もはや待ってはいられない。

彼は振り向き、マリオンを引き寄せてキスをした。

彼女は唇を触れたまま、口がきける程度にからだを離した。「ジョーンズ、この部分は終わってからだと思うんだけど」

「終わってから？　ハニー、おれはただウォーミングアップをしているだけだ」

インディは身を寄せ、マリオンを強く抱きしめて深いキスをした。今度こそここに根を下ろすことを、彼女に知らせようとしていた。うしろから笑い声が聞こえたが、インディは気にならなかった。彼はいるべき場所にいるのだ。

インディはようやくからだを離し、マリオンの目を覗《のぞ》き込んだ。

黄金はスペイン人にくれてやれ、知識はウグアの部族に……インディの欲しい唯一の宝物はここにある。

オックスリーが会衆席から叫んだ。「よくやった、ヘンリー！」

インディはにっこりして叫び返した。「ありがとう、オックス!」──マットの口から同じことばが響きわたることだけを願って。

彼は若者を見つめた。

また、家族のなかに二人のヘンリーがいる……

マットはインディに屈託のない怪訝そうな顔を向けた。

インディは天井に目を向けた。ああ、そうだ、誰かがきっと笑っている。おれが何かしたか?

式が終わると、マットはふたたび母親がジョーンズとキスするところを見なければならなかった。

おいおい、よしてくれよ。

だが、何はともあれ母親は幸せなのだ。

マットの知るかぎり、いままででいちばん幸せそうだった。

二人はようやくからだを離し、通路を進んでいった。人々が声をかけ、拍手喝采を送った。マットは少しあとからついていった。彼はチャペルを見回して年月の重みを感じ、かつて同じ通路を歩いた高位の人々に思いを馳せた。何世紀もの時を経て、大学の同窓生のなかには高名な者も汚名を持つ者もいる。そして彼の母親がたったいま結婚したばかりの相手、ジョーンズ博士はその両方だった。

マットはそう考えて首を振った。

で、これがおれの父さんなのか？

通路の先で、幸せなカップルのためにドアが大きく開いた。ニューイングランドの強い風が教会に吹き込み、会衆席を縁取る花が散ってドアの脇のフックに掛けたコートがはためいた。

帽子が釘から飛ばされて通路の端を転がった。

マットがブーツでそれを止め、腰をかがめて拾い上げた。彼はからだを起こし、古い茶色のフェドーラ帽のつばからほこりを払った。それをよく調べてみた。疵があるし、変形しているが、かなりいい状態を保っている。

実のところ、悪くない。

もしかすると……

マットは帽子を持ち上げ、頭に載せようとした。

それがポマードを塗った髪のひとすじに触れる直前、不意に現われた手がマットの指からそれをひったくった。マットが視線を上げると、ジョーンズが意地の悪い目を向けていた。

そのうちにな、若造。

ジョーンズは自分の頭にフェドーラ帽を押しつけ、踵《きびす》を返して通路を戻っていった。教会のドアまで行くと彼は曲げた腕を突き出し、マットの母親がその腕を取った。

二人は並んで日射しのなかへ出ていった。

誰にも知られていない場所を目指して。

訳者あとがき

一九八一年、新しいヒーローがわたしたちの前に姿を現わした。製作総指揮ジョージ・ルーカス、監督スティーヴン・スピルバーグで、くたびれたフェドーラ帽と牛追い鞭《むち》がトレードマークの異色考古学者インディ・ジョーンズを主人公とする映画、「レイダース／失われたアーク《聖櫃》」が公開されたのだ。

「レイダース」の年代設定は一九三六年、世界制覇をもくろむナチスは古代の遺物の神秘的な力を借りて勢力を拡大しようとしていた。モーゼの十戒を納めた《聖櫃》を擁した者は強大な力を手にできるという。それをナチスが探していることを知ったアメリカ政府は、彼らに先んじて聖櫃を手に入れるようインディに依頼した。かくてインディはかつての恋人マリオンを伴い、ナチスを相手に命を賭けた争奪戦を繰り広げる。

それから三年、一九八四年にはシリーズ二作目の「インディ・ジョーンズ／魔宮の伝説」が封切られた。上海のギャングに命を狙われたインディは、中国人の少年とアメリカ人の歌手を伴って脱出。ところが、途中インドで飛行機が墜落して山奥の貧しい村にたどり着く。そこでは、不思議な力で幼いマハラジャを操る邪教集団が村から聖なる石を盗み出し、奴隷にした村人を使って残りの石を集めて、すべての力を得ようとしていた。インディは村人に頼まれて敵の本拠地である魔宮にのり込む。

やがて、一九八九年に封切られた三作目の「インディ・ジョーンズ／最後の聖戦」で、インディはふたたびナチスと対決する。キリストの血を受けた聖杯に満たした水を飲んだ者は、永遠の命を与えられるという。ヒットラーはこの聖杯を狙っていた。しかも、長年聖杯を探してきたインディの父、考古学者のヘンリー・ジョーンズ・シニアがこの争奪戦に巻き込まれてしまった。インディはナチスに囚われていた父を助け出し、ともに聖杯を見つけ出してナチスの野望を打ち砕こうとする。

どの作品も、一難去ってまた一難のスリルに満ちた冒険活劇だった。テンポのよいアクションにユーモアあふれる台詞とロマンスを織り込んだ、文句なしのエンターテインメントだった。だが、「最後の聖戦」は文字通りシリーズ最後の作品になった……と、わたしは思っていた。あの、文句なしにわくわくできる冒険活劇がもう見られないのか、と残念に思ったものだ。ところが、十九年のときを経て、あのインディ・ジョーンズが帰ってきた。それがこの作品、「インディ・ジョーンズ／クリスタル・スカルの王国」だ。

冒険はメキシコの遺跡からはじまり、やがてアメリカのネヴァダ州に移り、ペルーのジャングルに移動してマヤの遺跡でクライマックスを迎える。「最後の聖戦」から十九年後の一九五七年、かつての敵ナチスが崩壊したあと、米ソ冷戦のまっただ中で、今回のインディはソ連の特殊部隊スペツナズを相手にクリスタル・スカルの争奪戦を繰り広げる。

クリスタル・スカルとは、古代マヤ王国で作られたとされる水晶のドクロで、光の当て方によって炎に包まれたように見えたり、虹のように光を放ったりすると言われている。また、それを十三個集めると不思議な力を発揮するという伝説があり、「クリスタル・スカルの王国」に登場するソ連の心霊学者スパルコが求めているのもこの力だった。

この作品では現実とフィクションが実にうまく融和している。ネヴァダ州の核実験やトゥングースカ大爆発は実際にあった出来事だし、古代マヤ民族やマヤ言語の名称も架空のものではない。数々の動植物も小説ではかなりデフォルメされているが、インターネットで調べれば実物の姿を目にすることができる。つまり、この荒唐無稽な冒険活劇には〝事実〟がふんだんに盛り込まれ、それが作品に深みを与える要因のひとつになっているのだろう。

もうひとつの要因は、インディのキャラクターがひと味ちがうことだ。むろん、トレードマークのフェドーラ帽や牛追い鞭《むち》は昔のままだし、ヘビが嫌いなところも悪に立ち向かう不屈の闘志も変わっていない。鞭を使って窮地を抜け出したり、巨漢の相手と素手で戦ったりのアクションも満載だ。だが、髪には白いものが交じり、「昔のようには動けない」と弱音を吐いたり、ポケットから遠近両用眼鏡を取り出したりすることもある。代わりに、この作品では学者としてのインディが強調されている。考古学は言うに及ばず、歴史、言語学、自然科学、動植物学、その他あらゆる分野の知識を駆使して敵と戦い、クリスタル・スカルにまつわる謎を解いていく。今回は、謎解きの部分がアクションと同じくらい重要な要素になっているのだ。

とはいえ、スリルと展開の速さは相変わらずだ。むしろ、前三作を超えているかもしれない。武器や乗り物などは時代とともにパワーアップし、敵のしぶとさもナチスや邪教集団とは比べものにならない。しかも、敵はロシア人だけではない。自然現象や原住民や野生動物、たたみかけるように危機が迫ってくる。ひとつの危機を脱してほっとしたのもつかの間、新たな危機が目の前に立ちはだかる。逆転に次ぐ逆転で形勢がめまぐるしく変化し、クリスタル・スカルが敵と味方のあいだを慌ただしく行き来する。これぞ冒険活劇の真骨頂だ。

ただ、ときの流れはインディの心にも変化をもたらした。これまでの人生を振り返ったり、閉鎖した博物館のような自宅を物足りなく思ったりもする。そんなインディの前にふたたび現われたマリオン、戦時中ともに戦ったＭＩ６のマック、新しい学部長のスタンフォース、新たな冒険のパートナーであるマット、彼らとの関係もいまのインディに少なからず影響を与えている。小説ではこれまで以上にインディの心のうちが描写され、超人的な彼の、本当は人間的な部分をとても魅力あるものにしていると思う。

また、著者のジェイムズ・ローリンズはこれまでに九作品を発表しているベストセラー作家だが、実は獣医学の博士号を持ち、カリフォルニア州サクラメントで診療所を開業している。彼はアマチュア洞窟探検家であると同時に、スキューバ・ダイビングの免状も所持している。そういう幅広い知識や経験が、この作品に生かされているのはまちがいないだろう。彼の作品のなかでは、キリスト教の聖なる遺品をめぐって米国防総省の機密組織が謎の組織と死闘を展開する*Map of Bones*が『マギの聖骨』の邦題で日本で出版されている。

二〇〇八年四月

訳者略歴　慶應義塾大学文学部社会学科卒，英米文学翻訳家　訳書『殺しが二人を別つまで』コーベン編（共訳），『さよならを言うことは』アボット（以上早川書房刊）

HM=Hayakawa Mystery
SF=Science Fiction
JA=Japanese Author
NV=Novel
NF=Nonfiction
FT=Fantasy

インディ・ジョーンズ
クリスタル・スカルの王国

〈NV1174〉

二〇〇八年五月二十日　印刷
二〇〇八年五月二十五日　発行
（定価はカバーに表示してあります）

著者　ジェイムズ・ローリンズ
訳者　漆《うるし》原《ばら》敦《あつ》子《こ》
発行者　早川浩
発行所　株式会社早川書房
郵便番号　一〇一‐〇〇四六
東京都千代田区神田多町二ノ二
電話　〇三‐三二五二‐三一一一（大代表）
振替　〇〇一六〇‐三‐四七七九九
http://www.hayakawa-online.co.jp

印刷・三松堂印刷株式会社　製本・株式会社川島製本所
Printed and bound in Japan
ISBN978-4-15-041174-9 C0197